徳 間 文 庫

インタビュー・イン・セル

殺人鬼フジコの真実

真 梨 幸 子

徳 間 書 店

目次

「ここは、まるで〝セル〟だな」

「セル？」

「そう、ｃｅｌｌ。もともとの意味は、修道院の独房。転じて、刑務所の監房」

「監房か。……確かに、そうかも。ここにいると、なんだか、監禁されている気分になるもの。息苦しくなるというか。まさに、〝インタビュー・イン・セル〟ね」

「それいいね。うん、この記事のタイトルは、それでいこう。〝インタビュー・イン・セル〟。……ああ、そういえば、〝セル〟には秘密結社の支部という意味もあったな」

「秘密結社？」


（本文１００ページより）

【事件のあらまし】

二〇一〇（平成二十二）年一月。藤原留美子《ふじわらるみこ》は、夜逃げ同然で姿を消した。留美子の両親である藤原武雄《たけお》・久恵《ひさえ》夫妻は、留美子らしき姿を見たといういくつかの証言を静岡県Q市で得る。証言をつなぎ合わせ、たどり着いたのは、とある団地の一室。しかし、それ以降、武雄・久恵夫妻は消息を絶つ。

平成二十三年三月四日。静岡県の三島駅前で、左耳と左のすべての指がない若い女が保護される。〝北野友莉《きたのゆり》〟と名乗るその女は、藤原武雄の年金手帳を持っていた。

友莉と藤原武雄とはどういう関係なのか？　藤原武雄はどこに行ったのか、そして、なぜ、友莉は三島駅にいたのか。

しかし、友莉の記憶は曖昧《あいまい》で、精神の混乱も著《いちじる》しく、すぐさま専門の病院に入れられた。友莉から事情を聴くのは難しいと警察も諦《あきら》めかけた頃、友莉は驚くべき証言をはじめる。

静岡県Q市のSヶ丘団地の一室に集められた男女七人が、凄惨《せいさん》なリンチを受け、殺害されたというのだ。その七人の中に、藤原武雄と久恵夫妻も含まれていたという。リンチ及び殺人を実行したのは、下田健太《しもだけんた》とその内縁の妻、藤原留美子。第二の北九州連続監禁殺人事件と、世間は沸き立った。

平成二十三年四月二十二日。静岡県警は下田健太と藤原留美子をSヶ丘団地にて逮捕。留美子は両親を殺害し死体を遺棄したことを認める。さらに、他の犠牲者五人は下田によって命を絶たれたと証言したが、下田は犯行を否認し続けた。

下田の主張通り、死体は発見されておらず、殺人の物的証拠もない。リンチ殺人は友莉と留美子の作り話なのか、それとも真実なのか。裁判は混迷を極めるも、検察は下田健太に死刑を、藤原留美子に無期懲役を求刑。が、証拠不十分で下田は無罪判決を勝ち取った。裁判員の大半が、下田の言葉を信じた結果だった。その翌日、無期懲役を言い渡された留美子は拘置所内で自殺した。

検察は控訴を検討。一方、下田は釈放を認められる。時の人になった下田には各マスコミから取材が殺到、しかし、下田は姿を消す。

そんな中、下田の母親である下田茂子《しげこ》がグローブ出版の独占インタビューに応じる。独占インタビューの担当に抜擢《ばってき》されたのは月刊グローブの井崎智彦《いざきともひこ》、村木里佳子《むらきりかこ》、そして、下田茂子に直接指名された新進構成作家の吉永《よしなが》サツキの計三人。
茂子の指示に従い、三人は静岡県Q市のSヶ丘団地へと向かう。
下田健太無罪判決から一週間経った、平成二十五年二月二十日水曜日のことである。

1章　インタビューメモ

1

どうして、彼女が指名されたのか。

村木里佳子は、突貫《とっかん》で仕上げたインタビューメモに、何度目かのマーカーを入れた。メモはすでにいろとりどりのマーカーで彩《いろど》られ、さながら前衛絵画のようであった。そう揶揄《からか》ったのは隣に座る井崎智彦で、里佳子の同僚だ。

その前で、にこりともせず里佳子のメモを眺めているのが、吉永サツキ。セシルカットが嫌味なほど、似合っている。今年で、確か三十四歳だったはずだが、大学生にも見える。小柄な上に、その大きな目と色白のせいか。

会うのは今日がはじめてで、三十分程前に紹介されたばかりだ。お高くとまっているな。これが第一印象。さすがは、今をときめく新鋭構成作家様だ。なにしろ、彼女が参加しているバラエティ番組は軒並み高視聴率、彼女が脚本を手がけたドラマはテレビ業界最高峰の賞に輝いた。

「――この質問はいらないんじゃないかな？　いきなり、核心に迫ったほうがいいわよ」

吉永サツキの言葉に従って、里佳子は素直にばってんを描く。

「いや、でも、これは必要なんじゃないですか？」

井崎智彦が、顎《あご》の無精髭《ぶしょうひげ》をいじりながら、言葉を挟《はさ》む。里佳子はマーカーを握りなおすと、〝モトイキ〟と小さく書く。

「いらない。いらない。絶対、いらないわ」

〝モトイキ〟に抹消線。

さらに、〝モトイキ〟。

「いや、必要ですよ。まずは、つかみですよ」

こんな調子で、次々と彩られていくメモに、里佳子は不安を抱かずにはいられなかった。

どうして、彼女が指名されたのか。

2

電話があったのは、今朝だった。

その朝は校了明けで、編集部員はほとんど出勤しておらず、アルバイトの女の子が電話をとった。

「あのぉ、下田茂子の代理人って人からぁ、電話なんですがぁ」

アルバイト嬢ののんびりとした声が、がらんとした編集部に奇妙な波紋を作った。波紋は間もなく大きなうねりとなり、ぼんやりと新聞を読んでいた編集長を飛び上がらせた。

それから、五分後。

「信じられない、信じられない」

電話を終えた編集長は、壊れた機械のように繰り返した。その眉間《みけん》の皺《しわ》は、溝のように深い。

「信じられない、まったく、信じられない」

「どうしたんです?」

里佳子が声をかけると、編集長は一瞬きょとんと視線を宙に泳がせたが、息を大きく吸い込むと、言った。

「だから、下田茂子って。……下田茂子だよ」

「下田茂子って。下田健太の母親の？」

里佳子が問うと、編集長は張子《はりこ》の虎《とら》のように首を上下に振った。

「そう。なんだか、よく分からないが、インタビューに応じるって」

「独占、とれたんですか？」続けて里佳子が問うと、編集長の広いおでこが、さらに何度も頷《うなず》く。

「でも、条件がある。ヨシナガサツキだ。彼女にインタビューさせろっていうんだ。……というか、ヨシナガサツキって誰だ？」

「吉永サツキ。今を時めく、構成作家ですよ！」いつ出勤してきたのか、副編集長の井崎智彦が吼《ほ》える。「うちにも、インタビュー記事載せたことあるじゃないですか」

「ああ、そうか。なんだかよく分からんが、その吉永サツキっていう人物が相手なら、インタビューに応じるというんだ」

「つまり、吉永サツキが承諾しなければ、ダメってことですよね？」里佳子は、乗り出した体を引っ込めた。

「ダメ……なのか？」

「吉永サツキ、今や超売れっ子ですよ？」里佳子は、半笑いを浮かべながら、肩を竦《すく》めた。「総理大臣より多忙とも言われてますよ？　そう簡単にスケジュールを押さえられるわけ――」

「いや、可能性はあるよ！」井崎智彦が、再び吼える。「Gテレビに知り合いがいる。その人を介して――」

「よし、早速連絡してくれ！」編集長が負けじと吼えた。「インタビューは、今日だ！」

「今日？」里佳子と井崎の声が重なる。しかし、その口調には明らかに違いがあった。里佳子は呆れ気味に呟《つぶや》いただけだったが、井崎の声にはやる気が漲《みなぎ》っている。

「そうだ、今日の夕方六時。先方からの指示だ。変えられない」

「場所は？」井崎が、目をぎらつかせて編集長に進み寄る。

「静岡県Q市のSヶ丘団地だ」

「事件の現場じゃないですか！」

再び里佳子と井崎の声が重なったが、今度は若干、里佳子のほうが声が大きかった。

事件現場で、事件の関係者に独占インタビュー。これほど魅力的な仕事はそうそうない。が。

創刊三十五年目を迎える〝月刊グローブ〟は、グローブ出版の看板雑誌であるが、しかし、ここ数年、発行部数は落ちてきている。去年はとうとうクライアントからの広告出稿料も下がり、編集長の眉間の皺をますます深くしていた。強力な企画が必要だ。なんとしても、他社を出し抜くスクープが。それは、分かる。しかし、取材は今日の夕方六時、さらに静岡県Q市といったら、新幹線を使っても二時間近くかかる。しかも売れっ子の吉永サツキを押さえろ、というのは、あまりに無謀ではないのか？　しかし、井崎は鼻息荒く、携帯電話のボタンを押した。

「よっしゃ！　ＯＫもらった」

井崎がそう吼えたのは、それから十分後だった。

「マジで？」里佳子の声が裏返る。

「うん、吉永サツキ本人から、たった今、ＯＫもらった」

井崎が、いかにも得意げに無精髭をさすった。

また、先を越された。里佳子は、敗北の小さな溜息を吐き出す。

井崎智彦、この声のでかいお調子ものは、里佳子の同期だ。入社当時は、明らかに自分のほうがリードしていた。出身大学も彼より格上だし、入社試験もたぶん、自分のほうが圧倒的に上だったはずだ。だから、入社式のとき、新入社員の代表に選ばれたのだ。あれから、十二年。順調に走り続けていたはずの里佳子の足には少々の疲労、が、そのずっと後ろにいたはずの井崎の足は、去年あたりから加速をはじめている。

「え？　いいの？　だって、取材は今日の六時で、……急だよ？」里佳子は、息の上がった井崎に水を差すように、繰り返す。「本当に、吉永サツキ、本人から承諾もらったの？」

「うん、大丈夫だってさ。その代わり、資料とインタビューメモは、こっちで用意しておいてくれってことだけど。……今、午前十時過ぎか。まあ、なんとかいけるか」

それはそれは、よろしかったこと。これでまた、君の評価はうなぎのぼりね。来年あたりは編集長に抜擢されるんじゃない？　里佳子は喉《のど》の奥でそう呟くと、デスクに体を戻した。……まあ、人は人。私は私。私は、今のこの仕事に没頭しよう。「美少女グルメ」なんていう地味なレギュラー記事だが、これを楽しみにしている読者も多い。地道に地道に。それが一番。里佳子はデスクに、グルメマップを広げた。

「よし、じゃ、村木、おまえが用意しろ」

編集長が、出し抜けに里佳子を顎で指した。

「え？」

里佳子が頭を上げると、編集長はさらに言った。

「下田茂子のインタビューメモ、そして事件の資料、お前が用意しろ」

インタビューメモ？　事件の資料？　それを私が準備しろって？　そんなの、本来はアルバイトかアシスタントがするものだ。それを私が？

……つまり、井崎のアシスタントに回れというのだ。これほどの屈辱もなかったが、しかし、これはある意味、チャンスだとも思った。少なくとも、目の前に広がるなんの面白味もないグルメマップに没頭するよりは、数倍もやりがいのある仕事が回ってきたのだ。なにより、井崎に一泡吹かす機会も訪れるかもしれない。

それにしても、急だ。

里佳子は、パソコンの時計表示を見つめた。……十時十一分。

「東京発十五時五分発こだまの指定席、押さえた」

井崎が、キーボードを叩きながら言った。

「吉永サツキは、俺がピックアップして東京駅まで連れてくる。打ち合わせは新幹線の中でするとして――」

つまり、十五時には東京駅にいなくてはならない。ということは、ここを十四時三十分に出るとして。……約四時間。

よっしゃぁ。

里佳子は小さく気合を入れると、パソコンのキーボードに指を置いた。

〈主犯、下田健太の経歴〉

一九六三（昭和三十八）年、静岡県Q市K町のSヶ丘に生まれる。父、下田洋次。母、茂子。父の洋次は地元の電機メーカー工場に勤務。母の茂子は専業主婦。

小学校の頃は目立たず、内向的な性格で、いじめのターゲットにもなっていたという。いじめの原因は下田の虚言癖。虚言の内容は仮病を使って掃除や体育をサボるなど些細《ささい》なことだったが、「UFOの基地を知っている」「超能力が使える」などのあからさまな虚言もたびたびあり、クラスで下田を相手にするものはいなくなったという。

しかし、中学校に入ると下田の環境はがらりと変わる。学級委員長に選ばれたのがきっかけだった。一部のクラスメイトが共謀して冷やかしで下田に票を入れた結果だが、これが下田にとっては吉と出た。引き続き生徒会役員にも選ばれ、成績もアップ。同級生たちは「人がまるっきり変わった」と証言している。このとき、下田は事件を起こす。新任の女性教師の授業をボイコットし、自殺に追い込んだのだ。警察沙汰にもなるが、下田健太は無罪放免、しかし、推薦が決まっていた高校には進めず、県外の工業高校に進むも、不良の上級生に目をつけられ不登校。高校二年生のときに、自主退学。同時に、実家を出る。

飲食店、工場、訪問販売、テレビ番組製作会社など仕事を転々とするが、平成九年、三十四歳のとき、小さな出版社を設立。ジュニアアイドルのDVDを制作、販売する。二年間で一億円の荒稼ぎをするが、児童ポルノ禁止法が施行された平成十一年に出版社を畳む。その後、自然エネルギー商法に目をつけ、平成十三年、ソーラーシステムの委託販売会社を設立。しかし、詐欺すれすれの荒っぽい営業で、事業は頓挫《とんざ》。二億円の負債。平成二十二年、借金から逃れるために、内縁の妻である藤原留美子とともに逃亡生活を続け、Sヶ丘団地の一室に隠れ住む。同団地に住む下田健太の母親、茂子の計らいだった。団地の一室に落ち着くと、下田健太は借金をすべて返済しないとヤクザに命をとられると言いだし、ある計画を立てる。それは、不特定多数の人間をSヶ丘団地に集め、口座から預金を引き出すというものだった。これは、北九州連続監禁殺人事件のルポを読み、思いついたという――

「間に合いそう?」
井崎の声に、指がびくっとキーを離れる。里佳子は、慌てて体でディスプレイを隠した。一気に入力したせいか、なんだかとりとめのない文の羅列になってしまっている。こんな状態で見られるのは恥ずかしい。

「そっちはどうなの?」

里佳子が問うと、井崎は抱えていた雑誌を数冊、無造作に机に置いた。一番上にあるのは月刊グローブのライバル誌、喜多川《きたがわ》書房の月刊ファストだ。表紙には、〝密室の狂宴――藤原留美子が語る〟というタイトルが躍っている。

「ああ。藤原留美子の独占手記が載った号ね。売り上げが三倍になったっていう」

「そう。うちの編集長の胃に穴を開けた号。俺も、悔しくて一週間は不眠症になった。今度は、月刊ファストの連中に不眠症になってもらわないと」

里佳子は、井崎の顔を見上げた。その顔は、幾分紅潮している。やる気満々といったところか。自分はどうだろう。そういえば、朝、トイレに行ったきり自分の顔を見ていない。

とろんと弛《ゆる》んだ頰をパンパン叩いたとたん、井崎が持ってきた雑誌の一部が崩れ落ちてきた。表紙は東条亮《とうじょうあきら》。ブレイク中の俳優だ。しかし、里佳子はあまり好きではなかった。この作為的な微笑が苦手だ。なにより大根役者。なのに、なんでこんなに売れているのか。そんなことを思いながら雑誌を拾い上げると、付箋《ふせん》が貼り付けられたページがぱらりと開いた。

――下田健太は、クラスに一人はいるような、ほら吹きだった。楽をしたい、困難から逃避したい、自分をよく思われたい、注目されたい、かまってほしい、……そういう誰もが持っている欲求を、下田は「嘘」という道具を使って実現させようとしたに過ぎない。もし彼が、「先天的な悪魔」であるならば、この世の中は、殺人鬼で埋もれている。ほら吹きはトラブルメーカーにはなり得るが、〝殺人鬼〟の絶対要因ではない。

彼が、はじめて刑罰に値する罪を犯したのは、十五歳のときだった。新任の女性教師に執拗ないじめを繰り返し、クラスを煽動《せんどう》してその授業をボイコット。その日、彼女は自殺する。彼女の遺体には性的暴行の痕跡があり、その容疑者に下田健太が挙げられたが、しかし、警察は彼の嘘を信じ、逮捕することはなかった。このとき、彼は、世の中の〝ちょろさ〟を味わったのかもしれない。ただのほら吹きが、万能感を持った瞬間だったのかもしれない。

彼は、これを機に、大小の嘘を積み重ね、そのたびに人を籠絡《ろうらく》し、金を騙《だま》し取り、時には残酷な遊びに興じた。そのときどきの被害者が、彼を、もう後戻りできないほどの〝化け物〟に仕立て上げたのだ。もっといえば、彼を信じる者がいなければ、事件も起きなかった。彼の言葉を信じた者は、その時点で、共犯者なのだ。彼を〝化け物〟に育て上げたのは、ほら吹きをそこまで助長させたのは、彼の虚言を信じて、彼に服従していった被害者にほかならない。

「それは極論だ」と反論する者もいよう。「被害者は、どこまでいっても被害者だ」と彼らは主張するかもしれない。しかし、そんな主張を唱えるばかりでは、事件の本質は隠されてしまう。

もう一度言う。下田健太という〝化け物〟を育て上げたのは、彼の上手い言葉に騙されて、彼の言いなりになっていった、人間の脆《もろ》さなのである。下田は、生まれつきのモンスターなのではない。周囲のからかいや煽《あお》りが彼にモンスターというキャラクターを与え、彼はそれを忠実に演じていたに過ぎない。

つまり、この事件は特異な事件ではなく、いつどこで起きても不思議ではない、支配被支配のゲームなのだ。実際に、支配被支配のゲームは家庭、学校、会社など、どのコミュニティでも見られる、人間の本能の快楽なのだ。――

「これ、誰が書いたの？」里佳子は、なにか釈然としない気分で、訊《き》いた。

「無名のライターみたいだ。でも、確か、裁判の資料として採用されたはずだよ」

「これが、どうして、裁判の資料に？」

「下田健太の弁護人が取り上げたんだよ。下田健太の無罪を裏付けるために」

「つまり、下田健太は〝作られたモンスター〟で、下田健太こそ被害者だって言いたいの？」

「そんなところじゃない？」

「五人も殺しておいて？」

「証拠はない。だから、無罪判決が出た」

「素人の裁判員が、下田健太に丸め込まれただけじゃないの？　傍聴した人の証言では、立て板に水でしゃべりまくる人だったって。まるで独裁者の演説のようだったって。しかも、なかなかのイケメンで、その人も、つい、下田の言い分を信じてしまいそうだったって」

「それでも、証拠はない」

「あんたも、下田は無罪だと思ってんの？　下田こそ被害者だと思ってんの？」

「それは分からない。だから、これからそれを見極めに行くんじゃないか」

井崎は、里佳子の手から雑誌を引き抜くとアルバイト嬢を呼びつけ、付箋のついたページをコピーするように指示を出した。それは目算で五十ページは超えるような量だった。アルバイト嬢はいやな顔を隠しもせず、押し付けられた雑誌数冊をいかにも重そうに抱え込んだ。

とはいえ、手際のいい子だ。あと十五分もすれば、コピーの束が出来上がるだろう。きっとそれは自分のところに運ばれて、結局は自分がそれをメモとしてまとめなければならないのだ。里佳子は、苦々しい思いを嚙《か》み締めた。まるっきりアシスタント扱いだ。井崎に嫌味のひとつでも言ってやりたいところだが、当の井崎はすでにそこにはいなかった。

時計を見ると、十一時三十二分。

あと、三時間。

里佳子は、キーボードに再び指を置いた。

＋

〈共犯、藤原留美子の経歴〉

一九七四（昭和四十九）年、埼玉県川口市に生まれる。父は藤原武雄、母は久恵、ともに小学校の教員。未熟児で生まれ、小学校に入るまでは発育も遅れ気味だったのが、両親の心配の種だった。

幼少の頃よりアイドルに興味を示し、ピンク・レディーや松田聖子などの歌マネをすることが得意だったが、そのことでたびたび、両親から注意を受ける。

概《おおむ》ねまじめな性格ではあったが、芸能界への憧《あこが》れは年を追うごとに強くなり、十六歳のとき、両親に内緒で芸能事務所のオーディションを受け合格、家出する。

平成三年、十七歳のときに小川ルミという芸名でアイドルデビューする。が、すでにアイドルブームは去ったあとで、デビューCDは不発に終わる。この頃から飲酒を覚え、問題行動が見られるようになる。さらにハメ撮りビデオが出回り、事務所を解雇。事務所から多額の違約金を請求され、AVに出演することを余儀なくされる。数本のAVに出演した後、山田吾郎《やまだごろう》プロダクションに移籍。その後は、再現ドラマを中心に女優活動を続ける。
平成二十一年の暮れ、妊娠が発覚。父親は分からない。行きつけのスナックの経営者に相談したところ、とあるセミナーに誘われる。そこで下田健太と出会い、交際がはじまる。下田に「お腹の子供の父親になる」とプロポーズされ、それ以降、下田と行動をともにする――。

〈被害者1、2　藤原武雄と久恵の経歴〉

武雄は一九三八（昭和十三）年、久恵は一九四〇（昭和十五）年に生まれる。武雄は昭和三十六年、川口市立小学校の教員となり、昭和四十七年、二歳下の同僚の久恵と結婚。昭和四十九年に留美子をもうける。昭和五十二年、武雄は教頭採用試験に挑戦するも失敗。その後、九回挑戦し、四十七歳のときに合格。教頭の資格は得たが、順番が回ってこず、平教員のまま定年退職。
武雄が教頭採用試験に挑戦していた頃、ストレスが原因か、たびたび癇癪《かんしゃく》が見られるようになる。生徒への体罰もあったらしい。体罰は留美子にも及び、留美子は毎日のように押入れに閉じ込められていたという。夫に服従している久恵はそれを止めることなく、黙認していた。が、これらはすべて留美子の証言で、裏はとれていない。

武雄を昔から知る人の証言では、武雄は曲がったことが嫌いな熱心な教育者だったという。体罰らしきものもあったかもしれないが、それは常識の範囲内で行われたもので、宿題を忘れた生徒を廊下に立たせる、いたずらした生徒を正座させる、など、当時では当たり前に行われていた体罰にとどまっていたという。

留美子がアイドルデビューするときは猛反対したが、デビューＣＤを何十枚も買うなど親ばかな一面もあったという（武雄の知人の証言より）。しかし、留美子がＡＶに出演したことを知ったときは、手が付けられないくらいに怒り狂った。そして、強引に留美子を分籍させた。分籍させられたことで、留美子と武雄の断絶は決定的なものとなり、それ以降、連絡し合うこともなかった。

だが、密《ひそ》かに留美子と連絡を取り合っていた妻の久恵から、留美子が失踪したことを知らされると、捜索願を出し、また自らも捜索をはじめる。

留美子の証言によると、武雄と久恵がＳヶ丘団地の部屋を訪ねてきたのは、平成二十二年八月十七日。身重の留美子を見て、武雄は激しく留美子を叱りつけた。言い争いの末、衝動で、留美子は武雄を包丁で刺して風呂場に放置、その後、武雄は死亡した。自首するように迫った久恵も風呂場に監禁。食事も水も与えず、一週間放置。死亡した。

・

〈被害者3　北野友莉の経歴〉

一九八五（昭和六十）年、神奈川県横浜市に生まれる。

平成九年、小学校六年生の十二歳のとき、原宿でスカウトされる。そのとき、スカウトしたのが、下田健太。下田は言葉巧みに「アイドルにならないか、ビデオに出演しないか」と誘い、友莉をその気にさせる。友莉の母親にも会い、ビデオ出演の契約書を交わす。

しかし、そのビデオは児童ポルノビデオで、友莉はほぼ裸の姿でビデオに撮られる。そのときの心境を友莉は「こんなエッチなことをするのはいやだと思ったが、大人たちに囲まれて、逃げることができなかった。とにかく恐怖心でいっぱいで、この撮影が終われば帰れると思い、大人たちの指示に従って撮影した」と証言している。

しかし、撮影は一日では終わらず、結局、三日間、静岡県のSヶ丘団地の一室に軟禁状態で、撮影を強制される。途中、友莉の母親が撮影の様子を見に来るが、その内容に驚き、撮影を止めようとするも、契約書を盾《たて》に、結局は続行される。その後も、契約書を盾に、下田健太は撮影を強要、友莉は、中学校に入ってからもビデオに出演。ビデオの販売数の合計は一万二千本に上る。そのビデオは学校で噂《うわさ》になり、転校を余儀なくされる。しかし、転校先でもビデオの噂が立ち、友莉は不登校、家に引きこもる。この頃より、リストカットを繰り返すようになる。

平成十五年、十八歳のとき祖父母の家に預けられ、通信制高校に入学、その四年後に卒業。看護師を目指し、看護学校に入学する。が、平成二十二年、二十五歳のとき下田健太から連絡が入り、過去のビデオをネタに脅迫され、百五十万円をとられる。さらに、「新しい作品に出演してほしい」と、同年十月、Sヶ丘団地の一室に監禁される。

同月、友莉を引き取りにやってきた両親も、Sヶ丘団地に監禁される。

「狭い部屋に閉じ込められて、私は、ずっと抱き続けていた母と父に対する憎しみを爆発させました。両親が下田健太に殺害され、それが遺棄されるのを、むしろ喜びの中で見つめていました」

と裁判で証言している。さらに、

「私は、もうずっと前から、心の中で繰り返し、両親を殺していました。なぜなら、両親は、私がポルノビデオに出るのを黙認し、そのくせ、ポルノビデオに出演している私を、汚物を見るような目で見ていたからです。そして、汚物を捨てるように、私を祖父母に預けました。それが、許せなかったのです。下田健太以上に」

〈被害者4　北野月子《つきこ》の経歴〉

一九六一（昭和三十六）年、神奈川県厚木市生まれ。昭和五十八年、中学校の同級生の北野正《ただし》と結婚、友莉をもうける。

友莉が下田健太にスカウトされたときは、賛成した。もともと自身も歌手志望で、芸能界への憧れが強かった。友莉の証言では、月子は挨拶《あいさつ》に来た下田健太を大いに気に入り、ろくろく内容を読むこともなく、契約書に捺印したという。その契約書には、友莉側からビデオ撮影中止を申し出た場合には、違約金として、五百万円を支払う旨が書かれていた。五百万円の違約金を支払う能力がなかった月子は、健太の言いなりに、娘をビデオに出演させ続ける。このことが、友莉と月子の深い断絶のもととなる。そんな状態を見かねた正の父母が友莉を引き取ったあとは、連絡することも、連絡が来ることもなかったという。

平成二十二年十月、下田健太から月子に連絡が入る。下田健太の証言によると、友莉の居場所を母親に伝えるためだったという。下田健太の主張では、友莉を無理やり監禁したわけではなく、「仕事を手伝ってほしい」と誘ったところ、友莉自ら、自分のもとにやってきたという。しかし、内縁の妻の留美子が難色を示したため、友莉を迎えに来てほしいと、月子に連絡した。そのとき、月子は下田をラブホテルに誘い、肉体関係に至り、深い関係となる。月子は下田から離れられないと、月子もまた、〝自ら〟Sヶ丘団地の部屋に居座ったという（下田健太の証言より）。

そして、下田の手により、殺害される（友莉と留美子の証言より）。

〈被害者5　北野正の経歴〉

一九六一（昭和三十六）年、神奈川県厚木市生まれ。不動産会社に勤務。昭和五十八年、月子と結婚。

子育ては月子にまかせっきりの父親で、ビデオの契約も、正の知らないところで行われていた。その内容がポルノであると知ったのは、ビデオを見た知人の話からだった。それまでは、娘がビデオに出演していることも、その内容がポルノであることも、月子が承知していることもまったく知らなかった。月子は、正には「児童劇団に通わせている」と誤《ご》魔化《まか》していた。

ビデオの事実を知ると、正は警察に相談しようとするが、月子が止める。表沙汰になったらますます友莉が傷つくと、正を説得。正は違約金五百万円を実家の親から借り、それを下田健太に渡し、その後は友莉を実家の父母に預ける（以上、友莉の証言より）。

それ以降、正は、ビデオをネタに下田からたびたび金を無心される。そのたび、実家の両親に「会社の金を使い込んだため」と嘘をつき、金を引き出す。その合計は三千万円にのぼり、正の両親は田畑を売って工面した（正の両親の証言より）。

この件により、正と月子の関係は破綻《はたん》、別居状態になる（正の知人の証言）。そんなとき、平成二十二年十月、友莉を預かっているからＳヶ丘団地まで引き取りに来てほしいと、下田健太から連絡が入る。

Ｓヶ丘団地に到着すると、正はそのまま監禁され、その後、下田健太に殺害される。遺体は、月子によって解体され、遺棄された（友莉と留美子の証言より）。

〈被害者6　ハヤシダの経歴〉

生年月日、出身地など、不明。留美子の証言によると、平成二十二年十月の末頃、下田健太がＳヶ丘団地に連れてきた。

北野月子との会話から、月子より十歳ほど年下の四十過ぎではないかと、留美子は証言している。下田健太を〝あなた〟と呼び、愛人のようにふるまっていたという。北野月子、正の殺害、遺棄に深く関与。平成二十三年三月一日、友莉をリンチしようと左手の指をすべて切断したが、下田健太により、ハヤシダは殺害された（友莉と留美子の証言より）。

ただし、下田健太は犯行を否認。

〈被害者7　みっちゃんの経歴〉

生年月日、出身地など、不明。留美子の証言によると、Sヶ丘団地の部屋に留美子たちが入る前から住んでいたらしい。留美子は、下田健太の母親に「みっちゃんの面倒を見てあげて」と言われたという。〝みっちゃん〟は、知能に少々の遅れが見られ、ひとりでは生活できない状態だった。下田はたびたび、みっちゃんを性のはけ口にしていたが、平成二十三年三月一日、下田健太により、殺害された（友莉と留美子の証言より）。

ただし、下田健太は犯行を否認。

〈被害者8　ミノルの経歴〉

平成二十二年八月三十一日、留美子が産んだ男児。平成二十三年一月二十七日、下田健太により、殺害された（友莉と留美子の証言より）。

ただし、下田健太は犯行を否認――。

＋

「ひどいな……」

え？

誰かに囁《ささや》かれたような気がして、里佳子は頭を上げた。

しかし、編集部は皆、出払っており、アルバイト嬢だけがカタカタと、キーボードを叩いている。

里佳子は時計を確認した。

十三時二十分。

あ、もうこんな時間だ。お腹が少し鳴ったが、まだやらなくてはいけないことがある。

里佳子は引き続き、インタビュー用のメモをまとめはじめた。

3

どうして、彼女が指名されたのか。

東京駅から新幹線に乗って、五十分ほど経っただろうか。車窓の風景も、それまでのごちゃごちゃした住宅街から、空き地や緑地が目立ってきた。季節のせいかもしれないが、色に乏《とぼ》しい風景だ。

来週末は、もう三月か。里佳子は、車内販売で買った菓子パンをかじりながら、唐突にそんなことを思った。

隣を見ると、井崎智彦が腕を組みながら大きく舟を漕《こ》いでいる。

前を見ると、吉永サツキが幕の内弁当をつっついている。

あれからインタビューメモは練り直され、十分ほど前、ようやく目途《めど》がついた。

しかし、新たな項目が追加されたことで、里佳子はカバンからノートパソコンを引っ張り出すことを強いられた。左手に菓子パン、右手で操作、こんな姿勢で彼此《かれこれ》五分は過ぎているだろうか。

追加された項目は、〝Sヶ丘団地〟についてだ。事件の現場となった団地で、今まさに向かっている目的地だ。それを言い出したのは目の前で蒲鉾《かまぼこ》を頰張《ほおば》る吉永サツキで、「この事件の舞台となった団地について、予備知識が欲しい」と、メモもまとまりかけた頃に、いきなり注文を出してきた。メモが完成したら車内販売で幕の内弁当を買おうと決めていた里佳子だったが、結局幕の内弁当は吉永サツキに譲り、自分は片手で用が済むこの菓子パンで妥協した。

なんだか、朝から、調子が狂いっぱなしだ。そもそも、今日、新幹線に乗る予定などひとつもなかった。今日は仕事を早めに切り上げて、久しぶりにヘアサロンに行く予定だった。白髪が目立ってきたので、カラーリングもするつもりだった。もちろん、サロンには予約も入れておいた。なのに、なんで自分は今、髪を振り乱し、菓子パンを片手に、ノートパソコンのキーを叩きつけているのだろう。しかも、新幹線の中で。そうだ。今日は朝から、自分のペースでやっていることなど、ひとつもない。すべて、誰かの指示で動かされ、誰かのペースで急《せ》かされている。この、歯がゆい不快感。

それでも里佳子は、Sヶ丘団地についてのメモをまとめ上げ、それを井崎と吉永サツキにメールで送った。ふたつの着信音が同時に鳴り、井崎と吉永サツキがそれぞれ、ノートパソコンを膝に載せた。

「なるほど。一九六一年つまり昭和三十六年四月に入居を開始したこの団地は、今まさに建て替えの真っ最中ってことか」

まず、井崎が反応した。「建て替え工事は街区ごとに行われ、来年は第四街区が建て替えを迎える……と」

「事件が起きた部屋は第四街区で、この春には、全棟取り壊していったん平地にするのね」

引き続き、吉永サツキが反応した。「下田健太の実家、……下田の母親が住んでいる部屋は？」

自分より年下である吉永サツキはなんでタメ口なんだろう、一方、なんで自分は敬語を使っているのだろう……、そんなことを思いながら、里佳子は、答えた。

「第三街区で、五年前、建て替えが済んでいます」

「つまり、下田の実家である部屋の目と鼻の先で、事件は起きたというわけか」

井崎が欠伸《あくび》を嚙み殺しながら言葉を挟む。その言い方が、なんとなく癇《かん》に障り、里佳子はつっけんどんに応えた。

「目と鼻の先といっても、第三街区と第四街区とじゃ、結構離れているもんよ。私の実家も団地だったけど、街区が違うと、近所づきあいすらなかったもの」

「そんなものかなあ」

「そんなものよ」

「でも、やっぱり不自然だよな。同じ団地にいながら、母親は息子の部屋で起きている事件にまったく気が付かなかったなんて」

「そういうもんよ。同じ屋根の下に住んでいながら、息子の部屋で起きていたリンチ殺人を認識していなかった親だっていたじゃない」

「ああ。足立区のコンクリ事件か」

「そう。そのほかにも、似たような事件はいくらでもある」

「それはそうと、下田健太は、一度出た団地になんでまた舞い戻ってきたんだろうな」

「それは——」里佳子が応えようと身を乗り出したまさにそのとき、吉永サツキが口を挟んだ。

「それは、母親が関与しているって、裁判の記録にあったはず」

吉永サツキは、軽快にキーボードを叩きながら言った。

「債権者から逃げていた下田健太と留美子を匿《かくま》うために、他の目的で下田茂子が借りていた当該団地の一室を利用したって。その部屋は建て替えが決まっていた棟だったから、ほとんど住人はいなくて、ゴースト化していたみたい。だから、事件もなかなか発覚しなかったって」

「なるほどな」

井崎が、まるで旧知の知り合いに対するように親しげに応えた。「隠れ家としては、うってつけだったわけか。まさに、犯罪の温床だな。……ところで、下田茂子は、一人暮らし？」しかも、井崎も、吉永サツキに対していつのまにかタメ口になっている。

「うん。夫の下田洋次は、五年前に他界しているので、たぶん、一人だと思う」

「そっか。……あれ？　なんだか、曇ってきたな」

井崎が車窓をちらっと見た。

「ほんと、雪でも降りそうね」

サツキも、井崎の視線を追って、窓の外を窺《うかが》う。

「雪か……。ちょっとロマンチックだな」

どういう意味なのか、井崎がにこりと笑った。その笑顔は、明らかに吉永サツキに向いている。

この二人、初対面のはずが、この短い時間ですっかり打ち解けたようだ。こうなると、まるで恋人どうしのようだ。

こんな男のどこがいいんだか。

こんな女のどこがいいんだか。


次が目的のQ駅だと、アナウンスが流れる。

席に座っていた客もそわそわと準備をはじめ、気の早い何人かはドア付近に待機する。

里佳子は、残りの菓子パンを口に押し込むと、膝の上に広げた資料とノートパソコンをカバンに詰め込んだ。

見ると、井崎と吉永サツキはすでに準備を整え、コートを着込むと、ゆっくりとシートから立ち上がった。里佳子もばたばたと、二人の後を追った。

4

Q駅からローカル線に乗り換えて、三十分。

S駅は、想像していた通り、寂《さび》れた風景だった。

昭和三十六年にSヶ丘団地に合わせて新設されたということだが、それ以降、改装も増築もすることなく、メンテナンスすらほとんどせずに今まできたようだった。ネットで検索したS駅も古く寂れた駅で、駅周辺を写した航空写真もなにか物寂しい風情で、街そのものがゴーストタウンのような雰囲気だったが、それは写真の写りのせいばかりではなかったのだと、里佳子はひとり頷いた。

「ここは、もともとは基地の町だったみたいだね。でも、昭和五十年代、基地は市に返還され、基地に依存していた産業が衰退した」

井崎は、吉永サツキの隣に陣取ると、まるで現地ガイドのように説明をはじめた。「それでも、各メーカーの工場が多くあったから、街そのものは持っていたみたいだけれど、平成に入って工場が次々と撤退していって、それが追い討ちだったらしい。かつてのベッドタウンは、寂れる一方で――」

駅前には、なにもなかった。

いや、やたらと大きい自動販売機が四つ並んでいる。どれも清涼飲料水の販売機で一昔前のスペックだ。

五階建てのビルもあった。しかし空きビルで、エントランスは固く閉ざされている。そこはかつてデパートだったようで、エントランス近くにはその名残の看板が寒々しく立てかけられている。

駐輪場らしきものもあった。一日七十円という殴り書きの表示板があるも、停めている自転車は数えるほどしかない。

唯一、この街の最後の命綱とばかりに、コンビニエンスストアだけが開いている。選挙が近いのか、その入り口付近には、選挙ポスターがびっしりと貼られていた。すべて同じポスターで、白塗りの女性がにこりと笑って、『光ある国を、光ある生活を』というキャッチフレーズを叫んでいるという構図になっている。

「いやー、いい感じにローカルしているね」

井崎が、モッズコートのポケットに両手を突っ込みながら、チャラけた風に毒づいた。

里佳子も、「のどかって感じ?」と心にもないことを言ってみるが、しかし、吉永サッキだけは、だんまりを決め、短い髪を風に揺らしている。その、タータンチェックのピーコートのせいか、ますます若く見える。

風が氷のように冷たい。ここは、思ったより気温が低いようだ。里佳子は、ダウンコートの第一ボタンをしめると、カバンにしまいこんでいたマフラーを首に巻き付けた。

時計を見ると、十七時五分。ここからSヶ丘団地まで、確か車で十五分ほど。しかし、タクシーは見当たらなかった。あるのは、バス停留所のみ。

〝Sヶ丘団地〟とプレートを掲げたバスがゆっくりとやってきた。どうやら、電車のダイヤとリンクしているらしい。電車を降りた客を見込んでいるのだろう。しかし、バスを待っていたのは、里佳子たち三人だけだった。

後部ドアが開くと同時に、運転手の声がマイク越しに聞こえてきた。

「運賃は後払いですから。その整理券を持っておいてください。電光掲示板に運賃が表示されますからね、整理券に書かれた数字と同じ数字の運賃を、降りるときにお支払いください」

まず、吉永サツキが無言で整理券を引き抜いた。里佳子と井崎もそれに倣《なら》う。それから二人がけのシートに吉永サツキと井崎、そしてその前の席に里佳子が一人座った。

バスはほどなく発車し、運転席上の運賃表が点灯した。見ると、〝1〟の部分に運賃が表示されている。初乗り二百円、目的地までにどのぐらい数字は上がるのだろうか。

里佳子はカバンからノートパソコンを引っ張り出した。昭和三十六年当時のSヶ丘団地入居募集パンフレットをダウンロードしておいた。それには、駅からバスで約十五分、とあった。パンフレットに描かれた絵は、まさに夢のニュータウン。花々が咲き乱れ、子供がさんざめき、それを親たちが微笑《ほほえ》みながら見守る。

しかし、車窓を流れる風景は、電車の中から見たそれよりもさらに色の乏しい、いってみれば色あせた古いカラー写真のようなものだった。空き地と枯野、その間を縫うように古い建物と民家が見えるが、それがかえって寒々しく感じられる。これは季節だけのせいではないのだろうと、里佳子は思った。ここは、もしかしたら、もう終わってしまった街なのかもしれない。そんな感傷的な気分になってしまう。

そして、里佳子はいまさらながらに気付く。

駅からここまでの間、開いていたのは駅前のコンビニだけで、あとは、すべてシャッターが閉まっている。道路沿いの建物も、もとは店舗だったのだろう、どれもシャッターが下ろされていた。

地図を確認してみると、ここは旧市街と呼ばれている通りで、江戸時代から続く歴史ある街道だったらしいが、明治に入ると忘れられ、しかし戦後、ニュータウン計画とともに商店街として発達したとある。なるほど、その面影はある。注意してみると、アーケードや街灯の名残をところどころに見つけることができる。しかし、その大半は、なにかにごっそりと削り取られたような空き地と枯野だった。

「タワーマンションが建つ予定なんですよ。今はこんなですけれど、五年後には、高層マンションがこの通りを埋め尽くしますよ」

マイク越しに、運転手が話しかけてきた。

「ショッピングモールも誘致する予定ですから、がらっと変ります。東京にも引けをとらない大繁華街になりますよ。なにしろ、駅前にはオフィスビルだって建つ予定だ」

運転手は、この街を擁護《ようご》するかのように、大袈裟《おおげさ》な単語を次々と繰り出す。

「五年後には、また、昔のような、いえそれ以上の夢のニュータウンが復活しますよ」

しかし、その五十年後には、また街は歯抜け状態で寂れるのではないだろうか。そして再び再開発が行われ、しかしその五十年後には……。

〝街〟として何百年も定着させるのは、難しい。ほとんどは世代交代とともに街も見捨てられ、ニュータウン計画は他の地に移る。こんなことを繰り返して、日本のあちこちで街が出来上がり、そして廃《すた》れていった。この街はどうだろうか。五十年前は若い世代が溢れかえり活気と希望に満ちた街だったはずだが、今はもう、希望も活気も、若さすらない。

無理やり施す若返りの手術が、どれだけの効果をもたらすか。

街道を抜けたようだった。辺りはさらに閑散とした景色となり、自然が作り出したというよりは、かつては人工的な何かがあったが荒廃したというような荒れた緑地が続く。せめて天気がよければ、この陰鬱《いんうつ》な風景も少しは明るい色彩に恵まれていたはずだ。そうすれば、こんな重たい気分にもならなかったはずだ。

ああ、もう我慢ならない。里佳子は、目頭を右の人差し指と親指で押さえた。資料と風景を交互に見ていたせいか、車酔いしてしまったようだ。胃を押し上げられているような不快感と、頭を上から押さえつけられているような違和感。

「次は、Sヶ丘団地前でございます」

アナウンスが流れて、里佳子の中に幽《かす》かな気力が戻った。頭を上げると、無機質な灰色の箱が無数、こちらに迫ってくる。里佳子は、咄嗟《とっさ》に身を避けた。

「どうしたの？」

後ろから、井崎の声。

「ううん」里佳子は、無機質な箱の群れに、改めて目を凝らした。「……ああ、あれが、Sヶ丘団地」

想像以上に、大規模な団地だ。しかし、それは〝住まい〟というよりは〝刑務所〟の景色に近い。

「ようやく、ついたわね」

吉永サツキが、どこか緊張気味に言った。

この人でも、緊張するんだ。

そんなことを思いながら、電光掲示板に視線を移すと、〃1〃の表示の横に、320円という表示が見える。里佳子は、握り締めていた左手をゆっくりと開いてみた。掌の湿気を充分に吸った整理券が、くしゃくしゃになっている。掌には、整理券の〃1〃という赤い印字がそのまま転写されていた。

5

「お電話くだされば、駅までお迎えにいきましたのに」

バス停留場の前には、一人の老女がにこやかに立っていた。

「わたくし、Sヶ丘団地の自治会長を務めております、小坂初代《こさかはつよ》と申します。下田茂子さんに頼まれて、お待ちしておりました」

「はあ。それはどうも」

予想もしない人物の登場に、里佳子と井崎は顔を見合わせた。しかし、相手が名乗ったというのにこちらがそれをしないというのは、あまりに非礼だ。里佳子と井崎は、それぞれ名刺を取り出すと、それを老女に差し出した。

「月刊グローブの……井崎さんに村木さんですね。では、参りましょうか」

里佳子と井崎が躊躇《ためら》っていると、

「この団地は、広いですから。それに入り組んでもいますから、ご案内させていただきます」

と、老女が、しわくちゃな顔をさらにしわくちゃにして、笑った。

「はあ。それはどうも」

里佳子と井崎は、再び繰り返した。

小坂さんに従って駐車場まで行くと、それからはミニバンに乗せられた。

「ここは広いですから。車でご案内します」

この老女が、運転するのだろうか。若作りだが、どう見てもなかなかの高齢だ。その髪は真っ白で量も少なく、その背中は曲がり、その顔には無数のシミと皺。手など、微かに震えている。

「大丈夫ですよ。こう見えて、ゴールド免許なんです」

その言葉とともに、ミニバンがゆっくりと滑り出す。

「Sヶ丘団地は敷地面積約十万坪、四階建ての中層が中心の賃貸型住宅です」

運転席の小坂さんは、早速、説明をはじめた。何度も練習したかのように小坂さんの説明は滞りなく、言葉も聞きやすかったが、団地そのものは新旧入り混じった落ち着かない状態だった。すでに建て替えられて真新しくなっているものや、まさに工事中のもの、足場を組もうとしているものなど、それぞれがまったく違った姿を見せている。

「当団地は第一街区から第六街区にグルーピングされ、合計百三十棟、全戸数二千六百八十二戸、その他にショッピングセンター、病院、学校、テニスコート、運動場などの施設を擁する、日本有数のニュータウンです」

小坂さんがこの団地に入居したのは平成五年、それ以来二十年住み続けているという。

「当時は、なかなか部屋に空きがなくて。仮に空いたとしても、倍率がすごくて。わたくしは、十年、待たされました」

笑いながら白髪頭をなでつける小坂さんは今年で八十一歳、長年勤めてきた化粧品メーカーを二十年前に退職し、今では自治会の仕事を生き甲斐にしているという。

「生き甲斐というほど大袈裟ではないのですけどね、まあ、ボケ防止のいい暇つぶしです」

「しかし、暇つぶしと割り切るには、いろいろと厄介《やっかい》なことも多いのではないですか？」

助手席の井崎が質問すると、

「まあ、そうですね。年寄りばかりになってしまいましたから」と、小坂さんは、奇妙な笑みをたたえながら、応えた。バックミラーに映るその表情は泣き顔にも見えたが、井崎は質問を続けた。

「団地住民の逆ピラミッド型現象、つまり、高齢者が多く若者層が少ないという人口構成が、各地で起こっていますよね。高齢化が定着していき、高齢者夫婦や独居老人世帯が増えている。孤独死なんていうのが問題になっていますが、ここでもそうですか？」

「そうですね。孤独死はここでもぼちぼち起こります。みなさん、引き籠もってしまいますからね」

「引き籠もりって若い人の間で問題になっていますけど、世代なんか関係ないですよね。むしろ――」

「ええ、おっしゃる通りです。お年寄りの引き籠もりのほうが質《たち》が悪いと思いますよ。この団地にも、もう何ヵ月も顔を見ていないお年寄りが何人もいます。そういうお年寄りを訪問して外に連れ出したり、食事のケアをしたりするのがわたくしたちの主な仕事なんですが、それでも、全部は回りきれません。なにしろ、わたくしが担当する第五街区だけでも、そんなお宅が五十戸近くありますからね」

〝お年寄り〟を連発する小坂さんこそ、立派なお年寄りだ。まさに、高齢者が高齢者をケアするという構図だ。

井崎の質問が続く。

「建設当時の人口は一万一千人を超えていたのに現在は人口約六千人、なんていう団地もあるそうです。五十年で半数近く、人口を減らしている計算です」

「わたくしが担当する第五街区でも、半分以上が空き家です」

「他の街区はどうですか？」

「第一街区から第三街区までは建て替えが終了しましたが、入居者は七十パーセントに達していないと聞いています」

「つまり、新築になったのに、全戸埋まらないってことですか？　前に住んでいた方は？」

「家賃が大幅に上がりましたから、ほとんどの方はそのまま他に引っ越されたようです。なにしろ、前から住んでいるのは年金暮らしの年寄りばかりですから、家賃九万円はきついんですよ」

「九万円、しますか」

「ええ。死活問題です。家賃引き下げ要求運動なんていうのもしておりますが、まあ、要求が通るのは難しいでしょうね」

「ちなみに、建て替え前はおいくら?」

「一番多い2DK間取りで、約四万円です」

「つまり、五万円、上がったわけですね。それじゃ、払いきれない人も出てきますね」

「ええ。ですから、建て替えの計画が打ち出されて、実際に工事に着手するまで十年以上かかったんです。住民の反対で」

「十年以上も?」

「はい。はじめに建て替え計画が出たのが、確か……昭和六十年だって、聞いてますよ。推進派、反対派で、激しく対立したとか」

「まるで、どこかのダムのようだ」

「ダム? ……ふふふふ。本当ですね」

車のスピードが落ちた。目の前に、古びた昭和の中層集合住宅が整然と広がっている。かつての芝生も、かつての児童公園も、自然に任せて雑草が覆い茂り、錆《さび》とカビがいたるところで幅を利かせている。

「……ここが第四街区です」

　小坂さんは、躊躇《ためら》いがちに言った。

「第四街区？　……ということは、事件のあった——」

　吉永サツキが問うと、小坂さんは、小さく首を横に振った。

「事件なんか、起きてません。あれは、藤原留美子と北野友莉の、作り話です。そもそも、健太くんはそんな悪いことができる子じゃありません。だから、裁判でも、無罪になったんですよ」

「下田健太……さんとは、お知り合いで？」井崎が、言葉を択《えら》びながら、質問した。

「ええ、小さい頃から知っています。気が弱い、おとなしい子供でした。そりゃ、確かに、多少の問題行動もありましたが、それは、……あの子のせいなんです。あの子が来てから、健太くんはおかしくなったんです」

「あの子って？」

　後部座席の吉永サツキが、身を乗り出した。

　しかし、その問いは小坂さんには聞こえなかったようだ。小坂さんは、続けた。

「無罪が決まったとき、本当にほっとしました。ああ、やっぱり、正義は勝つんだと。これで、もう、健太くんは、裁かれることはないんですよね？　ドラマで見たことありますよ。一度、判決が確定したら、同じ事件で再度裁かれることはないって」

「一事不再理ですね」

吉永サツキがさらに身を乗り出した。「しかし、下田健太の判決は確定されていません。ですから、まだ、裁判は終わってないのです。実際、検察は控訴を検討中です」

「あら。どういうこと？」

「ですから、判決は確定していないのです」

「確定してないって？　だって、無罪になったんでしょう？　一審で無罪判決が出た場合は、二度と裁かれないって聞きましたよ。検察も控訴できないって。そんなドラマも見たことがありますよ」

「それは、アメリカなどの場合です。日本では、解釈が違います。日本では、判決が確定するまで、ひとつの裁判とみなします。つまり、一審で無罪が言い渡されても、控訴審、上告審と、上訴することができるんです」

「じゃ、いつ、確定するの？」

「期間内に上訴しなかった場合、上訴を取り下げた場合、上訴が棄却され、これ以上上訴ができない場合」

「期間内に上訴しなかった場合？　じゃ、その期間は？」

「判決が出た翌日から、十四日間」

「判決が出た翌日から？　……じゃ、今日で、もう七日目ですね。ということは、控訴できる期間は、あと七日。検察が、この七日間で控訴しなかったら、健太くんは、今度こそ、晴れて無罪ですね。あと、七日間」

「いえ、でも――」

「さあ、つきましたよ」

しかし、吉永サツキの言葉は遮断された。「ここが、第三街区です。お部屋で、茂子さんがお待ちです」

そして、車はゆっくりと止まった。

見ると、新しい白い壁が、夕闇の中、蛍光灯のようにぼんやりと輝いている。

時計を見ると、十七時五十八分。

「あれ？」

三人の人影が、建物から出てきた。男性二人、女性一人。

……見覚えのあるシルエットだ。記憶を辿る前に、吉永サツキが車を降りた。里佳子もそれに倣った。

2章　インタビュー　一日目

6

「迷われましたか?」

そう言いながら玄関ドアを開けたのは、下田茂子だった。

昭和十四年生まれ、今年で七十四歳だと聞いていたから、もっと年老いた女性を想像していたが、見た目はそれより十歳は若く見えた。髪を明るいブラウンに染めているせいかもしれない。または、桜色のニットカーディガンの効果か。その花柄のスカートもシフォン系の生地で、若々しさを演出している。

あるいは、その長身のせいかもしれない。玄関を上がったとき、一瞬、茂子の肩が里佳子の肩に触れたが、数センチ、自分より肩の位置が上だった。自分の身長が百六十センチだから、百六十二〜三センチといったところか。この年齢でこの身長ならば、なかなかのものだ。

その容貌も若さの秘訣なのかもしれない。丸顔で、目と鼻と口の各パーツがほどよく大きい。いわゆる、ファニーフェイスだ。きっと、若い頃はモテたに違いない。長身に愛《あい》嬌《きょう》のある丸顔。いまでいう、癒し系か。

「お約束の時間、少し、過ぎてしまいましたね」

しかし、その声の調子は少々きつかった。

時計を見てみる。十八時五分。

「ああ、すみません。棟を間違えてしまいまして」

ダウンコートを脱ぎながら、里佳子は、慌てて言い訳した。「隣の棟に行ってしまいまして――」

「そうですか。まあ、今日はそれでよしとしましょう。さあ、こちらへ、どうぞ」

建て替えられてまだ五年。その部屋は、いまだ新しかった。壁は漂白したように真っ白で、照明などの設備も最新のものが使われているようだ。しかし、間取りは昔ながらの2LDK。その広さも四十平米あるかないかだろう。

LDKというのは名ばかりで、システムキッチンの横にちょっとした空間があり、そこをダイニングと呼んでいるようだ。小さなテーブルがようやく入る程度の広さだ。それに続くスペースもリビングというには狭苦しく、ベージュの二人掛け用のソファが無理やり押し込められている。ソファの後ろには襖《ふすま》があり、その向こうはおそらく、六畳の和室。そして、その隣には四畳半の寝室。寝室というより、納戸と呼んだほうが相応《ふさわ》しい小さな部屋に違いない。実家の団地とまったく同じ作りだ。黴《かび》臭くないところを除いては。でもきっと、一年もすれば、この部屋も黴に悩まされるのだろう。団地の宿命だ。

「本日は、お忙しい中、インタビューに応じていただき、ありがとうございました」

まずは、井崎が名刺を差し出した。そして、里佳子、最後に吉永サツキが型どおりの挨拶とともに名刺を差し出す。

このとき、里佳子は重要なことを思い出した。

手土産《てみやげ》、忘れた。

井崎も同時に思い出したようで、その表情が、一気に青ざめる。

それどころじゃなかった。東京駅に着いたのはぎりぎりで、新幹線の中でも打ち合わせが続き、ローカル線に乗り換えるときも、全力疾走を強いられるほど、時間に余裕はなかった。そして、S駅に着いたときも、それらしき店はなく、しかも、バスがすぐにやってきた。

……そんなことを言ってみたところで、なんの言い訳にもならない。実際、新幹線の中で車内販売を買う機会はあった。

ちらちら顔を見合わせる里佳子と井崎を尻目に、吉永サツキが、何事もなかったようにカバンの中から包みを取り出した。N屋のバウムクーヘンだ。

「あら、これ、テレビで見たことがありますよ。行列ができるお店なんですよね。食べてみたかったんです」

里佳子と井崎は、ほっと肩の力を抜いた。

「それでは、時間も時間ですので、早速はじめましょうか」

包みをダイニングテーブルに置くと、茂子は言った。その言葉に従い、まずは井崎がソファに腰を下ろした。が、

「そこではありません」

茂子の声に、井崎の腰が宙ぶらりんな形で止まった。

「隣の部屋でお願いします」

通されたのは、和室だった。

目に染みるような白檀《びゃくだん》の匂い。しかも、照明があまりに暗い。見ると、裸電球がひと

つだけ、ぶら下がっている。

ヒノキの箪笥《たんす》とサイドボードと仏壇が大きすぎるのか、空間がほとんどない。そして、中央にはロッキングチェア。

里佳子たちは、それぞれ空間を見つけると、カバンを抱えながらそろそろと腰を落とした。真新しい畳がひんやりと冷たい。

「こちらで、少々、お待ちください」

茂子はそう言ったきり、襖を閉めた。

里佳子たちは、そう指示されたわけでもないが、正座した状態で茂子を待った。

正座とは不思議なもので、自然と寡黙《かもく》になってしまう。

そもそも、正座というのは刑罰のひとつ、または神仏にひれ伏すときのみ使用されていたが、それが武士の日常的な作法として取り入れられたのは、江戸時代の頃、大名が将軍に向かうときには正座することが取り決められたことがきっかけだと、いつかテレビで見たことがある。長時間、正座させたままで待たせることで足を痺《しび》れさせ、攻撃心を挫《くじ》くのが目的だったとも聞く。確かに、正座をしていると、動きが完全に縛られる。痺れが心の動きまで縛り付け、それこそ心身全体が、〝痺れ〟の虜《とりこ》になる。なるほど、これほど効果的な封じ込めもないだろう。そんな意味合いを持つ正座が、庶民の礼儀作法として全国に啓蒙《けいもう》されたのは明治時代。富国強兵のスローガンのもと、〝国民〟という新しい観念を植え付けるために、またはその意志をひとつにまとめ上げるために、正座は用いられたのかもしれない。

そんなことを考えていると、痺れが足全体に広がってきた。時計を見ると、もう十五分が過ぎている。

井崎と吉永サツキの顔も、苦渋の表情だ。それでも、足を崩さないのは、どうしてかかた。

え？　何か音がした？

かた。

気のせい？　それとも、誰か、いるの？

そんな里佳子の疑問を打ち消すかのように、インターホンが鳴った。

スリッパがぱたぱたと廊下を走る。

「お待ちしておりました。……でも、少し、時間が早くありませんか？」

誰か、来たようだ。その足音から、一人……二人のようだ。

それからしばらくして、襖が開いた。

薄暗い照明に目が慣れてしまったせいか、リビングの煌々《こうこう》とした照明が、ひどく眩《まぶ》しい。

里佳子は、目を瞬《またた》かせた。

「それでは、こちらでお待ちください」

茂子はそう言うと、二人の男を和室に押し込んだ。すでに空間など、ない。しかも、正座のせいで足が痺れて、一ミリも動けない状態だ。

里佳子は、苦々しい思いで、新参の二人を見上げた。

「あ」

そう声を上げたのは、井崎だった。

「あ」

里佳子も引き続き、声を上げた。

「あ」「あ」男二人も、同時に声を上げた。

月刊ファストのデスクと、お抱えライターだ。

なんで、この二人が？　なんで、月刊ファストの連中もここに来たの？

下田茂子に独占インタビューが許されたのは、私たちよね？

里佳子は、視線だけで井崎に訴えた。里佳子とまったく同じことを、月刊ファストの二人も思っているようだった。二人の唇が、怪訝《けげん》そうにぱくぱくと蠢《うごめ》いている。

それでも、心に思っていることを声にしようという者はなく、里佳子たち三人の隙間を縫うように、ファストの二人もカバンを抱えながら体を小さく丸めると、腰を下ろした。

やっぱり、正座だ。というか、正座しか、手立てがない。この狭い空間では。

それから、さらに十分が過ぎた頃だろうか。

ようやく、襖が開いた。

「今日は、もう時間ですので、皆様、お引き取りください」

「え？」

まず抗議の声を上げたのは、吉永サツキだった。

「インタビューは？」

「月刊グローブさんは五分、遅刻いたしました。そして、月刊ファストさんは、二十分も早く到着いたしました。どちらも、お約束の時間を守ってくださりませんでした」

「え、でも」

腰を浮かせたのは、月刊ファストのデスクだった。しかし、足が痺れているのか、体をくねらせながら、畳に崩れ落ちた。そんな様子を横目に、茂子は蟀谷《こめかみ》を押さえながら、言った。

「今日は、もう、疲れました。頭痛がするんです。もう、寝かせてください。……明日、また、来てください。月刊グローブさんは明日の朝九時に、月刊ファストさんは明日の正午においでください。明日こそ、時間厳守で、お願いします」

部屋を追い出された形の五人は、暗闇の中、途方に暮れた。

節電の影響なのか街灯はほとんどなく、窓から漏れる灯りも数えるほどしかない。

しかも、この寒さ。

里佳子は、ダウンコートとマフラーをあの部屋に忘れてきたことを、ようやく思い出した。見ると、井崎と月刊ファストの二人も、外套を着ていない。どうして忘れてきたのだろうと、唖然《あぜん》とした様子で、彼らはカバンを抱きしめている。コートを着ているのは、吉永サツキだけだ。その、ピーコートの暖かそうなこと。

「あ」

声を上げたのは井崎だった。

「携帯電話、コートのポケットの中だ」

「あ」「あ」「あ」

三つの声が、同時に上がる。

しかし、あの部屋に取りに戻ろうと言い出す者はいなかった。

見ると、茂子の部屋は、すでに灯りが落ちている。もう、寝てしまったのだろう。そんな状況であの部屋に戻れば、きっと、茂子の機嫌を損なう。あの時点で、あれほど不機嫌だったのだから。これ以上怒らせたら、インタビューを反故《ほご》にされるかもしれない。コートなんか、明日でいいじゃないか。明日、また行くのだから。四人は、無言のうちに、そんな思いを共有する。

しかし、ピーコートをきっちりと着込んだ吉永サツキだけは、少し違った。コートのポケットから携帯電話を取り出すと、

「どうします？　下田茂子さんに連絡して、上着、取りに行きます？」

と、数字ボタンに指を置いた。

「で、下田さんの電話番号、知っている人は？」

ここで、里佳子たち四人は、顔を見合わせた。

「うそ。誰も、知らないの？」

7

国道沿いのファミリーレストラン。

注文を終えると、里佳子はやれやれと肩をほぐした。

「一時は、どうなるかと思った」

井崎の顔にも、ようやく笑顔が浮かんだ。しかし、その唇はまだ紫色だ。

あれから、吉永サツキの携帯電話で、タクシーを呼んだ。タクシーはなかなか到着せず、約三十分、団地の階段の踊り場でぷるぷる震えながらその到着を待った。

ようやく到着したタクシーは一台だけで、それは月刊ファストの二人に譲った。さらに十五分待って、ようやくもう一台がやってきた。この時点で、井崎の顔は土気色で、里佳子も歯のがたつきがおさまらずにいた。

行先も決めないままタクシーに乗り込むと、「とりあえず、どこか、飯が食えるところ」と、井崎が震える声で言った。そして、連れてこられたのは、このファミリーレストラン。たぶん、S駅からは正反対の場所にある。と、いうか、ここはどこなのだろう？　などという疑問が浮かぶ間もなく、三人は店内に駆け込んだ。

「しかし、まさか、月刊ファストの連中も呼ばれていたなんて」

注文し終えると、井崎は少々の怒りを滲《にじ》ませながら言った。「編集長は独占だって言ってたのにな」

「月刊ファストだけじゃない。テレビ局の連中もいたわ」

吉永サツキも、にこりともせずに言った。

「あ」里佳子は、団地に到着したときに見かけた人影を思い出した。あれは、Gテレビお抱えのレポーターだ。どうりで、見たことがあると思った。

「……どういうことだ？」

井崎の問いに、吉永サツキは応えた。

「なにか、企みがあるのかも……ね」

「企み？」里佳子は、鸚鵡《おうむ》返しに、質問した。そもそも、ずっと、疑問だったのだ。なぜ、吉永サツキが、茂子に指名されたのか。

「それは、私が、〝殺人鬼フジコ〟をドラマ化しようとしたからだと思う」

殺人鬼……フジコ？

「ああ。なんか、それ、覚えている」

言ったのは、井崎だった。「連続殺人鬼の、フジコ。そういえば、似顔絵の指名手配ポスターをよく見たな。近所の子供たちが怯《おび》えてた」

「そう。十八人を殺した、連続殺人鬼」

十八人も！　里佳子は合いの手を入れたが、井崎と吉永サツキの二人で、会話は進む。

「でも、確か、捕まったよね？」

井崎が言うと、

「うん。二〇〇三年に死刑になってる」

と、吉永サツキは、お絞りで指一本一本を、丁寧《ていねい》に拭きながら、言った。

「……そうだ、そうだ」

ようやく血が巡ってきたのか、井崎は頬を紅潮させながら、膝を打った。「なんかいろいろと思い出してきた。俺、当時、文芸部にいたんだけど、確か、フジコの娘が小説家だったんじゃなかったかな？」

「高峰美也子《たかみねみやこ》さんね」

「ああ、そうそう。高峰美也子。最年少で新人賞を獲った期待の大型新人ってことで、結構騒がれてた。新人賞のパーティーで、一度、見たことがあるよ。……あれ。そういえば、高峰美也子って、どうしたんだっけ？」

しかし、井崎の質問は、ウェイトレスが料理を運んできたため、答えが得られないまま中断された。

無表情なウェイトレスの手により、ミートボールとトマトのスパゲッティ、チーズハンバーグとライスのセット、ポークステーキ定食が、次々とテーブルに置かれていく。

「——体の一部が、発見された」

ウェイトレスが去ると、吉永サツキは言った。「二〇〇八年、神奈川県足柄の山奥で」

「ああ、……そうだったっけ」

ポークステーキの一切れを箸《はし》で挟んだ井崎だったが、一度、それを皿に戻した。「亡くなったんだったっけ」

「殺害、されたんですか？」

ハンバーグにナイフを入れながら里佳子が問うと、フォークを握りしめた吉永サッキは、小さく頷いた。「たぶん」

「犯人は？」井崎が、声を潜めながら、しかし興味津々《しんしん》といった風に、身を乗り出した。

「分からない」

「じゃ、未解決事件ってことですか？」ハンバーグを細かく刻みながら、里佳子。

「そう。……今のところは、未解決事件」

「自殺ってことはないのかな？」井崎が、ポークステーキを頬張りながら、言った。「母親が稀代《きたい》の殺人鬼ということで、……それを苦に」

「考えられない」

「どうして？」

「彼女、自分の母親を描いた小説を発表する予定だったって、聞いた」

「情報源《ソース》は？」

「情報源は、高峰美也子を担当していた、編集者。……私の、兄」

「え。吉永さんのお兄さん、編集者なんですか？」ハンバーグにチーズをからめながら、里佳子が、口を挟む。

「ええ。今は、やめちゃったけど。兄が言うには、高峰美也子は、『蠟《ろう》人形、おがくず人形』という小説を出版するつもりだったって」

「でも、当の高峰美也子がいなくなって、その企画は頓挫《とんざ》したと？」井崎が、負けじと、話を自分のほうに引き戻す。

「そういうこと」

「その原稿は、どうしたんですか？」しかし、里佳子も、負けじと口を挟む。

「たぶん、兄が持っていると思うんだけど。詳しいことは分からない。ただ、私、その原稿を読んだことがあるの。その原稿には、とても重要なことが書かれていた。……とても、衝撃的なこと」

「衝撃的なこと？」井崎が、興味津々で目を輝かす。

「うん。その原稿を元に、〝殺人鬼フジコ〟の再現ドラマを企画して、撮影も済んでいたんだけど。放送直前に中止になった」

「なにか、圧力があったとか？」井崎の目が、さらに輝きを増す。

陰謀とか圧力とかは、井崎の大好物だ。……彼のこういうところも、苦手なところだ。なにか仕事で躓《つまず》いたり、思い通りにならないと、すぐに〝謀略〟と結びつける。里佳子は、はじまったはじまったと喉《のど》の奥で呟《つぶや》きながら、ハンバーグをようやく口の中に押し込んだ。

「圧力？」

吉永サツキも、フォークに絡《から》めたスパゲッティをようやく、口元まで持っていった。しかし、それを皿に戻すと、

「そう。フジコの遺族から、クレームがきたの。……その遺族というのが、下田茂子」

「え」「え」

里佳子と井崎の手が、同時に止まった。

「下田茂子さんって、フジコの遺族なんですか？」言ったのは、里佳子。

「そう。フジコの母親の妹、つまり、フジコにとっては、叔母ね。フジコの育ての親でもある」

「ということは、下田健太は、……フジコの従弟《いとこ》？」そう確認したのは、井崎。

「そう。フジコが茂子に引き取られたあとは、数年間、一緒に暮らしている」

里佳子は、「知ってた？」と視線だけで、井崎を見た。井崎も「知らなかった」と、視線だけで、応える。

「それって、有名な話なんですか？　裁判で触れてましたか？」里佳子が問うと、

「今回の事件とは直接関係ないことなんで、弁護側も検察側も、特に触れなかったみたいね。そのせいか、今のところは各メディアも、特にフジコの存在には触れていない。でも、フジコと下田健太の関係がおおっぴらになるのも時間の問題だけどね。月刊ファストあたりが、その辺を調べているみたいだし」

里佳子と井崎は、再び顔を見合わせた。……他がやる前に、このネタは、うちで、やろう。

「それにしても、なんか、すごい因縁《いんねん》ですね」里佳子が言うと、

「因縁といえば、お蔵入りになった〝殺人鬼フジコ〟の再現ドラマ、フジコ役をやったのは、小川ルミ……藤原留美子なのよ」

「え、本当で――」里佳子の声にかぶせるように、井崎が、声を上げた。

「え、マジですか！　それは、すごい」

井崎の手には、いつのまにかペンが握られている。あれほど空腹を訴えていたのに、ポークステーキ定食は横に置き、熱心にメモをとっている。これも、編集者の性《さが》か。

「それにしても」

里佳子も、ナイフとフォークを置いた。先程から、なにか釈然としない気分を持て余し

ている。なぜなら、自分の疑問に対する回答を、まだ得ていない。

「なぜ、吉永さんが、下田茂子さんに指名されたんでしょうか」

「だから、それは、私が、〝殺人鬼フジコ〟をドラマ化しようとしたからだと思う」

吉永サツキは、数分前とまったく同じ内容を応えた。

そんな応えでは、全然納得がいかない。

「要するに、下田茂子は、吉永さんに直接会ってみたかったんじゃないかな」

井崎の推測に、里佳子の疑問はますます膨《ふく》らむ。

「だから、なんで、直接会ってみたいと思ったのかしら。しかも、インタビュアーなんて、回りくどいことをして」

「まあ、それは、明日、本人に訊いてみようよ」

井崎は、ペンを置くと、ポークステーキのひとかけらを箸に挟んだ。しかし、それが口に運ばれる前に、「あ」と小さく、叫んだ。

「社に、連絡入れておかないと。編集長が待ってる」

言われて腕時計を見ると、時間は二十一時を過ぎていた。社を出るとき、経過報告をマメに入れるように、編集長からきつく言われたことを里佳子も思い出した。しかし、携帯電話はない。

店内を見渡すと、レジの横に、ひっそりと公衆電話。……じゃ、これを食べ終わったら、電話しよう、などと思っている間に、井崎が立ち上がり、公衆電話に小走りで向かう。……こういう、俺はフットワークが軽いできる男ですアピールも苦手だ。まるで、自分が腰の重い鈍感女に映る。里佳子は、最後のハンバーグを口に押し込んだ。

それから、五分ほどしてから、井崎が席に戻ってきた。

「次の号は、下田茂子のインタビューが巻頭だってさ」

まあ、そりゃそうでしょ。こんなスクープ、そうそうない。

スクープ？　でも、月刊ファストが……。

「うん、ファストのことも話したら、編集長、まじで焦り出して。ファストを出し抜くようなインタビューをとってこいって。でも、まあ、こちらには吉永サツキさんがついているわけだから、分はこっちにあるな」

「それで、泊まりの件は？　だって、明日九時にあの団地に行かなくちゃいけないのよ。今日は当然、泊まりでしょう？」

ここ最近、取材と出張に関する経費が厳しくなっている。事前に稟議書《りんぎしょ》を出すのが義務付けられて、出してない場合は自腹で……と、経理に脅《おど》かされている。

「ああ、それも、ＯＫ。今日は泊まっていいってさ。もちろん、会社の経費で」

ああ、よかった。……でも、どこに泊まればいいんだろう？　この辺に、ホテルなんか、あるんだろうか。

「S駅からタクシーで二十分ぐらいのところに、ビジネスホテルが、一軒、あるみたい」

携帯電話のディスプレイを見ながら、吉永サツキ。

「素泊まり一泊、一人七千円。どうする？　ここにする？」

8

それから、一時間後、里佳子はビジネスホテルのシングルベッドに、体を投げ出した。

「これで、七千円は、ぼったくりじゃない？」

壁紙はところどころ剝《は》がれ、天井も得体のしれないシミで覆われている。しかも、狭い。地方のビジネスホテルにはそもそも期待していないが、それにしても、チープすぎる。前の宿泊客がヘビースモーカーだったのか、それとも部屋そのものに臭いが染み付いてしまっているのか、煙草《たばこ》の臭いもひどすぎる。

それでも、まあ、一日の辛抱だ。明日のインタビューが終われば、晴れて自宅マンションに戻れる。

時計を見ると、二十三時になろうとしていた。

明日は、九時前には、Sヶ丘団地にいなくてはならない。時間厳守をあれほど約束させられたからには、遅れることは許されない。早すぎても、茂子の機嫌を損ねてしまう。

「それにしても、今日、遅刻したのは、あの、おばあちゃんのせいじゃない」

里佳子は、ベッドに仰向《あおむ》けになりながら、毒づいた。

「小坂……さんっていったかしら、あのおばあちゃん。あの人が、全然関係ない棟の前で私たちを降ろすから、てっきりそこだと思ったんじゃない。まったく、なんのつもり?」

あの人が間違えなければ、インタビューも無事終わり、今頃は新幹線に乗っていたかもしれないのに。

ああ、ほんと、今日はついてない。なにひとつ、思い通りにいかなかった。というか、振り回されっぱなしだ。確認してないけれど、きっと、今日の星座ランキングは、最下位だったに違いない。

なにより、この部屋の酷《ひど》さ。壁紙が剝がれているのはいい、天井がシミだらけなのも許せる、この狭さだって、苦情を言うほどのことではない。でも、この臭いだけは、耐えられない。この煙草の臭い。

隣の部屋に入った井崎と交換してもらおうか? しかし、薄い壁の向こう側から、かすかにシャワーの音が聞こえる。今頃は、バスタイムだ。

そうだ。私もシャワーを浴びようか？　そしたら眠気がやってきて、この臭いを気にする間もなく、寝入ってしまうに違いない。

しかし、シャワーを浴びても、煙草の臭いは相変わらずだった。さらに、備え付けの安物シャンプーのきつい柑橘《かんきつ》系の匂いが混ざってしまい、いよいよ耐え難いものになってしまった。

目が、ますます冴《さ》える。

時計を見ると、零時《れいじ》になろうとしていた。

じゃ、テレビでも見る？

しかし、それは百円玉が必要なテレビだった。

うそ。この地デジの時代に、ブラウン管テレビ？　見ると、埃《ほこり》をかぶった地デジ変換チューナーが転がっている。ということは、一応、テレビを見ることはできそうだ。しかし、財布の中に、百円玉はなかった。

ああ、本当に、なんていう一日だろう。ここまで、歯がゆい一日は、滅多にない。

……でも、今日という日は、あと数分で終わる。里佳子は、時計を凝視した。きっと、零時を過ぎれば、突然眠気がやってきて、この異臭も気にならなくなり、何事もなかったように、朝、爽《さわ》やかに目覚めるのだ。

……しかし、やはりというか当然というか、零時を回っても、里佳子の頭は冴えわたり、ひとつも眠くならなかったし、臭いも相変わらずだった。

仕方ない。何かに熱中しよう。そうすれば、この異臭のことも忘れ、いつのまにか寝てしまうはずだ。

あ。

あれは、……百円玉？

テレビ台の下に、銀色に光るものを見つけた。

近寄ってみると、思った通り、百円玉だった。

ラッキー。

きっと、今日は、いい日に違いない。

だって、百円玉を、手に入れた。

里佳子は、どこかウキウキと、その百円玉を投入口に差し入れた。

映し出されたのは、なにかのクイズ番組だった。出演しているタレントは、一人も見たことがない。きっと、ローカル番組だろう。

ハイビジョンのデジタルテレビに馴れてしまったせいか、このブラウン管の映像が、ひどく古臭く、色褪《いろあ》せて見える。つい数年前まで自分もブラウン管を見ていたくせに。まるで、昭和のお茶の間にタイムスリップした気分だ。

しかし、その番組内容は斬新《ざんしん》なものだった。

解答者に次々と難問が降りかかり、間違えると、罰ゲームが待っている。

……ああ、なるほど、これはタレントなのではなく、一般人だ。でも、一般人に、こんな罰ゲームを？　お決まりの熱湯風呂からはじまり、ゲテモノを食べさせたり、衣類を脱がせたり。

解答者はもちろん嫌がるのだが、嫌がれば嫌がるほど、観客は盛り上がる。

バツゲーム！　バツゲーム！　バツゲーム！　バツゲーム！　バツゲーム！　バツゲーム！　バツゲーム！　バツゲーム！　バツゲーム！　バツゲーム！

ああ！　くだらない！

里佳子は、電源を切った。

ぶすっという音とともに、今まさに巨大ミミズを食べさせられそうになっている解答者の顔が、すぅぅぅと消えていく。

なんて、悪趣味。

最近、こういうのが、多い。

一般人を対象にした過激なクイズ番組やリアリティ番組がアメリカやヨーロッパあたりで流行《はや》っているとは聞いていたが、いよいよ、日本にも上陸したか。

あああああ！

里佳子は、頭を掻《か》き毟《むし》った。

やっぱり、もう、寝るしかない。

でも、まだ、ひとつも、眠くない。

巨大ミミズの映像が網膜に焼き付いて、むかむかする。このまま寝たら、きっと、巨大ミミズの夢を見てしまう。

里佳子はカバンから、資料を引っ張り出した。テキストにまとめる時間がなかったので、アルバイト嬢がコピーした束をそのまま持ってきたのだが、これが、ひどく重かった。

……なんで私がこれを持っていなくちゃいけないのだろう。明日になったら、井崎のやつに押し付けてやろう。というか、そもそも、この資料は、井崎が持ってきたやつじゃないか。……そうだ、井崎が持っているべきだ。

今すぐにでも、隣の部屋に駆け込んで、この束を叩きつけてやりたい衝動にかられたが、里佳子はぐっと感情を押し殺し、コピーの束を捲《めく》った。

＋

〈下田健太の中学校時代の同級生の証言〉

下田健太とは、中学一年生から三年生まで同じクラスでした。一年のときは、目立たないやつでしたよ。いわゆる、存在感のないやつ。でも、「あいつは嘘つきだから、気をつけろ」という警告は、入学式のその日には回ってきましたね。情報源は、彼と同じ小学校だったやつで、Sヶ丘団地に住んでいたクラスメイトです。

確かに、ちょっと、虚言癖がありましたね。膝《ひざ》が悪いから体育ができないとか、掃除ができないとか。で、膝にはいっつもサポーターをしていました。はじめは、本当かな？とも思ったんですが、いつだったか、男子のひとりが執拗《しつよう》に下田を追い掛け回したんですね。下田は、はじめは、膝をかばって逃げていたんですが、とうとう、全力で走り出しました。そのとき、膝のことは嘘だって、クラス中にバレてしまいました。

あと、よく宿題を忘れてきたんですが、そのときも、バレバレの嘘をつくんですよ。ノートを川に落としたとか、親が間違って燃やしてしまったとか、泥棒に盗まれたとか。そんな嘘をつくたびに、クラス中、しらけていましたね。

だからといって、積極的にいじめられていたわけではありません。なんとなく、距離を置く、こちらからは話しかけない、そんな程度です。まあ〝シカト〟と言われれば、それまでですが。

一方、女子はあからさまに嫌ってましたね。「気持ち悪い」と、はっきり口に出して、避けていました。でも、実際、気持ち悪いところがあったんですよ。下田は当時、身長もまだ低くて、……たぶん、女子を含めて一番、背が低かったと思いますよ。がりがりに痩《や》せていて、学ランもぶかぶかで。しかも、その学ランの袖は、いっつもがびがびにてかっていて。鼻炎なのか、いつでも洟《はな》を垂らしていて、それを袖で拭《ぬぐ》っていたんです。また、その髪もぼさぼさでフケだらけ、それが、女子の不評を買っていたのです。

二年に上がるとき、一応クラス替えはありましたが、下田に対するシカトは新しいクラスでも引き継がれました。なので一学期までは、一年のときとほぼ同じような扱いでした。ところが夏休みが終わって、新学期。彼の身長がぐんと伸びていたのです。声もがらりと変わり、まるで別人のように容姿が変わりました。それでも、陰気臭く不潔な印象はそのままで、ですから彼に対する扱いもそのままでした。

ところで、新学期がはじまると、新しい学級委員長の選挙が行われたのですが、下田も候補に挙がりました。そのときの候補は三人。選挙をしようという段になって、小さな紙切れが回ってきました。そう、女子がよくやる、回覧というやつです。その紙には、「下田に票を入れよう」と書かれていました。つまり、冷やかしで下田を学級委員長にしたてようというのです。学級委員長になった下田はその役に追いついていけず、きっとみっともなく失敗するだろうと。そしたら、笑ってやろうという魂胆《こんたん》です。まあ、今思うと、これも、イジメだったんでしょうね。当時は、そんな自覚はまったくありませんでしたが。果たして、下田はクラス全員の謀略にはまり、圧倒的な票を集めて、学級委員長に選出されてしまいました。ここまで、思惑通りです。

ですが、それからは、思いもよらない展開を見せました。学級委員長になった下田は、翌日、髪をばっさり切り、スポーツ刈りにしてきました。そのせいか、それまでの陰気臭さが一気に消え失せたのです。髪型の印象はすごいです。不潔というイメージまで、消し去りました。本人も自信がついたのか、それまでは、ぼそぼそと小さい声でしゃべっていたのが、堂々と、すらすらとしゃべるようになりました。変声期のせいか、その声もがらりと変わったのが原因だと思います。

とにかく、気が付けば、下田がクラスの中心になっていました。名実ともに、リーダーです。その頃から、下田の成績もぐんぐんと上がり、あれほど下田を毛嫌いしていた女子も、下田に一目置くようになりました。女子の評価が上がれば、僕たち男子も、それに従って彼のランクを上げざるをえません。

そう、スクールカーストの底辺にいた下田が、一気に、頂点へと駆け上がったのです。これほどの下剋上《げこくじょう》を目の当たりにしたのは、今までの僕の人生でも、あれが一度きりです。たぶん、これからも見ることはないでしょう。

人って、一度ランクや役割が確定したならば、ある程度それが固定してしまうものですよね。もちろん、就職や転職、異動などである程度の変動はあるものですが、一度、役割……キャラっていうんですか？　それが決定付けられると、自ら、それに縛られてしまうところがあるじゃないですか。それが、自分の性格、または資質だと思い込んでしまう。

僕も、そうです。僕も、気が付けば、〝いいやつ〟だけど〝自主性〟がないキャラです。小学校の頃からです。それに気づかされたのは通信簿に書かれていた、担任教師の言葉なんですが、もしかしたら、その言葉通りに、自ら従ってきたんじゃないかと、今では思います。

そうなんです。一度、キャラが固定したならば、それを覆《くつがえ》すのは難しい。一生、引きずる。自分がどんなに自分を変えようと努力しても、実際変わっても、周囲が認めなければ、また、元通りです。

なのに、どうして下田はあんなに変わったのか、印象までもがらりと変えることに成功したのか。今となっては不思議でしかたありません。それ以上に不思議なのは、どうして僕たちは、あれほど馬鹿にしていた下田を、いつのまにかリーダーとして迎えてしまったのかということです。

三年生になると、下田は生徒会の役員にもなって、学校でも有名人でした。校則を変えようとか、給食の時間にロックを流すことを許可してもらおうとか——うちの中学校は、クラッシック以外の音楽を流すのは禁止されていたんですが、下田はそれに強く反抗したんです。そんな運動をしていたものですから、下級生にも人気があったんですよ。本当に、あいつ、この頃にはすっかりスターでした(笑)。給食の時間に各クラスを回って、演説してみたり。

ああ。あの事件のことですか。

あのときのことは、正直、あまり思い出したくないんです。

どうして、あんなことをしたのか。

いまだに、なにかの拍子にあのときのことを思い出して、嫌な溜息をついてしまいます。

吉沢《よしざわ》先生。いい先生でしたよ。僕は、嫌いじゃなかった。

大学を卒業したばかりの、初々《ういうい》しい先生でした。小柄な女性で、先生というよりは、生徒といったほうがしっくりくるような、まだあどけない感じの先生でした。僕たちが三年生に進級したのと同時に、赴任してきたんです。担当は国語で、ほぼ毎日、僕たちは彼女の授業を受けていました。

下田も、吉沢先生のことが嫌いじゃなかったはずです。いや、むしろ、好きだったんじゃないかな。というのも、あれこれとよく、吉沢先生に質問してましたからね。職員室で、下田と吉沢先生が話し込んでいるところも、度々目撃しました。

あれは、二学期の中間テストが終わったばかりのことです。吉沢先生が、こんなことを言い出しました。

「自分の知り合いが塾に勤めていて、その人に頼まれて、みんなに、ぜひ、テストを受けてほしい」と。

まぁ、言ってみれば、業者テストですよ。当時は、よくあったんです。教師が、予備校や塾の依頼を受けて、生徒に実力テストをやらせるっていうのが。たぶん、裏ではちょっとした小遣いももらっていたんでしょうね。でも、そんな事情はまだ知らなかった僕たちは、「ああ、またテストかよ」と、うんざりしました。

それでも、僕たちはテストを受けるつもりでした。だって、拒否なんかできませんよ。

どんなに新参で頼りない若い女教師だからといって、先生は先生ですからね。先生の指示にはいやいやでも従うのが、僕たち生徒ですから。

しかし、下田は、ひとり反抗しました。このとき、どうして下田が反抗したのかは分かりません。僕たちは、むしろ、下田は率先して吉沢先生に協力すると思っていました。テストが実施される数日前、下田は教壇に立ち、このテストがどれほど無意味で横暴なものかを説きだしました。

ええ、それは本当に、非の打ちどころのない、理路整然とした演説でした。興奮しているわけでも、煽っているわけでもなく、低い落ち着いた声で、淡々と。

そう、テレビでよく見る、なんとかっていう大学教授のような感じです。ええ、そうです。メガネをかけた、女性に人気のある、背の高い、ほっそりとした、紳士的なあの教授です。実際、下田はこの頃、銀縁メガネもかけはじめていて、身長もさらに伸び、なんというか、〝信頼に値する〟感が、半端じゃなかったです。しかも、下田の言っていることはいちいち正しく、まさに、自分たちが常日頃、教師に対して抱いている不満と不信感そのものでした。

最後に、下田は、多数決をとりました。

テストを受けることに反対する者。反対しない者。

結果、圧倒的な差で、「反対する」。

そりゃそうですよ。だって、下田がそういうふうに誘導したのですから。「反対する」ことこそが、〝正義〟とばかりに。

下田は言いました。

「これこそ、民主主義」だと。

ちょうど、その頃、公民の授業で「民主主義」を習っていたところでしたので、僕たちは、その言葉をすんなりと受け入れました。

下田は連呼しました。さらに、「民主主義」「民主主義」「民主主義」。「多数決」「多数決」「多数決」。

下田は、何度も繰り返しました。

僕たちは、ある種の酩酊《めいてい》状態に陥っていました。そう、これは、「多数決」で決まったことであり、つまり、「民主主義」のもと行われる、〝正しい〟行為なのだと。

僕たちは、そうすることが当たり前だとばかりに、吉沢先生のテストをボイコットすることにしました。

中には、内申書を気にしてか、ボイコットに否定的な生徒もいましたが、「民主主義」と「多数決」の前では、彼らは無力でした。

また、あからさまに、下田に反抗する者もいました。「そんなことをするのはよくない」だとか「やめたほうがいい」と下田に忠告するのですが、結局、彼らも、ボイコットに参加しました。そうなんです。所詮《しょせん》、抵抗なんていうのは、自分を正当化する手段に過ぎないんです。「自分は、一応は意見を言った」「反対した」という事実を作ることで、「自分は悪くない、主犯は下田なんだ」と、印象付けたかったのでしょう。そんな抵抗パフォーマンスをするやつほど、下田の命令に従順に従うものです。

いつのまにか、吉沢先生に対する不満と悪口が、教室内に充満していきました。誰もが、吉沢先生の悪口を言わなければならないという雰囲気に飲み込まれていたのです。

クラスの連中は、競って、下田に吉沢先生の悪口を吐き出しました。吉沢先生を悪くいうことに、みな、夢中になりました。ときには、まったく根拠のない嘘をでっちあげて、吉沢先生を悪人に仕立て上げたのです。

もちろん、僕もそれに参加しました。僕は、吉沢先生の前で転んだことがあったのですが、そのとき吉沢先生は自分のハンカチで汚れを拭いてくれました。そのハンカチがどれほど悪趣味で気持ち悪いものだったかを、僕は夢中でアピールしたんです。……実際は、きれいなハンカチでしたよ。花柄の。いい匂いがしました。なのに僕は、「悪臭で鼻が曲がりそうだった」と言ってしまったのです。あの心理状態はなんなんでしょうね。

でも、僕なんかまだいいほうです。女子の中には、吉沢先生の使用済みの生理用ナプキンをトイレから持ち出して、それを黒板に貼り出す、なんていうやつもいましたからね。

とにかく、僕たちは歯止めがきかない状態になっていました。吉沢先生をいたぶることが「悪いこと」だという認識はなくなり、それは正しいことだという幻想に縛られていたのです。そう、僕らは、吉沢先生を悪人に仕立て上げることに快感を覚え、そして、自分たちが作り上げた悪人を徹底的に憎み、必ず退治しなくてはならないという思いに駆られていました。

それが、モラル的に間違っていることでも、それがルール違反でも、それが良心に反することでも、僕たちは自分たちの都合のいい「多数決」をとり、それを「民主主義」の名のもと、悪用していったのです。

そして、とうとう、業者テストが行われる日が来ました。テスト用紙を持ってクラスにやってきた吉沢先生を、男子の突撃隊がまず、襲いました。ちなみに、役割は、あらかじめ、くじ引きで決めていました。

突撃隊は、吉沢先生を椅子《いす》に押さえつけ、ガムテープで縛りつける。

偵察隊が、ドア付近に立ち、誰も入らないように見張る。ちなみに、僕は、偵察隊でした。

そして、実行隊が、テスト用紙を破棄する。

……テスト用紙がすべて破棄されると、椅子に拘束されていた吉沢先生はいったん、解放されました。

しかし、目と口だけはガムテープをしたままでした。

そのあと、下田と、下田に選ばれた数人の親衛隊だけを残して、僕たちは全員、教室を出されました。

……親衛隊に選ばれたのは、ボイコットに否定的だった者とまたは下田に忠告した、いわゆる〝抵抗者〟でした。そこが、下田のすごいところです。あいつは、本能的に分かっていたのでしょう。〝抵抗〟の姿勢を見せながら、結局は計画に参加する者ほど、簡単に服従するということを。それが、どんな命令だったとしても。

教室の中で何が行われていたのか。……僕には分かりません。ただ、くぐもった吉沢先生の悲鳴と許しを請《こ》う唸《うな》り声だけが聞こえていました。

その声を聴きながら、僕たちは、徐々に、熱が冷めるように、現実に引き戻されていったのです。

なんてことをしたのだろう。

しかし、教室内で行われているであろう、残酷な行為を止めようとは、誰も思いませんでした。僕たちは、無言で、それが終わるのを待ちました。

だって、僕たち偵察隊の役目は、見張りですから。この任務を遂行しなければならない。突撃隊と実行隊も、下田を止めることが任務ではない。下田に「待て」と言われたら、待つしかなかったのです。

そして、四十分後、終業のチャイムが鳴り、教室のドアが開きました。そこには、無残な姿の吉沢先生が、立ちすくんでいました。足元には、血が流れていました。

そして、吉沢先生は奇声を上げると、そのまま、窓から飛び降りてしまいました。教室は四階でしたので、即死でした。

まず、救急車が来ました。警察も来ました。僕たちも、事情を聴かれました。そして、自殺として、片づけられました。

……僕は、悪くないですよね？　だって、僕はただの偵察隊で、ドアの前で見張りに立っていただけですから。

教室の中で何が行われていたか、うすうす気が付いていたんじゃないかって？

気が付いていたとして、僕になにができるんですか。僕は、〝見張り〟という役目をまっとうするのに、精一杯だったのです。

僕たちは、確かに、とんでもないことをしてしまいました。でも、僕たちは、下田の命令に従っただけです。あのときは、そうするしかなかったのです。

それに、そもそもは、塾と癒着《ゆちゃく》して僕たちに無用な業者テストをさせようとした、吉沢先生が悪いのです。そうです、先生にも落ち度があった。

……そんなふうに自分がやったことを正当化しようとするのですが、僕はいまだに、吉沢先生の最後の姿を夢に見ます。そのたびに、どうしようもない自己嫌悪と罪悪感に苛《さいな》まれ、死にたくなります。

僕たちは、なぜ、あんなことをしてしまったのでしょうか？

＋

里佳子は、

『どうして下田はあんなに変わったのか、印象までもがらりと変えることに成功したのか。今となっては不思議でしかたありません。それ以上に不思議なのは、どうして僕たちは、あれほど馬鹿にしていた下田を、いつのまにかリーダーとして迎えてしまったのかということです。』

という部分に、マーカーを引いた。

これ、分かる。うん、私には分かる。

里佳子は、ひとり、何度も頷いた。

里佳子にも、経験があった。小学校、中学校と、ずっと肥満体質で、だから芸人キャラに徹していたのだが、高校二年生のときにダイエットに成功して、十五キロ、落とした。それまで諦《あきら》めていた可愛い服を着て、髪型も流行《はや》りのスタイルにしてみた。そしたら、自分でも驚くほど、キャラが変わったのだ。自虐ネタが自慢のデブ芸人キャラから、コンサバ系のお嬢様キャラへと大変身することができた。しかし、そのキャラは女子には不評で、女友達とはかなりギクシャクし、人間関係で死ぬほど悩んだものだ。そのせいか、大学に入学した頃には、サバサバ系のおやじギャルになっていた。

そう、人の性格は、見た目で左右されることが大きい。または、ステイタス、職業、立場によっても、大きく影響される。つまり、性格とは、役作りなのだ。そんなことを身をもって、知った。

下田健太もまた、〝学級委員長〟という役割を与えられて、見た目の印象だけでなく、中身まで変えてしまったのだろう。それが、下田の奥深くに隠された凶悪な性質を呼び覚ましたのかもしれない。

なら、今、自分はどんな役作りをしているのだろうか。里佳子は、ベッド横の鏡に自身の姿を映してみた。

いわゆる、男並みに仕事を続けてきたものの疲れが見えはじめている三十路《みそじ》……の典型だ。

何のとりえもない、三十路。仕事もぱっとせず、それまで見下していたやつに追い越され。

本当に、何のとりえもない、負け組。

＋

――そんなこと、ないですよ。あなたは、〝特別〟です。ですから、もっと、自信を持ってください。

特別？　顔を上げると、そこには下田茂子がいた。

――そう。あなたは、この世で、唯一無二の存在なのです。

そんなこと、ありません。私は、十人並みの……いいえ、百人並みの、これといったもののなんかひとつも持たない、ただの、しょぼい三十路なんです。仕事だって、恋愛だって、最近、うまくいってません。

――いいえ。あなたは、使命を持って生まれてきた、特別な存在なのです。

特別。……特別なんですか？　私が？

──はい、特別です。

「特別」

そんな自分の声に驚かされて、目がぱちりと開く。

ここは、どこ？

……ああ、ホテル。そうだ、私、ホテルに泊まっているんだ。

えっと。なんで泊まったのだっけ？

今日は、なにをするのだったっけ？

茂子？

ああ、そうだ。今日は、九時までに、下田茂子宅に行かなくてはならない。

時間厳守。

そう、今日こそは、時間厳守で。

でも、今、何時？　カーテンの外がやけに明るいのだけれど。

「うそ、……九時、過ぎてる？」

なんで？

あの二人は？

井崎と、吉永サツキは？

なんで、私を起こしてくれなかったの？　どうして？　どうして？

……どうして！

「どうして、時間通りにいらっしゃらなかったんですか？」

茂子が、笑みを浮かべながら、じりじりと近づいてくる。

「あれほど、言いましたのに。時間厳守でって。なのに、なぜ？」

その手には、何かが、握られている。ぬるぬるとした、ぬめぬめと蠢く、細長い、臙脂《えんじ》色の、なにか。

「もう、いい大人なんですから、約束は、きちんとしてもらわないと」

そして、茂子の手がゆっくりと、上がる。

「バツゲームが、必要ですね」

バツゲーム？　なに？　なにをするんですか？

「バツゲームです。あなたが悪いのですから。それを体で理解してほしいのです。あなたのためです」

そうだ！　バツゲームだ！　バツゲームだ！

バツゲーム！　バツゲーム！　バツゲーム！　バツゲーム！　バツゲーム！　バッゲーム！　バツゲーム！　バツゲーム！　バツゲーム！　バツゲーム！　バツゲーム！

「やめて！」
びくりと、体が波打ち、里佳子は飛び起きた。
夢？
そうだ。夢、見てたんだ。
部屋は薄暗く、薄いカーテン地から漏れる明かりは、薄紫だ。
サイドテーブルの腕時計を、手繰り寄せる。
午前五時十七分。
はぁ。唇の隙から、安堵《あんど》のため息が漏れる。
まだ、眠れる。
…………。
駄目！
里佳子は、飛び起きた。

ここで二度寝したら、まさに、夢の通りになってしまう。
時間厳守。
そう、今日こそは、遅れるわけにはいかない。
今日こそは、今日こそは、今日こそは——。

3章　インタビュー二日目

9

八時三十二分。

タクシーは、Sヶ丘団地第三街区の入り口前で、ゆっくりと停車した。

「三千九百八十円です」

言いながら、運転手が、また奇妙な目で助手席の里佳子を見た。そして、

「今日は、本当に冷え込みますね」

と、もう何度も繰り返したその言葉を、また吐いた。

「ええ、本当に」

里佳子は、カバンから財布を引っ張り出しながら、曖昧に返事をする。

運転手が気にしているのは、里佳子とそして後部座席の井崎の薄着だ。今日の最低気温はマイナス二度だと、朝のニュースで言っていた。最高気温は五度。この冬最も寒い一日になるだろうとも。なのに、里佳子も井崎もコートなしで、マフラーもしていない。井崎などは、ダンガリーシャツ一枚だ。コートを着ているのは吉永サツキだけだった。

確かに、こんな三人がタクシーに乗り込んだら、運転手も気になって仕方ないだろう。財布から千円を四枚引き抜くと、「本当に、この辺は、寒いですね」と、里佳子は型通りに答えた。「まさか、こんなに寒いなんて。この辺は、東京より西のほうなんで、もっと暖かいかと思いました」

そして、領収書とおつりを受け取ると、逃げ出すように、車を降りた。

一足先に車を降りた井崎と吉永サツキが、つくづくと団地を見上げている。

こうやって明るい時間に見ると、なにか印象が違う。真っ青に突き抜けた空と、立ち並ぶ真っ白い壁。

昨日は、ただひたすら暗闇で、その白い壁だけが幻のように浮かび上がっていたが、こうやってみると、確かに、〝団地〟だ。だからといって、この団地が持つ、なんともいえないうら寂しい感じとか陰湿さが払拭《ふっしょく》されることはなく、むしろ、太陽の光のもと、それらが強調されているような気がした。

「ここは、まるで〝セル〟だな」井崎が、団地を見上げながら、言った。

「セル？」隣の吉永サツキが、応える。

「そう、cell。もともとの意味は、修道院の独房。転じて、刑務所の監房」

「監房か。……確かに、そうかも。ここにいると、なんだか、監禁されている気分になるもの。息苦しくなるというか。まさに、〝インタビュー・イン・セル〟ね」

「それいいね。うん、この記事のタイトルは、それでいこう。〝インタビュー・イン・セル〟。……ああ、そういえば、〝セル〟には秘密結社の支部という意味もあったな」

「秘密結社？」

そう、聞き返したのは、里佳子だった。

しかし、里佳子の問いは井崎には届くことなく、宙ぶらりんのまま放置された。

なんだか、これじゃ、昨日とまったく同じだ。今日もまた、私は疑問を持て余しながら、他者のペースで動かされるのだろうか。

そんなことを思いながら、里佳子は、井崎たちの後を追う。

しかし、目的の棟にはなかなかたどり着かなかった。歩いても歩いても似たような風景が続くばかりで、一向に目的地には着かない。冷凍庫の中のような冷たい空気が、容赦なく手足を麻痺《まひ》させるばかりだ。

下田茂子の部屋がある棟は、第五棟。

「案内板、どこかにないかな?」

井崎が、時計を見ながら、言った。その白い息は、明らかに苛《いら》ついている。

ああ、そうだ。団地のパンフレットなら。相当古いものだが、基本的な情報は変わっていないはずだ。

里佳子はカバンから、ノートパソコンを取り出そうとファスナーに指をからませたが、かじかんでしまったのか、なかなかうまく動かない。

「いったん、戻りましょう。タクシーから降りた場所に。あそこなら、案内板があるかもしれない」

そう提案したのは、吉永サツキだった。ピーコートを着込む彼女の思考は、まだ冷静さを保っていた。

「戻るって。もう、時間、ないですよ?」

薄手のカットソー一枚の里佳子の思考は、すっかり寒さにやられていた。とにかく、一刻も早く、暖を取りたい。それ以上に、時間が気になる。

時間厳守。

その言葉が、頭の中に貼り付いている。

「急がば回れっていうじゃない」

吉永サツキの言うことはもっともだが、だからこそ、苛々する。

あなたはそんな暖かそうなコートを着て、お気楽なものね！　私なんか、私なんか、もう、寒くて寒くて、手足の感覚ゼロよ。凍死寸前よ！

井崎の靴が、ぴたりと止まる。

「でも、ここは、どこなんだ？　俺たち、どこに戻ればいいんだ？」

里佳子も、足を止めて、建物を見上げた。

クローンのような同じ建物が、無機質に並んでいる。児童公園横の茂みには、黒い車。

が、人は乗っていない。遠くでは、子供のはしゃぎ声、大人の声も聞こえる。「いってらっしゃい」「行ってきます、お母さん」

しかし、人影は見えない。誰かにすがろうにも、人がいない。哀れな三人の白い息だけが、青い空に溶けていくだけだ。

「八時五十六分だ……」

井崎が、か細い声で、言った。

時間厳守。

その言葉がまた浮かんできて、里佳子の思考が、混乱をはじめる。

どうしよう、どうしよう。どうしよう、どうしよう。

「どうしましたか？」

後ろから、別の白い息がひとつ、吐き出された。

振り返ると、そこには、買い物籠《かご》を手にした老女が立っていた。

「小坂さん！」

そう叫んだのは里佳子だった。

「ああ、よかった」

まるで救助隊に出会った遭難者のように、駆け寄ったのは、井崎。

「実は、迷ってしまって」

「下田茂子さんのお宅に行くの？」

「はい。九時に約束なんですが――」

井崎は、トイレを我慢している人のように、その場で足踏みをはじめた。「もう、時間がなくて」

「あら、九時に約束しているの？」

「はい」

「なら、大丈夫ですよ。間に合いますよ」

「え?」

「ここですよ。下田さんのお宅は、この五棟の三〇二号室」

「え?」

里佳子は、すぐ目の前の建物を見上げた。

あ、本当だ。……「5」というマーキングが見える。

時計を見ると、八時五十八分。

里佳子と井崎は、挨拶もそこそこに、小坂初代の許から駆け出した。

吉永サツキだけが、ゆっくりと、小坂初代に頭を下げる。

何か、会話をしているようだった。

しかし、そんなのを気にしている場合ではない。里佳子は、棟の階段を駆け上った。

井崎の指が呼び鈴の前でカウントダウンをはじめる。五、四、三、二……。

九時〇〇分。

そして、井崎の指は、呼び鈴を押した。

ドアが、ゆっくりと開けられる。暖められた空気が、ふんわりと里佳子たちを包んだ。

「おはようございます」

割烹着《かっぽうぎ》姿の下田茂子の穏やかな表情に、里佳子の緊張が、ふぅっと解ける。

いい匂いがする。

魚を焼く香ばしい匂い、卵焼きの甘い匂い、そして、お味噌汁の懐かしい匂い。


リビングに通されると、テーブルの上には朝食が並べられていた。

「あ、すみません、もしかして、食事中でしたでしょうか？」

井崎が訊くと、

「いえ、私はもう済みました。これは、皆様に食べていただこうと思いまして。朝ごはん、まだなんでしょう？」

その通りだった。

どういうわけか、三人ともロビーに集まったのはぎりぎりの時間で、朝食どころかコーヒーを飲む暇もなかった。里佳子などは、化粧もしていない。まさに、着の身着のまま、ホテルを飛び出した格好だ。

今更ながらに、お腹がきゅるるると鳴る。

「どうぞ、どうぞ、お座りになって」

促《うなが》されるまま、里佳子たちは、用意された椅子に腰を落とした。

ふと、壁を見ると、コートが四つ、掛けられている。

「コート、お忘れになって、寒くありませんでした？」

ご飯をよそいながら、茂子が言った。その表情は、昨日とはまるで違う。まるで、往年のホームドラマの、世話好きな優しいお母さんだ。

そのご飯も、まるでテレビコマーシャルに出てくるような、ほくほくのふわふわで、つい、喉が鳴る。

テーブルの上のアジの開きも漬物も厚焼き玉子も、そしてお浸しも、どれも美味《おい》しそうだ。つまみ食いをしたくなる。

「ちょっと、お待ちくださいね。今、ベーコンを焼きますからね。お若いかたは、やっぱり、お肉のほうがよろしいでしょう？」

しばらくすると、ベーコンを焼く、なんともたまらない匂いがリビングに広がった。

ああ、まさに、理想的な、朝の食卓。

里佳子は、うっとりと、その食卓の香りを楽しむ。

しかし、体のどこかはまだ緊張が解けずにいた。

インタビューを成功させなければならない。正午には、月刊ファストの連中がやってくる。その間に、誰も知らない情報を引き出さなくては。今日の茂子は機嫌がいい。この調子だと、下田健太の居場所も引き出せるかもしれない。

しかし、煮干しで出汁《だし》がとられたネギと豆腐の味噌汁は頭の芯《しん》がとろけるほど美味《おい》しく、刻んだニラが入った卵焼きもふわふわで、アジの開きは肉厚でジューシー。仕事のことなど忘れそうだ。この漬物も美味しすぎる。きゅうりと茄子の糠《ぬか》漬け。そして、厚切りベーコンとキャベツの炒め物のみごとな味付け。横に座る井崎も、見たことがないような嬉しそうな表情で、ご飯をがっついている。

まあ、しばらくは、この素晴らしい朝食を堪能しよう。せっかくの、厚意なのだから。

「上原藤子《うえはらふじこ》……旧姓森沢《もりさわ》藤子も、この部屋に住んでいたのですか？」

しかし、吉永サツキは、箸《はし》もとらずに、いきなりそんなことを言った。

「フジコ？」

茂子の頬に、微《かす》かに険が走る。

「ええ、そうです。あなたの姪《めい》の藤子です。あなたの姉である慶子《けいこ》さんの長女、……藤子です」

「ああ、藤子ちゃん」

「そうです。高津区一家惨殺事件の生き残りです」

殺人事件？　なにやら物騒《ぶっそう》な単語が出てきて、里佳子と井崎の箸が止まった。

「あの事件で、藤子は、両親と妹を亡くしました。そのあと、あなたが引き取り、このSヶ丘団地で一緒に暮らしていたんですよね？」

「まあ、詳しいこと」

「藤子の存在が、下田健太の性格になんらかの影響を与えたと、思ってらっしゃいますか？」

「呼び捨てはやめていただけるかしら。健太は、もう、無罪放免されたんですよ」

「すみません。……下田健太さんが八歳のときですよね、藤子がここに引き取られたのは」

「ええ、そうね。昭和四十六年だったかしら。あの子が小学二年生のとき。藤子は、小学五年生」

「下田健太……さんの虚言癖が顕著になったのは、小学校二年生の頃からだと、裁判のとき、小学校の同級生が証言しています」

「虚言癖だなんて。……大袈裟《おおげさ》な」

「ええ、そうです。大した嘘ではありません。そのほとんどが、仮病です。自ら体に傷をつけてまで、掃除をさぼったこともあると証言されていました。明らかに、ミュンヒハウゼン症候群です」

「ミュンヒハウ……」

「そうです。必要でない薬を飲んでそれを人に見せつけたり、病気であると嘘をついたり、些細な病気を重病であるように創作したり、または自らを傷つけたりする、精神疾患です」

「なんのために？」

「周囲の注目や同情をひくためです」

「同情を？」

「そうです。手厚く世話を焼いてもらうことが、目的です。つまり、他人の注目を独り占めしたいのです。こういう状態に陥る原因のひとつに、肉親の愛情の欠如が挙げられます。または、それまで独り占めしてきた肉親の愛情が、他に奪われた場合」

「もしかして、健太が藤子に嫉妬していたとおっしゃりたいの？」

「嫉妬というよりは、突然やってきた従姉《いとこ》に奪われた母親の関心を、取り戻すためではないでしょうか」

「そんなことないですよ。健太と藤子は、仲良くやってましたもの。……あなた、いったい、何がお訊きになりたいの？」

「下田健太……さんが、あのような事件を起こした――」

「起こしてません。巻き込まれただけです」

「下田健太……さんが、あのような事件に巻き込まれた遠因には、藤子という従姉の存在があると思えてなりません。そもそも、どうして、藤子は、家族を失ったのか。なぜ、家族が皆殺しにされたのか――」

「あの事件は、もう、とっくの昔に時効じゃありませんか。それともなんですか？　時効が撤廃されたから、一度時効を迎えた事件まで時効がなくなるっておっしゃりたいの？」

「いえ、おっしゃる通り、あの事件は時効です」

「なら、それはそれでいいじゃないですか。あの事件のことは思い出したくないんです。あまりに、惨《ひど》い事件でしたので」

茂子は、ここで、蟀谷《こめかみ》に指を置いた。その顔は昨日と同じように、いや、昨日以上に険しい。

里佳子は、箸に厚焼き玉子を挟んだまま、ちらちらと、井崎をみやった。井崎も、アジの開きに箸を突き立てた状態で、途方に暮れている。

吉永サツキ。いったい、なんなのだ、この女は。物事には順序というものがある。こういうナーバスなインタビューの場合は、なおさらだ。なのに、突然、勝手にインタビューをはじめて。しかもその内容は、昨日、新幹線の中で打ち合わせしたものとはまったく違う。私がまとめたインタビューメモには、〝フジコ〟の〝フ〟の字もなかった。というか、なんで、この女はこれほど〝フジコ〟にこだわるのだ。昨日のファミレスでも、気になった。このインタビューは、〝下田健太〟についてだ。フジコなど、ひとつも関係がない。それが従姉だろうが、死刑になった殺人鬼だろうが、今回とはまったく関係ないのだ。その証拠に、裁判でも触れられていなかった。なのに、なんで、この女は〝フジコ〟〝フジコ〟と、煩《うるさ》いのだ。

里佳子は、厚焼き玉子を皿に戻すと、吉永サツキを睨《にら》み付けた。しかし、吉永サツキは、おかまいなしに、インタビューを続ける。

「では、上原早季子《うえはらさきこ》さんについてはどうですか？」

上原早季子？　誰のことよ。無関係な人の名前を、これ以上出さないでよ！　ほら、茂子さんの指が、きりきりと、蟀谷に食い込んでいる。気分を害したのだ。

「早季子ちゃん？」しかし、茂子は応えた。

「はい。そうです。藤子の長女、上原早季子です。母親の藤子が、夫の上原英樹《ひでき》……早季子にとっては父親……を殺害し、藤子は逮捕されます。その後、早季子はあなたに引き取られ、早季子の妹である美也子は、高峰家に養女に出される。それ以降、交流が絶たれた早季子と美也子ですが、早季子は母親である藤子の生涯を小説にまとめ、それを――」

「あああ、頭が痛い！」

茂子が、叫んだ。

「あ」と、井崎の箸がようやく動いた。「大丈夫ですか？」

「ええ、大丈夫よ。お薬を飲めば、おさまるから」

そして、茂子は棚から薬箱を取り出した。その箱には大量の薬が詰め込まれていた。どれも、病院で処方されたものだ。茂子は、器用に薬袋をかき分けると、「ああ、これこれ」と言いながら袋をひとつ摘み上げ、その中から錠剤を引き抜くと、それを水なしで飲み込んだ。

「これで、大丈夫よ。ごめんなさいね。時々、こうなるの。でも、お薬を飲めば、すぐにおさまるのよ。……ご飯、お替りは？」

茂子は、吉永サツキの質問などひとつも覚えていないというように、にこやかに、訊いてきた。

「あ……、それでは」と、井崎が躊躇《ためら》いがちに茶碗を差し出したところで、茂子は「あ」と、壁の時計を見た。

十時十九分。

「あら。もうこんな時間。次のお客様がいらっしゃるわ」

次の客というのは、月刊ファストのあの二人のことか。しかし、確か、昨日のやりとりでは、約束は正午ではなかったか。

「今日は、午前中にもう一組、インタビューのお約束があるんです。……えっと、なんていったかしら。テレビ局の人よ」

Gテレビ。里佳子と井崎は、吉永サツキの顔を見た。

「ああ、そうそう、Gテレビの方々。十時三十分にいらっしゃる予定なの。だから――」

「え、でも」井崎が、腰を浮かせた。「うちのインタビューは……？」

「あら。さっきのがそうなんじゃないの。藤子について、いろいろ、お訊きになったでしょう？」

「いいえ、あれは」今度は、里佳子が、腰を浮かせた。

「もしかして、まだ、お訊きになりたいことがおありなの？」

「はい」「はい」里佳子と井崎が、同時に頷《うなず》いた。

「そう。……困ったわね。今日は、約束でいっぱいなのよ」茂子は、芝居がかった様子で、額に指を置いた。「なら、明日の朝、またいらっしゃいましな」

「明日？」井崎が、弱々しい声で訊き返す。

「ええ。明日の朝七時三十分なら、お約束できます」

明日の……朝七時三十分？

里佳子は、脱力したかのように、椅子の背もたれに背中を預けた。

「どのぐらい？」一方、井崎は、身を乗り出した。「明日は、どのぐらい、お時間をいただけますか？　できれば、もっとお時間をいただきたいのですが」

「そうですね……」

「ぜひ、明日は、もっとお時間を……」

「でもね……」

茂子の視線が、床に飛んだ。そこには、井崎のカバンが置いてある。

井崎は、なにか重要なことを思い出したかのように、あっと、視線を自分のカバンにやった。そして、それを手繰り寄せると、カバンの中から、茶封筒を取り出した。

「昨日は、ばたばたしていて、お渡しするのを忘れてしまったのですが――」

「なにかしら？」

「些少《さしょう》ですが、お礼でございます」

「あら」

茂子は、一瞬、その茶封筒に興味を示したようだが、すぐに、表情を戻した。

「いいえ、こういうのをいただくために、お約束したわけではございませんので」

「しかし」

「いいえ」

井崎と茂子の間で、茶封筒が三回ほど往復したところで、茂子は茶封筒を受け取った。

「明日でしたら、午前中は空いておりますので、正午までは、お付き合いできますよ」

茶封筒の効果がすぐに表れた。

「なら、ぜひ、明日、その時間にお約束させてください」

井崎が、深々と頭を下げる。里佳子も、それに倣《なら》った。

10

団地の階段を降り切ったところで、顔を真っ赤にして走ってくるみっつの人影を認めた。

Gテレビ局の三人だ。

十時二十九分。

「間に合うかしら」

里佳子が言うと、

「あと、四十五秒。まあ、ギリギリだけど、間に合うだろう」

と、井崎は、笑いを押し殺しながら言った。

「しかし、見てみろよ、あの慌てよう。巨大雪だるまに追いかけられているようだ。まさにコントだ」

でも、あれは、つい一時間半前の自分たちの姿だ。

Gテレビの三人は、そこに三人の人物がいることなど目に入らぬとばかりに、里佳子たちの前を駆け抜けると、団地の中に入っていった。

それを見送ると、「さて」と、井崎が里佳子に向かって言った。「これから、どうする?」

「どうするって。帰るわよ、東京に」

「社に?」

「ううん。今日は直帰にしてもらう。家に戻って――」下着を着替えたい。下着、昨日のままだ。

「じゃ、明日は?」

井崎の問いに、里佳子はしばらく、腕時計を見つめた。

明日、指定された時間は、朝の七時三十分。

「新幹線の始発って、何時頃？」

「東京発、六時ちょうどの〝のぞみ〟が、始発みたい」

吉永サツキが、携帯電話を操作しながら言った。「でも、〝のぞみ〟は、Q駅には停まらないから……六時三十三分発の〝こだま〟が、一番早い新幹線ね。……ああ、でも」

「なんですか？」

「六時三十三分発の〝こだま〟がQ駅に到着するのは、七時四十七分」

「全然、間に合わないじゃん」井崎が、声を上げた。「うわー、今日も、泊まりかよ！」

里佳子も、がくっと肩を落とす。しかし、

「私は、いったん、東京に帰るわ」

と、吉永サツキは言った。

「え？」井崎が、慌てて、吉永サツキの前に立ちはだかる。

「いや、多忙なことは分かっています。そもそも、昨日というお約束でしたのに、それが今日に延びてしまったことは、深くお詫びいたします」

井崎の口調が、いつのまにか、どこかの営業マンのようになっている。

「しかし、このインタビューには、あなたのご協力が必要なのです。ぜひ、ぜひ、明日もお願いいたします！」

「ええ、もちろん、明日も同席するわ。私も、この事件にはとても興味があるの。でも、今日はどうしても東京に戻らなくちゃいけない仕事があるから、一度、戻らせて。でも、今日の最終で、こっちに戻ってくる。で、Q駅周辺のビジネスホテルに泊まって……明日は、七時三十分、下田茂子宅に現地集合っていうことでいいでしょう？」

その手があったか。

「ああ、そうか、最終か」しかし、里佳子が言葉にする前に、井崎が指を鳴らした。「じゃ、俺も、いったん、東京に戻るよ。……村木さんはどうする？」

とってつけたように振られて、里佳子の顔は、一瞬、強張《こわば》った。ここで「じゃ、私も」というのは、なにか悔しい。……しかし、悔しがっている場合ではない。まだ、十一時にもなっていない。明日の七時三十分まで、間が持たない。

あ、でも。

「私は、こっちに残るよ。高校の頃の友人が、沼津《ぬまづ》に住んでいるから」

「沼津か。まあ、確かに、Q駅からローカル線で三駅だけど。……でも、自宅に戻らなくて、いいのか？」

「うん。自宅に戻っても、今日の最終でとんぼ返りじゃ、どうせゆっくりできないし。沼津だったら、お店もたくさんあるし、下着も――」

「下着？」

「なんでもない」

「よし。じゃ、とりあえず、S駅に行こう。……タクシー、呼べるかな？」

11

里佳子が沼津駅に到着したのは、午後一時過ぎだった。

友人の秋絵《あきえ》の結婚式に呼ばれたとき以来だから、十三年振りだろうか。

なにか、ほっとする。秋絵は「沼津も淋しくなる一方よ」などと電話で言っていたが、あのS駅前の荒涼感に比べれば、数倍も活気がある。なにより、ちゃんと、人が行き来している。それに、少し、暖かい。

里佳子は、首に巻き付けたマフラーをほどいた。

駅ビルで、トラベル用の化粧セットと下着を買うと、秋絵に連絡を入れる。

もし秋絵の都合が悪かったら、このまま沼津周辺のビジネスホテルにチェックインするつもりだったが、秋絵は、昔と変わらぬ少女のような声で電話に出た。

「里佳子？　どうしたの？　久しぶり」

「うん。今、取材で、沼津駅に来ているんだけど。ちょっと空き時間ができたから、よかったら、会えないかな……って」

「うそ、沼津にいるの？　やだ、ちょっと待ってて、すぐ行くから」

そして、秋絵は待ち合わせ場所を指定して、一方的に電話を切った。

変わってないな。彼女はいつだって、リード役だった。

それにしても、なぜ、秋絵のことを思い出したのだろう。里佳子は、指定された百貨店に向かいながら、考えた。

十三年前。二十三歳。秋絵の結婚式に招待されたとき、里佳子は、就職浪人の真っただ中だった。アルバイトでなんとか生活していたが、どんなに目を凝らしても未来が見えない、暗闇の中にいた。そのとき、届いた、招待状。死に物狂いで勉強して秋絵より格上の大学に行ったはずなのに就職できず、一方、秋絵は沼津の老舗《しにせ》料亭の若旦那と結婚し、その結婚式も地元の名士やら、著名な俳優やら、マスコミやらがごったがえす、華やかなものだった。お祝いの三万円を親に泣き付いてようやく用意した里佳子の境遇とはまったく逆の立ち位置からスポットライトを浴びる友人の笑顔を、どれほどみじめな思いで見つめていたか。……一度は追い越したはずなのに。あっさり、抜き返された。

その後は、こちらから距離を置いた。年賀状のやりとりと、年に数回の電話。

連絡を入れてから二十分ほど経った頃、秋絵が現れた。女盛りの三十六歳。老舗料亭の若女将《おかみ》の貫録も加わり、まさに女優のようなオーラに包まれている。だからといって、厚化粧をしているわけでも、着飾っているわけでもない。髪を一つに束ねただけの、薄化粧。紺色のタートルネックセーターにジーパン、そしてシャイニーレッドのロングカーディガンを羽織って……ちょっとそこまで買い物に出てきたというラフな装いでありながら、実に様になっている。

この子はそうなんだ。昔から、何を着ても似合う。そのスレンダーな体型に、高校時代、どれだけ憧れたか。

「里佳子、久しぶり！」秋絵は、屈託のない笑みを満面に浮かべながら、里佳子に抱きついてきた。

「取材だなんて、カッコいい！」

そうなんだ。私は、この一言が欲しくて、わざわざ沼津まで来たようなものだ。

十三年前、ここに来たときは惨めなアルバイト暮らしだったが、その翌年、準大手の今の出版社に就職が決まった。その時点で、私の積もり積もったコンプレックスは払拭され、秋絵に対する複雑な思いもなくなった。なのに、なんで、今になって、私は秋絵に会いたくなったのだろう、「取材」だなんてお飾りをつけて。「編集者」の顔で。

それから、里佳子は、秋絵の車に乗せられた。車には詳しくないが、高級車だということは分かる。

「そうそう、先週、女優の不倫騒動があって、一週間もホテルで張り込んだんだけどさ。大変だった」「時期総理と噂されているあの政治家、インタビューしたんだけど、かなりのエロおやじで――」

里佳子は、次々と有名人の名前を出している自分に呆《あき》れながらも、やめることができずにいた。

秋絵は、「へー」とか「すごい」などといちいち頷いてくれるが、その度に、苦い思いが口の中に広がる。

要するに、自分は、いまだ、この子にコンプレックスを抱いているのだ。そして、仕事がいまひとつ乗っていない今、この子の今の姿を確認して、「ほら、自分のほうが、一歩も二歩も先を行っている」と、満足したかったのだ。

三十六歳にまでなって、この幼い虚栄心はなんなのだろう。

里佳子は、おしゃべりを止めると、肩を竦《すく》めた。

車は、どこに向かっているのだろう。車窓の外に広がるのは、午後の日差しにきらきらと光る濃紺の駿河《するが》湾。

「やっぱり、編集って仕事は大変なのね」

秋絵は言ったが、その言葉に〝羨《うらや》ましい〟という感情はひとつも感じられなかった。たぶん、この子は、心の底から思っているのだ。そんな重労働な仕事を続けて、お疲れ様……と。彼女にとって、準大手出版社の編集業も、昼夜問わず道路を舗装している作業員も、変わらないのだ。

そう思ったら、溜息が出てきた。

「それで、今は、どんな取材をしているの？」

秋絵の問いに、真っ先に下田茂子の顔が浮かんだ。しかし、それを言葉にする前に、里佳子は軽く頭をふった。

「えっと。それは――」

「ああ、ごめんごめん、そういうのって、機密なんだよね」

「うん。ごめん。取材途中だから……」

「そうだよね」

「あ、でも」里佳子は、逆に質問してみた。「Sヶ丘団地って知ってる？」

「Sヶ丘団地？　うん、聞いたことはある。ゴーストタウンよね？」

「ゴーストタウン？」

南欧風のカフェレストランの前で、車が止まった。

「うちの主人が趣味ではじめたお店なんだけど。結構、味には自信があるの。伊勢海老《いせえび》のグリルと伊豆牛《いず》のステーキがおすすめよ」


店内は、まさに、高級リゾートホテルのような雰囲気だった。

店に入ると、しっかりと躾《しつ》けられたウェイターが、九十度に腰を折る。そして、駿河湾《するがわん》が一望できるオープンテラスに通された。

ウェルカムドリンクのマンゴージュースがテーブルに置かれたところで、里佳子は、先ほどの質問を続けた。

「ゴーストタウンって？」

「え？」秋絵は、ストローを銜《くわ》え込みながら、言った。「ああ、Sヶ丘団地の話ね。……この辺の人は、そう呼んでいる。昭和三十年代に、工場団地とそこで働く労働者のために作られた街で、一時は、結構賑《にぎ》わっていたけれど、今じゃ、すっかり、ゴーストタウン。……そういえば、あの団地で、一昨年、事件があったわよね。監禁殺人事件とかなんとか。……もしかして、その取材？」

「ま……なんというか」

「あの事件なら、この辺でも結構話題になったわよ。確か、七人、殺害されたのよね。でも、死体も証拠もなくて、主犯だといわれた男は無罪。なにか、腑《ふ》に落ちないわね」

「そうね」

そこで、話が途切れた。ウェイターが、オードブルを運んでくるのが見える。生ハムとフルーツの盛り合わせだ。

「ところでさ」ストローを弄《もてあそ》びながら、秋絵が、伏し目がちに言った。「交換日記。……覚えている？」

交換日記。この言葉が出てきて、里佳子の口の中が、再び苦さでいっぱいになった。

＋

「ね、交換日記、しない？」

彼女は言いながら、若葉色のノートを机に置いた。

セーラー服姿。彼女を怪訝そうに見上げる私の胸元にも、彼女と同じ苔《こけ》色のリボンが揺れている。

なんで？　私は彼女に応えた。

「なんで、私と交換日記？」

私、この子と仲良かったっけ？　交換日記するほど。

彼女は、紫色の唇に笑みを刻んだ。その肩越しに見えるのは、テストの順位表。

「わたし、また、下がっちゃった」

ぺろりと舌を出す彼女の目が、心なしか私を睨んでいる。私は、どうやら、順位を上げていた。

「ね。交換日記、他の人としているの？」

「ううん」

「なら、わたしとして、ね」

そして、彼女はほとんど一方的にノートを押し付けると、慌ただしくそこを立ち去った。面倒くさい。班ノートですら、いやいや書いているのに。それでも、私は若葉色のノートの表紙を捲ってみた。

そこには、小さいけれど自己主張の強そうなかっちりとした字がすでに二ページ、埋まっていた。今更ながらの簡単な自己紹介、そして前日から今日にかけて、なにをしたのかが時間に沿って書かれている。

それは、ほとんどが塾と勉強に費やされていた。ご丁寧に、雑誌の付録の時間割シールも、内容に合わせて貼られている。

私はこれだけ頑張っている、勉強している。その二ページが訴えているのは、まさにそういうことだった。

「そんなの、私に言われても」

それでも仕方がない、わたしは、誰もいなくなった教室で、三ページ目を埋めていった。

しゃりしゃりとシャーペンの芯が紙を滑る音だけが聞こえる。

しゃりしゃりしゃりしゃりしゃりしゃりしゃりしゃり――

＋

あ。里佳子は、ライティングデスクから頭を持ち上げた。

えっと。ここは。

……ああ、そうだ。沼津駅前の、ビジネスホテル。

シングル素泊まり一泊六千五百円。昨日のホテルより安いのに、広さも設備も内装も申し分ない。テレビなどは、三十二型の薄型液晶だ。もちろん、百円など、いらない。さすがは、観光地としても機能している街だ。ホテルの質がいい。ま、もっとも、昨日のホテルが、最低過ぎたのだが。

それにしても、嫌な夢を見た。秋絵が、あんなことを言うから。

交換日記。

里佳子は、頭を軽く振った。

その振動が伝わったのか、ノートパソコンのスリープ状態が解除される。

ディスプレイに現れたのは、フリーのネット辞典サイトだった。

吉永サツキが口にした、〝殺人鬼フジコ〟が、気になって、先ほど、検索してみた。

里佳子は、改めて、それに目を通してみる。

＋

〈殺人鬼フジコ〉

上原藤子（うえはら　ふじこ、１９６０年10月17日 ― ２００３年７月12日）は、日本の連続殺人犯。１９７１年に小学校の同級生の小坂恵美を殺害、その後、１９７６年から１９９３年にかけて、友人、自分の娘、元夫、売春の相手、ホスト、ショップの店員、美容師、近所の主婦等を殺害。

１９９３年10月26日に、当時の夫であった上原英樹を殺害したあとに、現行犯で逮捕される。

２０００年に死刑判決を受け２００３年７月12日、死刑執行。藤子に殺害された被害者は、15人にのぼる。

（生い立ちと犯罪歴）

家族は、父の森沢遼一《りょういち》、母の森沢慶子、そして、妹の沙織《さおり》。父は外車の中古車販売を手掛けており、わりと裕福な生活を送っていた。

1971年10月26日、両親と妹が、何者かによって惨殺され（高津区一家惨殺事件）、藤子だけが生き残る。藤子が11歳のときである。

同年、母方の叔母であるSに引き取られ、静岡県Q市に移り住む。その2ヵ月後、藤子は同級生の小坂恵美を殺害。しかし、そのときは犯人は特定されず、この事件は未解決のまま、時効を迎えている。犯人が藤子であると判明したのは、藤子が逮捕された22年後のことである。裁判での藤子の証言で明らかになった。

1976年、高校に入学した藤子は、大学生の辻山裕也《つじやまゆうや》と結婚の約束をする。が、裕也は藤子の友人の杏奈《あんな》と深い関係になり、別れ話が持ち上がる。逆上した藤子は、杏奈宅に押し入り、首を絞めて殺害し、死体はバラバラにして遺棄（杏奈殺害に関しては、裕也も深く関与。解体と遺棄は裕也の協力のもと、行われた）。なお、当時、杏奈は失踪ということで、処理されている。

同年、藤子は裕也の子供を妊娠。藤子は高校を中退し、裕也と結婚。裕也の実家がある東京都八王子に移り住む。藤子16歳。

1977年、長女の美波《みなみ》を出産。

1978年、裕也の実家を出て、八王子のアパートで親子3人の生活をスタートさせるが、結婚生活はすでに破綻。働かない裕也に代わって、藤子は保険会社に勤める。この頃から、美波に対しての育児放棄がはじまる。

同年、裕也を殺害。遺体をバラバラにして遺棄した後、藤子は裕也の失踪届を出している。同じ頃、娘の美波も衰弱死。遺体はバラバラにして、遺棄。この頃から、整形をはじめる。藤子、18歳。

八王子を出た藤子は、街で男に声をかけては売春をもちかけ、客が寝入ったところで財布を盗む。盗みが発覚すると、客を殺害。盗んだ金で、整形を繰り返す。

1981年、新宿歌舞伎町のキャバレーのホステスになり、実業家の上原英樹と出会う。その後、銀座のクラブに籍を移す。

1982年、S子を出産。

1985年、元夫の裕也の失踪宣告が成立、英樹と再婚。

同年、M子を出産。

1992年、川崎市高津区のマンションに移り住む。この頃から、英樹の事業が傾きはじめる。

1993年、娘の給食費にも困るほど、生活が困窮する。生活費をまかなうために、ショップの店員、美容師、近所の主婦等を殺害。その犯行が夫の英樹にばれ、英樹を殺害。そのとき、近所の通報で、現行犯逮捕される――。

＋

ここまで読んで、里佳子は、濁《にご》りのある息を吐き出した。胃のあたりが、砂を飲み込んだように、ざらざらと重い。

このネット辞典によると、藤子は生涯で、十五人を殺したという。そして、その内のいくつかの遺体は、バラバラに解体して、捨てたという。

一人殺害するのも大変なことなのに、十五人殺して、しかも遺体をバラバラに解体だなんて。……とても信じられない。それとも、一人殺すまではその垣根《かきね》は途方もなく高いが、その垣根を飛び越してしまうと、とたんに低くなるものなのだろうか。殺人と死体解体が、日常になる？

「そんな日常は、まっぴらごめんだわ」

里佳子は、わざと声に出して、おどけてみた。そんなことでもしないと、気持ちをどこかに持っていかれてしまう。……そう、実際に持っていかれた。だから、さっき、あんな夢を見てしまったんだ。

交換日記。

なんて、いやな記憶。できれば、死ぬまで封印しておきたかったのに。

里佳子は、テレビのボリュームを少し、上げた。

また、クイズ番組をやっている。たぶん、昨日と同じ番組だ。どうやら、毎日放送されている深夜番組のようだ。時計を見ると、零時を五分ほど過ぎている。

バツゲーム！　バツゲーム！　バツゲーム！　バツゲーム！　バツゲーム！　バツゲーム！　バツゲーム！　バツゲーム！　バツゲーム！　バツゲーム！　バツゲーム！　バツゲーム！　バツゲーム！　バツゲーム！

そして、今夜も、観客はお祭り騒ぎで声を合わせて連呼している。

里佳子は、リモコンを握りなおすと、チャンネルを変えた。

芸人たちが軽快なトークを繰り広げているチャンネルで、指を止める。これだったら、いいBGMになるだろう。

「あれ」

ネット辞典サイトを閉じようとしたときだった。

〝藤子に殺害された被害者は、十五人にのぼる〟

という部分に、視点が貼り付いた。

十五人？

でも、吉永サツキは、〝十八人〟って言ってなかった？　……うん、そう、確か、十八人って。

………。

ま、どっちでもいいや。

里佳子は、ライティングデスクからコピーの束を手繰り寄せた。

今は、殺人鬼フジコよりも、下田健太事件のことだ。

里佳子は、用紙を捲《めく》った。

＋

〈下田健太と留美子に接触した経験を持つ、B子さんの証言〉

その女性は、ニット帽を深々とかぶり、インタビューのテーブルについた。

その名は、B子としておこう。

下田健太によって集められたあの部屋の〝住人〟だ。

しかし、B子は下田健太の毒牙にかかる前に逃亡、被害に遭《あ》うことはなかった。

彼女は、今年で三十歳。

あの部屋の生き残りとして検察側の証人にもなったことがある。

「といいましても、証言できるようなことは、ほとんどないのですが。だって、一日目で、私、あの部屋を逃げ出しましたから」

——あの部屋に行った経緯は？

「あれは、……そう、三年前、二〇一〇年の十月の終わりです。

西新宿の、中央公園前を歩いていたときです。男に、声をかけられたんです。あなたのオーラが気になるって。普通なら、そんなことで立ち止まることはしません。私、結構、警戒心は強いほうなんです。でも、なんでか、立ち止まってしまいました。とはいえ、警戒心はありましたよ。キャッチセールスかしら、それとも宗教の勧誘かしら、それとも新手のナンパかしらって。でも、どれでもありませんでした。男は言いました。テレビ局の人間だって」

——テレビ局の人間？

「はい。Gテレビのディレクターだって言ってました。見ると、小さなハンディカメラを持っていたので、ちょっとだけ信じてしまいまして。それで、男の話を聞くことになったんです」

――それが、下田健太だったんですか？

「はい。無精髭にぼさぼさ頭、白いポロシャツと短パンという姿でした。正直、センスはいまいち。でも、それがかえって、信憑性《しんぴょうせい》があったというか。私、一度、テレビの公開収録を見学したことがあるんですが、まさに、あんな感じの男たちがたくさんいたものですから。つい、信じてしまいました」

――下田健太は、なんて？

「ですから、私のオーラが気になるって言ったんです。どういうことですか？　と訊いたら、テレビドラマのロケハンで西新宿の風景を撮っていたところなんだが、そこにあなたが映りこんだ、ファインダー越しになにか特別なオーラが見えて、どうしても気になって、声をかけてみた……っていうんです」

――特別なオーラ？

「そう。彼は、〝特別〟というのを繰り返し強調していました。ほら、なんていうか、人って……特に女性って〝特別〟っていう言葉に弱いじゃないですか。だから、〝特別特別と連呼されて、なんだか、いい気分になっちゃったんですよね。なので、私のほうから『どんなふうに特別なんですか？』と質問しちゃったんです。そしたら、言うんです。『あなた、最近、分岐点に差し掛かりませんでしたか？』って」

——分岐点？

「はい。分岐点。下田が言うには、人生が大きく変わるオーラが出ているっていうんです。それも、〝特別〟なオーラ。ものすごく成功した人にしか現れないオーラだというんです。そして、具体的に有名人の名前を挙げていきました。どれも、大成功した人たちばかりです」

——信じてしまいましたか？

「ええ。……だって、言われてみれば、確かに、私は分岐点に立っていました。まさに、就職活動をしていたのです。私、派遣に登録していて、結構大きな会社で事務職をしていたんですが。でも、所詮は派遣。同じような仕事をしていても正社員のお給料の半分ももらっていませんでした。三十歳を前にして、これじゃダメだと思って。正社員になろうと、いろいろと会社を回っていたところでした。あと、婚活のほうにも力を入れていまして。三十歳までに正社員になるか、または結婚するか」

——まさに、分岐点ですね。

「はい。……でも、よくよく考えたら、分岐点なんて、毎日のようにあるじゃないですか。右に行くか左に行くか、イタリアンにするかフレンチにするか、ワンピースにするかパンツにするか。つまり、誰にも当てはまるんですよ、分岐点なんて。

でも、そのときは、ちらりともそんなことを思いませんでしたね。私、すっかり下田の口車に乗っていました。いつのまにか、自分からいろいろとしゃべっていたんですよね、就活と婚活をしているって。そんなときです。ダメ押しをするように、後ろから、もうひとり、やってきたのです。

その人は、どこかで見たことがある顔でした。

『ああ、小川ルミさん』下田は、そう呼びました。

小川ルミ。これも、聞いたことがある。

二人のやりとりから、小川ルミは女優で、今、まさに撮影を終えたばかりだと分かりました」

——それも、信じた？

「言葉にすると、ほんと、嘘くさいんですけれど、あの場では、疑う余地はありませんでしたね。むしろ、テレビ業界を垣間見たような気分になって、なにかいい気分でした。

下田は、さらに言いました。

『ルミちゃん、この人、すごいんだよ。きっと、近い将来、大成功するよ。今のうちに、つば、つけとかないと』

そんなことを言われたら、ますます舞い上がるじゃないですか。小川ルミまで、『私にも分かります。この方、普通じゃないですね。ものすごいものを秘めている』って。もう、私、最高の気分で。もっと言って、もっと褒《ほ》めて。……そんな感じでした」

——あなたの期待に、二人は応えたのですね。

「はい。『でも、この人、今、就活中なんだそうだ』と下田が言うと、小川ルミが『普通の会社に勤めるような器《うつわ》ではないのに。もったいない。この人、もっともっと上を目指せる人なのに』こんな感じで、二人は、私を持ち上げ続けました。さらに、『あ、じゃ、あの企画に参加してもらうっていうのはどうだろう?』『ああ、あのプロジェクトですね。Gテレビの、開局記念番組。うん、いいんじゃないでしょうか。ぜひ、スカウトしてみてくださいよ』

スカウト? この私が? っていうか、特別番組?

どんどん進んでいく話に頭をくらくらさせていると、下田が立て板に水で、説明をはじめました」

——それは、どんな内容だったんですか?

「なんでも、Gテレビでは、ある部屋に住んでもらうモニターを探している。それは、イギリスのリアリティ番組の日本版で、正式にライセンスも結んであるから、いずれは、イギリス、アメリカでも放映される番組だ。このリアリティ番組から、世界的なセレブになった人も多い……と」

——スーザン・ボイルのような？

「はい。スーザン・ボイルの名前も出てきました。イギリスだのアメリカだのセレブだの、なんだか、キラキラした言葉が一気に飛び出して、私は有頂天になっていました」

——ちょっと出来過ぎた話だとは思いませんでしたか？

「そのときは、思いませんでした。

私が、このバカバカしい作り話を信じた理由のひとつに、モニターのアルバイトの経験があります。派遣のお給料だけでは足りなくて、モニター会社に登録していたのです。メーカーの依頼によって、その商品やシステムについて座談会をするのですが、その謝礼が二時間で五千円とか一万円とか、結構いいんですよ。メールも一日に何通も届き、これはいいアルバイトになると。

ですが、モニターに選ばれるまでがなかなか大変で。モニター参加を希望すると、まずはアンケートに回答しなくちゃいけないんですね。モニターに適任かどうか調査する名目みたいですが、これがまた、すごい数で。ものによっては、百項目ぐらいあるんですよ。そこまで答えて、結局は『今回は、モニターの資格がありませんでした』って、断られちゃうんです。なんだか、失礼な話でしょう？　あれって、単に、アンケートの回答を集めるのが目的なんじゃないかしら。だって、わたし、三年間登録していて、その間に百回以上はモニター希望してアンケートに答えたのに、一度も、採用されたことないんですよ？

なにかおかしいな……と、思いはじめていたところに、テレビ局のモニター募集があったんです。見知らぬ者どうしがひとつの部屋をシェアする……というもので。謝礼金は、なんと、二十万円。うわっすごい。と思いましたが、どうせこれも、当たらないんでしょって、放置していたんです。

そんなことがあった矢先なので、私、下田健太の話、信じちゃったんですよね……」

——なるほど。それで、その日は、どうなったんですか？

「その日はどうしても用事があって、時間も迫っていたので、それを話すと『なら、この募集要項を差し上げますので、よくよく吟味の上、ご連絡ください』って、A4の用紙を渡されました。これが、そうです」

【Gテレビ開局記念番組参加家族募集要項】
Gテレビ開局記念特別番組に出演いただく家族を募集いたします。

●趣旨
昭和34年当時の団地を復元、その中で、当時の生活様式に沿って、2DK団地生活を1ヵ月半、体験していただきます。ダイニングキッチン、水洗トイレ、ガス風呂、三種の神器（テレビ、電気冷蔵庫、電気洗濯機）など、洋式の生活が普及しはじめた古きよき昭和30年代。希望と夢に満ちたこの時代にタイムスリップし、リアルで体験しませんか。

●応募条件
・2010年9月1日時点で、満60歳未満、または満5歳以上の男女を含む家族。
・アマチュアに限ります。特定のプロダクションや商業劇団に所属している人が1人でもいる家族は不可となります。

●応募方法
・当サイトより応募用紙をプリントアウトし必要事項を記入の上、家族の写真、家族の紹介ビデオ、簡単なプロフィールを添えて、「団地1959」オーディション事務局まで郵送してください。
・写真：各家族の顔写真A5縦サイズ各1枚、家族の集合写真A5縦サイズ1枚。

・ビデオ：10分程度の紹介ビデオ。記録メディアはなんでもＯＫ。普段の家族の姿をアピールしてください。
●募集期間
２０１０年9月1日～9月20日（必着）まで。
●選考方法／発表方法
1次：書類選考の上、9月末日までに通過者にのみ電話またはメールにて連絡いたします。
最終：Ｇテレビ局にて面接、当事務局構成委員立会いのもとオーディション審査を行います。
●最終合格
家族Ａ、家族Ｂの2組を最終オーディションで決定いたします。各合格者は当事務局と出演契約を交わした後、10月初旬から東京にてオリエンテーションを受けていただき、10月30日より撮影本番に臨《のぞ》んでいただきます。
●出演報酬
撮影中にかかる衣食住、及び交通費などの経費は、すべて当局が負担いたします。また、出演の謝礼として、５００万円をお支払いいたします。
※「団地１９５９」オーディション事務局とは、特別番組「団地１９５９」製作にあたり

組織された委員会です。

その構成委員は㈱Gテレビ、㈱博通社、㈱グローブ出版の各担当です。

――なるほど。これは、本格的な募集要項ですね。実在するテレビ局や出版社の名前もあります。

「はい。……私、すっかり信じてしまって。

下田が言うには、すでにオーディションは終了していて、明日から撮影に入る。あなたは、特別枠として、参加してほしい。

ここでまたもや〝特別〟という言葉を出されて、私の自尊心が疼《うず》きました」

――他の人はオーディションをしてようやく参加資格を摑《つか》んだというのに、あなたはそんなのを飛び越えて、五百万円を手に入れることができる……と？

「はい。いったん信じてしまったら、他の人になんと言われようが、雑音にしか聞こえません。

実際、同居している父と母に『しばらく、家を空ける』と言いましたら、その理由を訊かれたので、『五百万円のバイト』と答えました。両親とも大変驚き、それはおかしい、騙《だま》されているのではないか、と散々言われましたが、私には、両親の方こそ物わかりが悪い、というふうにしか感じられませんでした。

〝特別〟と何度も言われたせいか、私はどこか浮ついていたのだと思います。地に足がついていないというか。あるいは、私は一種の催眠状態にあったのかもしれません。いずれにしても、そのときの私を止められるものは、たぶん、世界中のどこにもなかったでしょう。私は、次の日の早朝、両親がまだ眠っている間に、家を出ました」

——二〇一〇年、十月三十日のことですね。

「はい。Sヶ丘団地に着くと、まず、紙を渡され、そこにサインさせられました。そして、部屋に連れて行かれたのですが、その部屋には、すでに、五人の男女がいました。北野友莉とその両親、ハヤシダという女、そして、みっちゃんと呼ばれる女の子です。

それは、実に異様な光景でした。

部屋中にカメラが設置されており、五人は、六畳の和室に正座させられていました。古い団地で壁はカビだらけ、そして、畳もところどころ腐《くさ》っていました。その隣には四畳半の部屋があり、そこは、下田健太と小川ルミこと藤原留美子の部屋だったようでした。襖の隙間からちらりと見えたのですが、花柄の壁紙にピンクの絨毯《じゅうたん》、そして高そうなダブルベッドが置いてあり、その部屋だけ、どこかのラブホテルのようでした。

下田は言いました。もう、撮影ははじまっている。カメラが撮っている映像は、東京のテレビ局に伝送され、局と広告代理店のお偉方が監視している。これからは、自分の指示に従うようにと。指示通りにしないと、五百万円は受け取れないばかりか、違約金として五百万円を支払うことになると。どうやら、そこに着いたときにサインさせられた用紙は、契約書だったようでした。

しかし、私は、もうその時点で、我慢できない状態でした。

実は、私は十代の頃より強迫性障害の気があり、いわゆる潔癖症です。私の場合は、特に髪の毛に対しての強い恐怖心で、しかし、そのときまでは症状は治まっていました。ですが、その部屋に来たとたん、再発してしまったのです。部屋中に、髪の毛が散乱しており、私は、もう恐怖心で、逃げ出さずにはいられませんでした。どんなに五百万円を支払えと脅されても、殺すぞと脅されても、私の髪の毛に対する恐怖心の方が勝っており、私は、無我夢中で逃げ出しました。

今思えば、私をずっと悩まし続けていた潔癖症に助けられたこととなります。あのとき、逃げ出さなかったら、私も今頃。

しかし、私の潔癖症はあれ以来、ますます酷くなり、今、治療中ですが、治る見込みはまったくありません。辛い日々です。

お気づきかもしれませんが、私は髪を剃《そ》っています。そう、このニット帽の下には、髪はありません。自分の髪の毛ですら、恐怖の対象となってしまったからです」

＋

「うそ。うちの会社の名前、使われたの？」

里佳子は、その部分にマーカーを引いた。B子が、下田健太に渡されたという、募集要項にある、〝グローブ出版〟という部分だ。

それにしてもだ。下田健太という男は、途方もない詐欺師だ。いや、それ以上に、〝特別〟とか〝テレビ〟とか〝セレブ〟などといった言葉で、コロッと騙される方もどうかしている。

「〝私は特別〟病が、ここまで蔓延《まんえん》しているとは。これも、一種の現代病ね」

里佳子は毒づいてみたが、自分はどうだろう？　〝特別〟〝特別〟と二人の人間に立て続けに言われたら。……もしかしたら、騙されてしまうかもしれない。

特に、〝テレビ〟というキーワードは強力だ。テレビ離れが言われて久しいが、その〝権威〟までもが失墜しているわけではない。新聞もそうだ。いつだったか、なにかの統計で、日本人は新聞やテレビなどのメディアを〝信頼〟している人の割合が世界一高いという結果が出た。比較的、メディアの〝信頼度〟が低い欧米でさえ、それが〝テレビ〟番組というだけで、どんな過激で残酷な演出でも許してしまうという実験データもある。

里佳子は、首をひねって、テレビ画面をみやった。

いつのまにか、トーク番組が終わって深夜映画がはじまっている。

一時二十三分。

さすがに、そろそろ寝ないと。六時過ぎには、ホテルを出なければならない。

はぁぁ。

里佳子は、鈍い溜息を吐き出した。あの下田茂子の顔が、ちらちらと視界に浮かび上がる。

なにか、あの人は、苦手だ。

なにを考えているのか、まったく分からない。複数のメディアにインタビューを許し、そして、あれやこれや理由をつけて、インタビューを引き延ばしている。もしかして、インタビューなんて、そもそも受けるつもりはないのでは？　謝礼欲しさに、自分たちを呼びつけているだけなのでは。それとも、有名メディアを翻弄《ほんろう》して、楽しんでいるのか。

いずれにしても、下田健太を産んで育てた母親だ。一筋縄ではいかないだろう。……いや、もちろん、親子とはいっても、その人格はまったく別のものだ。下田健太がどんなに卑劣な詐欺師だからといって、母親までそうだとは言わない。

でも。

里佳子は、頭を振った。

そう、たとえどんな凶悪な犯罪者であったとしても、その肉親にはなんの罪もない。その犯罪性や性癖を、〝血〟で片づけてはいけないのだ。

でも。

…………。

そんなことより、問題は、あの吉永サツキだ。あんなスタンドプレーをして。あれじゃ、うまくいくものも、うまくいかない。あの女も、何を考えているのか、さっぱり分からない。

そもそも。

私がこのインタビューに付き合う理由はなんだろう？

校了明けで、比較的暇な時期だったから、のこのこついてきたが。

私だって、レギュラーの記事を数本抱えている。あの、次期総理大臣のインタビューもまとめなければならない。ライターとの打ち合わせだって、入っている。次号に向けて、仕事は山積みだ。

ああ、だめだめだめ。

とにかく、今は寝ることに専念しよう。だって、ほら、もう二時になろうとしている。

早く寝なくちゃ、早く、早く、早く――。

4章　インタビュー　三日目

12

うそ。うそ。うそ。

里佳子は、額に脂汗《あぶらあせ》を無数浮かべながら、時計を何度も確認した。

八時四分。

何度見ても、時間は戻らない。ひたすら、進むだけだ。そうこうしているうちに、五分になった。

もしかして、夢？

……違う、現実だ！

手足は氷のように冷たいのに、顔だけはかっかと火照《ほて》り、汗が止まらない。

とにかく、ホテルをチェックアウトしなければ。とにかく、一刻も早く、Sヶ丘団地に行かなければ。

とにかく、とにかくとにかく――。


タクシーがSヶ丘団地第三街区の入り口に着いたのは、九時二十三分だった。

「領収書、いりますか？」

運転手が、のんびりとそんなことを訊く。ええ、いるわよ、さっさと出しなさいよ！

しかし、運転手はぶつぶつ言いながら、領収書が印字される機械をいじっている。

「紙切れかな？　おかしいな、出てこないな」

「ああ、じゃ、もういいです！」

そして、里佳子は、タクシーを飛び下りた。七千六百五十円、結構な額だが、仕方ない、自腹だ。

ああ、どうしよう、どうしよう、大遅刻だ。きっと、あの二人はとっくの昔に到着して、私を待っている。いや、インタビューをはじめているだろう。

里佳子は、走りながら、コートのポケットの中の携帯電話を握りしめた。充電切れの、役立たずだ。おかげで、あの二人と連絡がとれない。カバンの中のノートパソコンも、充電切れ。メールも打てない。公衆電話を探す間もなくタクシーを拾い、ここまで来たのだが。

「えっと、五棟、五棟はどこ？」

あ、あの車。

児童公園横の茂みに、黒い車が止まっている。確か、昨日も止まっていた。と、いうことは――。

里佳子は、視線を上げた。

車の向こう側に見える建物に、〝5〟という数字を見つける。里佳子は加速をつけた。

「あら」

玄関ドアを開けた下田茂子が、心底驚いた様子で、言った。

「どうなさったの？」

「あ、すみません、寝坊……いえ、道が混んでまして……いえ、携帯電話が充電切れで……」

里佳子は、息も切れ切れに、頭に浮かんだ単語を口にしてみた。我ながら、とりとめもない。とにかく、この失態をどうにか取り繕《つくろ》わなければ。しかし、茂子は言った。

「今日は、インタビュー、中止ですよ」

「え？」里佳子は息を飲んだ。そのタイミングが悪かったせいか、しばらく、咳《せ》き込む。

「今日、懐かしいお友達が来ることになって。それで、お宅のインタビューは中止にしてもらったの。昨日の夜、出版社にお電話しましたが。……あなたのところには、伝わってなかったの？」

中止？

その意味がはじめは理解できなくて、里佳子は間の抜けた笑いを浮かべた。

その様子があまりに滑稽《こっけい》だったのかそれとも不憫《ふびん》だったのか、茂子は言った。

「まあ、こんなところでは、なんなので。……お上がりになる？」

「え？　……でも」

客人がいるのでは？

「お友達は、まだ来てないのよ。遅れるって、さっき、連絡があって。あと一時間はかかるって」

時計を見ると、九時三十五分。

「そういうことだから、それまで、お茶でもどうですか？　せっかく、いらしたんですから」

下田茂子とふたりっきりでお茶？　これは、もしかしたら、ものすごいチャンスかもしれない。

「では、お言葉に甘えて」

里佳子は、玄関に靴を進めた。

リビングに通されると、お香の匂いがした。そういえば、はじめてここを訪れたときも、この匂いがしていた。線香だろうか。そういえば、あの襖向こうの和室に、大きな仏壇があった。……しかし、その匂いは、線香というには、少々官能的だ。

「あなたは、昨日、東京にはお戻りにならなかったの？」

茂子に問われ、

「はい。沼津に友人がいまして。昨日はその友人に会って、そのまま沼津に泊まったんです」

「あら、沼津」

お茶を淹《い》れる茂子の手が止まった。

「藤子ちゃんがよく、行っていたわね、沼津。駅前のデパートでアルバイト、してたのよ」

「……そう、なんですか？」

藤子。殺人鬼フジコのことだ。里佳子の鼓動が、自然とはやくなる。

「そのデパート、今はないけど。……沼津も、昔はもっと、活気があったものよ。今じゃ、三島《みしま》のほうが活気があるみたいだけど。やっぱり、新幹線が止まるところは、強いわ。……そうでもないかしら。熱海《あたみ》も新幹線止まるけど、昔のような活気はもうないものね。昔は、それはそれは、大歓楽街だったのだけど。いつ行っても、観光客でごった返していた。……ふふふふふ、私ね、新婚旅行ね、熱海だったのよ。昭和三十六年。……もう五十年以上昔のことよ」

こんなにしゃべる人だったろうか。それとも、今日は、機嫌がいいのか、茂子はお茶を淹れたあとも、しゃべり続けた。

「お宮の松って知ってる？　寛一《かんいち》お宮。そう、金色夜叉《こんじきやしゃ》。あら、ご存じない？　そりゃそうよね。今の若い人は、知らないわよね。『来年の今月今夜のこの月を……』って台詞《せりふ》が有名なのだけど。……ふふふふふ、実はね、私、夫に求婚されたとき、この台詞を言われたのよ。『君と結婚できなかったら、来年の今月今夜のこの月を、僕の涙で曇らせてみせる……』って。ふふふふ、バカね。その日は新月で、月なんか出てやしなかったのに。

……そうだ。アルバム、見ます？」

「アルバム？」

「そう。私たち家族のアルバム」

「ええ、ぜひ」

ラッキーだ。きっと、アルバムには、下田健太も写っているだろう。下田健太の人となりを探るには、アルバムはもってこいだ。

「ほんと、昔の写真で、お恥ずかしいんですが」

茂子は言いながら、襖を開け、隣の和室に消えた。

それからしばらくして、茂子は、アルバムを六冊抱えて、襖を開けた。

「お待たせしました」

テーブルに載せられたアルバムは、微《かす》かに黴《かび》の臭いがした。

里佳子は、その一番上のアルバムを、手に取った。ずしりと重たい。

表紙を捲ると、セーラー服を着た二人の少女の写真が貼り付けてあった。白黒だ。たぶん、写真館で撮られたものだろう。

「右が、私。左が、姉よ」

写真の右下にキャプションのような手書き文字が見える。万年筆で書かれたものらしいが、すっかり色褪《いろあ》せて、読むのがやっとだ。

『昭和二十九年　慶子十七歳、茂子十五歳』

姉の慶子は、まるで女優のように端正な顔立ちをしている。一方、茂子は……。

里佳子は、アルバムを覗《のぞ》き込む茂子の顔を見やった。初対面のとき、ファニーフェイスできっと若い頃は男性にモテただろう……という印象を持ったが、この写真を見て、それは少し的外れな推測だと分かった。

姉にすべての美を持って行かれてしまった、不憫《ふびん》な妹。

きっと、妹は、美しい姉に複雑なコンプレックスを抱いていたに違いない。このツーショットの写真は、残酷なほど、それを物語っている。今なら、メイクやヘアスタイルでなんとか工夫すれば〝個性的〟という冠をかぶせてもらえるかもしれないが、昭和二十九年といえば、持って生まれた素材だけで勝負しなければならない時代だ。

「私が、女学校に入学したときに撮ったものよ」

いつのまにか老眼鏡をかけた茂子が、懐かしそうに目を細める。

「姉と同じ女学校に行ったのよ。姉の着ているセーラー服が素敵で、私も着てみたかったの」

13

「え、うそ」

Gテレビ局の調整室。吉永サツキは、声を荒らげた。

「なんで？　どうして？」

「分かりません。今、調査中なんですが……発信側なのか受信側なのか、どっちが――」

若いエンジニアが、しどろもどろに言い訳する。

「もう、信じられない。こんな大事なときに、あてにならないなんて」

「すみません……」

「謝る暇があったら、原因をはっきりさせて、一刻も早く復旧させて。お願いよ」

そう言い残すと、サツキは資料室に向かった。

「あれが役立たずとなると、自分の足で証拠を探すしかない」

資料室の前では、フリーディレクターの成田に声を掛けられた。Gテレビの看板番組、〝テレビ人生劇場〟の再現ドラマ班のひとりだ。何度か一緒に仕事をしたことがある、顔馴染《なじみ》だ。

「あれ、サツキちゃん。しばらく、地方に取材だって聞いたけど」

「うん。今日の取材、先方の事情でキャンセルになったのよ。……それに、ちょっとトラブルもあって。だから、調べもの」

「もしかして、例の？」

「うん」

「そっか。……しかし、なんだ」成田は、溜息交じりで腕を組んだ。「最近、ルミちゃんの夢をよく見るんだよ。きっと、成仏してないんだろうな」

小川ルミこと藤原留美子は、この成田ディレクターのお気に入りの女優だった。彼が手がける再現ドラマのほとんどに、小川ルミは起用されている。

今回の事件が発覚したとき、彼の動揺は尋常ではなかった。その様子を見て、サツキは再認識したものだ。成田は小川ルミを女優として気に入ってただけではなく、異性としても気に入っていたのだと。小川ルミも、身近にあるこの淡い思いに気が付いていれば、あんな惨《ひど》い最期を遂げることもなかったのかもしれない。小川ルミは、いったい、どこで道を誤ったのか。

とぼとぼと去っていく成田の背中を見ながら、サツキは、複雑な思いに駆られた。が、軽く頭を振ると、サツキは資料室のドアを開けた。

そのビデオを探し出すまでには、少々の時間を要した。サッキの額には、細かい汗がびっしりと貼り付いている。

〝お蔵入り〟のシールが貼られているそれは、一九九三年十一月二十一日に撮られたインタビューの映像だ。フジコが逮捕されたときに、組まれた特別番組用のビデオだ。フジコの母親と叔母を知る人物へのインタビュー。

お蔵入りになった理由は、たぶん、〝殺人鬼フジコ〟の再現ドラマが放送中止になった理由と同じだろう。あのときの苦い思いが蘇《よみがえ》って、サツキは小さく舌打ちした。

未編集のそのテープの尺は、四十五分。

サツキは、隣の視聴室に移動すると、早速テープを再生した。

＋

〈フジコの母親（慶子）とその妹（茂子）を知る人物の証言〉

「もう、カメラ、回っているの?」

——はい。

「これ、ちゃんと、モザイクはいるんですよね?」

――はい。放映時には、ちゃんと加工いたします。

「声は？」

――ご希望でしたら、声も加工いたしますが。

「ピーも入れてくれる？」

――は？

「だから、ピーよ。ほら、テレビでよく入るじゃない〝ピー〟って」

――ああ、放送禁止用語とかを消すための。

「そう。私、もしかしたら、うっかり、言ってはいけないこととかしゃべってしまうかもしれないから、そのときは、ピーをお願いね。でないと、私、大変なことになるわ」

――分かりました。ピーも入れます。では、インタビューを開始して、よろしいでしょうか？

「ええ、どうぞ」

――今回の殺人鬼フジコの逮捕、どう思われましたか？

「そりゃ、複雑ですよ。とても、ショックを受けています。……あの慶子ちゃんの娘さんが、こんなことになるなんてね、とても信じられません。慶子ちゃんも、あんな形で亡くなったというのに」

――慶子ちゃんというのは……昭和四十六年、つまり一九七一年に起きた高津区一家惨殺事件の被害者の一人、森沢慶子さんですね？

「ええ、そうです。慶子ちゃんとその夫、そして、娘さんが一人、殺害されたと聞いています」

――その生き残りが、フジコだったわけですが……。

「ええ、本当に、もう、なんといっていいのか。あの事件でせっかく助かったのに、自ら殺人鬼なんて呼ばれるようなことをしてしまうなんて」

――フジコには、会ったことはありますか？

「実際に会ったことはないのですが、写真でなら、見たことがあります。一度、茂子ちゃんが写真を送ってくれたことがあるんです」

――シゲコというのは、フジコの叔母ですね？　フジコを引き取った。

「ええ、そうです。慶子ちゃんの妹の、茂子ちゃんです」

――慶子さんと茂子さんとは、どのようなご関係で？

「幼馴染《おさな》です。同じ、集合住宅に住んでいました。……ご存知かしら、昭島《あきしま》の、旧立川《たちかわ》飛行場近くにあった昭和郷《しょうわごう》アパート」

――昭和郷アパート？

「まあ、そうですね。今の若い人は知らないでしょうね。事件当時は、結構騒がれたんですけれど」

――なにかの事件現場なのですか？

「昭和三十二年に、保険金目当ての放火大量殺人があったんですよ。確か、あれは、十月二十七日の深夜。けたたましい人の声がして目を覚ましました。窓の外を見ると、空を真っ赤に染めて、火が上がってました。そして、あっというまに、アパートは全焼してしまいました。確か、八人の方が亡くなったはずですよ」

――そのアパートに、住んでらしたのですか？

「いえいえ、そのアパートじゃありません。私たちが住んでいたのは、昭和郷アパートから五分ほど歩いたところにある、集合住宅です。M工業の社宅です。私の父、そして慶子ちゃんと茂子ちゃんのお父様もエンジニアでした。社宅といっても、元は立川の陸軍が所有していた建物で、倉庫に毛が生えたようなものですが。

昭和郷アパートも、元は、立川陸軍航空廠《しょう》の労働者の寮だったみたいですね。戦後は、引き揚《あ》げ者のためのアパートとして東京都が管理していたって、聞きました。私たちの社宅も古かったけれど、昭和郷アパートは、輪をかけて老朽化が進んでましたね。なにしろ、木造ですからね。

私たち、よく話していたんです。あのアパート、火事があったら、あっというまに全焼だねって。というのも、その年の春に、昭和郷アパートでボヤ騒ぎがありましてね。そのボヤも、アパートを全焼させた犯人の仕業だと、後で分かりました」

――その犯人は？

「昭和郷アパートに住んでいたIさんです。長男を有名私立中学に通わせていましたよ。東大に入れるんだって言って。そのために、一生懸命働いていたんですけどね、失業してしまって、お金に困っていたらしいんです。それで、保険金目当てに――。私も慶子ちゃんも茂子ちゃんもよく知ったおじさんだったので、私たち、とてもショックを受けたものです。そして、そのときはじめて、〝保険金〟というものを知ったんです。慶子ちゃんが二十歳、茂子ちゃんが十八歳、そして、私が十五歳のときでした。特に、茂子ちゃんが、興味津々でしたね。いろいろと保険のことを調べたりして。

そうそう、日本ではじめての保険金殺人って、いつか、ご存じ？」

――いいえ。

「昭和十年ですって。東京都の本郷で起きた保険金殺人が、最初なんですって。誰が、誰を殺害したと思います？」

――いいえ、分かりません。

「母親が、大学生の長男を殺害したんですよ。その殺害を助けたのが、娘と次男たち。被害者にとっては妹と弟よ。滅多切りで殺されたらしいわ。そして、殺害を示唆《しさ》したのが、父親。酷《ひど》い話でしょう？　しかも、父親はお医者さんだったんですって。医者の立場を利用して、息子を薬で殺そうとしたこともあるんですって。保険金を手にした父親は、中目黒に立派な家を建てたんですって。それはそれは、大金を手に入れたんですってよ。

殺害された長男にも非はあったみたいですけどね。放蕩《ほうとう》息子だったんだとか。それでも、実の親と兄弟に滅多切りにされるなんて、……信じられない話ですよね？　茂子ちゃんからはじめてその話を聞いたとき、私、とても信じられなくて。なのに、茂子ちゃんたら、興奮しながら、どこか嬉しそうに言うんです。『人間なんて、所詮そんなものよ。切羽詰《せっぱつ》まったら、肉親だろうが親しい友人だろうが恋人だろうが、殺してしまうものなのよ』って」

――茂子さんは、どういう方だったんですか？

「頭はよかったですよ。なにしろ、T女の女学生さんでしたから。T女っていったら、私たちの憧れでしたもの。

でも、お姉さんの慶子ちゃんのほうが、もっと頭はよかったですけどね。T女はじまって以来の才女なんて言われてました。その上、美人でしたもの。日活《にっかつ》の女優さんみたいな人。そう、お麦《むぎ》ちゃんのような人だったわ」

――お麦ちゃん？

「あら、知らないの？　芦川《あしかわ》いづみのことよ。日活のトップ女優の一人。……ほんと、慶子ちゃんは、きれいだったのよ。T女のセーラー服もとっても似合っていて。慶子ちゃんを一目見ようと、近所の男子中学生や工場の工員たちが、社宅によくうろついていたわね。女学校を卒業して、都心の商社にお勤めに出ると、一層きれいになって。本当に、映画にでてくるようなきらきら輝いたビジネスガールだったわ。あら、今はビジネスガールなんて言わないわね。OLかしら？」

――茂子さんはどうだったんですか？

「茂子ちゃんは、まあ、十人並みってとこでしょうか。映画でいえば、ヒロインの友人Cみたいな感じかな。

そんなに不美人ってことはないんだけど、とにかく背が高くてね。当時は、背が高すぎる女性は、敬遠されていたんですよ。近所の男の子に『デカ女』とよくからかわれてました。茂子ちゃんも気にして、いつも背中をまるめて、こそこそと歩いていたわね。せっかくのT女のセーラー服も、あまり似合ってなくて。成績もあまりパッとしなくてね。そのせいか、学校をズル休みすることもちょくちょく。社宅では『茂子ちゃんが不良になった』なんて噂される始末。

　茂子ちゃんのご両親も、たぶん、無意識だとは思うんですけど、明らかに、お姉さんの慶子ちゃんのほうばかり贔屓《ひいき》するわけですよ。茂子ちゃん、よくいじけてましたね。それで、妹分の私の家に来ては、いろいろと話を聞かせるんです。まあ、とりとめのない話ですよ。空想だったり、小説の話だったり、あとは、さっきお話しした、保険金のことだったり。

　茂子ちゃん、あまりに保険金のことにこだわるから、私、もしかして茂子ちゃん、保険金殺人でもするつもりなんじゃないかしら？　と心配になったほどです。

だって、茂子ちゃん、保険金の話だけじゃなくて、殺人にもとても興味を持っててね。横溝正史《よこみぞせいし》や江戸川乱歩《えどがわらんぽ》の小説を読み漁《あさ》ってましたよ。または、猟奇《りょうき》事件を扱っているカストリ雑誌とか、貸本屋でよく、立ち読みしてました。カストリはご存じよね？」

——ええ、聞いたことはあります。終戦直後に大量に出回った、……まあ、今でいえば、興味本位の低俗なエログロ雑誌ですよね？

「まあ、そんなところでしょうか。とにかく、茂子ちゃんたら、やたらと猟奇事件に詳しいんですよ。……そうそう、日本で初めてのバラバラ殺人って、いつだか知ってる？」

——いえ。

「茂子ちゃんから聞いたんですけれど、昭和七年に起きた、玉ノ井《たまのい》バラバラ殺人事件っていうのが最初らしいですよ。玉ノ井っていう……まあ、今でいえば風俗街かしら。そこのお歯黒どぶと呼ばれている下水溝で、切断された人間の胸部と頭部が発見されたんですって。まあ、これも酷い事件でしてね――」

――それで、茂子さんは……。

「ああ、そうでした。茂子ちゃんの話でしたね。例の昭和郷アパートの保険金放火殺人が起きて二ヵ月もすると、保険金の話も猟奇事件の話もぱったりとしなくなりました。その代わりに、難しい政治の話をするようになったんです。どうやら、その頃、雑誌を通じて文通をはじめた男性と、いい関係になったみたいなんです。その男性は大学生で、砂川《すながわ》紛争に参加している人でした。砂川紛争、もちろん、ご存知ですよね？」

――えっと……。

「あら、いやね。ジャーナリストなんでしょう？　それぐらい、常識ですよ。昭和三十年から三十二年にかけて立川にある砂川で起きた、住民運動。アメリカ軍の立川基地の拡張に住民たちが反対して、小競《こぜ》り合いが繰り返されたんです。昭和三十五年の安保闘争、さらには昭和四十年代の学生運動、もっといえば、連合赤軍事件の原点となる事件ですよ。覚えておきなさいね」

――はい、すみません。それで、茂子さんは、その大学生とは？

「その大学生に感化されてしまった茂子ちゃんは、なんだか、すっかり人が変わってしまったわね。私とも距離を置くようになって。でも、なんだかイキイキしていましたよ。背中を丸めて歩くこともなくなり、堂々と振る舞うようになりました。

いつだったか、道でばったり会ったとき、『使命を持ちなさい。使命を持てば、人は輝くのよ』と、言われましたっけ。T女を卒業したあとも、就職もせずに、なんだか、政治活動にかぶれてましたね。そして、いつかは、あの大学生と結婚するんだって。

あれは、昭和三十五年頃だったかしら。いつのまにか、茂子ちゃんの姿を見かけなくなりました。でも、そこは社宅。噂はすぐに私の耳にも入りました。……なんでも、茂子ちゃん、妊娠してしまったというのです。それで、一時、静岡の親戚に預けられたんだとか。……たぶん、父親は例の大学生でしょうね。いよいよ、結婚か？　と思ったのですが、結局は大学生に捨てられたんです。

一方、お姉さんの慶子ちゃんは、いい縁談に巡り合い、その年、結婚しました。旦那さんは、旧財閥の血筋の御曹司《おんぞうし》、いわゆる玉の輿《こし》です。

茂子ちゃんは、どんな心境だったでしょうね。でも、それを直接聞く機会はありませんでした。茂子ちゃんとはそれから、手紙のやりとりだけです。茂子ちゃん、筆まめでしたから、月に一回は、近況報告の手紙が届いていましたね。

その手紙で、静岡で地元の人と結婚したと知りました。昭和三十六年のことです。その手紙には、ニュータウンのSヶ丘団地に入居するんだとも書かれていました。

ああ、よかった。私は、心からそう思いました。慶子ちゃんも茂子ちゃんも、幸せになった。本当に嬉しかった。だって、私、慶子ちゃんも茂子ちゃんも大好きでしたから」

——しかし、慶子さんは、その後、離婚されたはずですが？

「ええ。子供ができなかったのが原因だったようです。気の毒な話です。でも、それは相手のほうに原因があったわけなんですよ。だって、その後、再婚するのですが、すぐに子供ができましたもの。

でも、その再婚相手がちょっと問題のある人で。中古車販売の仕事をしていて、羽振《はぶ》りはよかったんですけどね。収入以上に借金があったようなんです。それで、慶子ちゃん、子供の給食費が払えないことがたびたびあるって、……茂子ちゃん、いつだったか手紙に書いてました。『姉を助けなくてはいけない』みたいなことも書いてありましたっけ。

茂子ちゃん、この頃、なんとかかっていう宗教にのめりこんでいまして。そりゃ、熱心でしたよ。私も、何度もセミナーに誘われました。手紙もその勧誘のことばかりで、私、いやになってしまって。いつのまにか、疎遠《そえん》になってしまいました」

――一部の報道では、慶子さんは娘のフジコを虐待していたとか。それが原因で、フジコの凶悪な犯罪性が培《つちか》われたとか。

「それは、ありませんよ！　慶子ちゃんに限って。慶子ちゃんは、虫も殺せないような、本当に優しい人だったんですよ？　子供も大好きで。私も、小さい頃は、よく遊んでもらいましたよ。

あ、でも。

慶子ちゃんが意識してないところで、もしかして、姉妹間で差別はあったかもしれませんね。それを虐待だと、フジコちゃんは思っていたのかもしれません」

――差別？　なぜ、そう思うのですか？

「だって――」

14

え？

誰かに何かを言われた気がして、村木里佳子は振り返った。しかし、そこには、襖しかない。

「どうしました?」

茂子が、里佳子の顔を覗き込んだ。

「いえ、なんでも」

柱の時計は、十一時になろうとしている。この部屋に上がり込んで、もう一時間以上。その間、ずっと、アルバムを見せられている。今、三冊目だ。下田健太の写真が見られるかと期待しているのだが、なかなか現れない。写真に書かれたキャプションは、昭和三十二年。まだまだ……だ。

「お友達、遅いですね」

里佳子は、アルバムを適当に捲《めく》りながら、言った。

「本当ね。でも、いつものことなのよ。時間にルーズな人なの。……あ、これ、砂川の米軍基地の柵の前で撮ったものだわ」

茂子が、一枚の写真に指を置いた。

「昭和三十二年の写真よ。……懐かしいわね」

しかし、その写真の端に書かれているキャプションは、〝少年誘拐ホルマリン漬け事件〟とある。

これだけではない。どのキャプションも、写真とは全く関係ない内容が書かれている。キャプションというよりは、どうやら、その年に起きた事件の備忘録のようだ。里佳子が知っているような有名な事件もあれば、知らない事件もある。たとえば、この〝少年誘拐ホルマリン漬け事件〟は、割と有名な事件だ。この事件をモデルにした漫画を読んだことがある。……このアルバムは、まるで、昭和猟奇事件史だ。昭和の暗部を見せつけられているようで、気が重くなる。

他のアルバムもこんな感じなのだろうか。里佳子は、テーブルに積まれたアルバムを見た。

「この注釈は、茂子さんが書かれたんですか？」

里佳子は、訊いてみた。

「ふふふふ。そうよ。……お恥ずかしい話ね。十代の頃は、そういうものに興味があって。若気の至りってやつよ。でも、それも、昭和三十二年で、終わり」

ページを捲ると、確かに、キャプションはなくなっていた。年月日があるだけだ。

昭和三十六年五月二十二日。

あれ？　いきなり、昭和三十六年。ページ、飛ばしちゃった？

里佳子はページを戻ったが、一ページ前は、確かに昭和三十二年の、砂川の米軍基地前で撮られたものだ。

三年分、どうしちゃったんだろう？

「ああ、この年に、このSヶ丘団地に引っ越してきたのよ、私たち」

茂子が、声を弾ませながら、里佳子が戻したページを改めて捲った。そのページに貼られた写真は、完成したばかりのSヶ丘団地。白黒写真だが、その五月晴れの空の青さが、鮮明だ。新しい生活を前にして、晴れやかに微笑む男女ふたり。一人は茂子のようだったが、その隣の男性は、今までアルバムに登場していなかった新しい人物だ。

「主人よ。無口でぶっきらぼうな人だったけれど、真面目な仕事人だった」

……ああ、これが、下田洋次。下田健太の父親だ。言われれば、その眼元が似ているような気がする。神経質そうな三白眼。

だとしたら、もうすぐ、下田健太も登場するだろうか。下田健太は、昭和三十八年に生まれている。

ページを捲ろうとしたところで、茂子の指がそれを止めた。

「さあ、そろそろ、お昼の準備、しなくちゃ」そして、アルバムを里佳子から取り上げると、テーブルに載せたアルバムともども隣の部屋に運んでしまった。

お楽しみを前に、おもちゃを取り上げられた子供のように、里佳子は唖然《あぜん》と茂子の背中を追う。

「お昼、ご一緒にいかが？」

リビングに戻ってくると茂子は、言った。

「あ、でも、お友達は……」

「もう、どうせ、来やしないわよ。そういう人なの。気にしないで。……お昼、チャーハンでいいかしら？　それとも、焼きそばがいい？」

「いえ、でも」

「遠慮、なさらないで。……じゃ、チャーハンにしましょうか。昨日の残りごはんがあるのよ」

「今日はこれから、他のインタビューが入っているのでは？」

「いいえ。今日は、すべて、キャンセルいたしました」

「え。……じゃ」

「そう。今日は、あなただけですよ。あなただけ、〝特別〟です」

「特別……」

「あら、いけない」

冷蔵庫を探っていた茂子が、慌てた様子で声を上げる。「ネギがないわ。ネギがなきゃ、おいしいチャーハンにならないわ」そして、バタバタと、上着を着込み、買い物籠《かご》を棚から降ろした。

「ちょっと、買い物に行ってきますね」

買い物？ こんなところに、商店なんてあるんだろうか？

「小さいマーケットがあるんですよ。ちょっと歩くんだけれど。……ちょっと留守番、お願いできますか？ すぐ、戻ってきますので」

「あ……」

茂子は、里佳子の返事を待たず、そのままばたばたと、出て行った。

一人取り残された里佳子は、思った。

今日も、まったく、自分のペースで動けていない。

いや、違う。これは、絶好のチャンスなのだ。なにしろ、あの、下田健太の母親とふたりきりなのだ。しかも、今日は機嫌がいい。アルバムを見せてくれたり、チャーハンをご馳走してくれようとしたり。それに。

「そう。今日は、あなただけですよ。あなただけ、〝特別〟です」

今日は、私だけが、〝特別〟に、この茂子の時間を独占しているのだ。

井崎を出し抜く、またとない機会だ。

井崎といえば。……社に、連絡を入れておいたほうがいいだろうか。でも、携帯は、充電が切れている。ノートパソコンも。

黒電話が、視界に入った。懐かしいダイヤル式だ。

電話、借りてもいいだろうか？

いや、家主がいない間に勝手に使うのは、まずいだろう。茂子が戻ってきたら――。

その、いきなりのベル音に、里佳子の体が一瞬、竦《すく》んだ。

電話だ。どうしよう。このまま放っておく？　うん。それが賢明だろう。

しかし、そのベルはなかなか止まなかった。電話が鳴ったらワンコールで受話器を取る癖を新人時代に叩き込まれた身としては、体がうずうずと、落ち着かない。止まれ、止まれ、止まれ……。そして、ようやく、ベルは止んだ。

が、一息つく間もなく、すぐにベルが鳴った。

里佳子は、ほとんど無意識に、それをワンコールで取った。

『あ、下田さん？』

もしかして、今日来る予定の、茂子の友人か？　でも、若い男の声だ。

『下田さんですか？　Gテレビには気を付けてくださいね。下田さん？　どうしました、下田さん？　……誰、あんた？』

言われて、里佳子は慌てて、受話器を置いた。

Gテレビ？　気を付けて？

どういうことだろう？

里佳子は、電話の前で、しばらく立ちすくんだ。

でも、確かに、気になってはいたのだ。Gテレビ。

そもそも、吉永サツキは、Gテレビのお抱え構成作家だ。もちろん、他の局とも仕事はしているようだが、ほとんどの仕事が、Gテレビだ。だから、井崎も、Gテレビの知り合いを通じて吉永サツキにコンタクトをとったのだ。

でも、なにか、変だ。

ひっかかる。

GテレビはGテレビで、単独で茂子のインタビューをとりにきている。吉永サツキは、なんで、そちらに回らなかったのか。わざわざ、月刊グローブのインタビュアーとして、参加しているのか。そんな、回りくどいことを。

そうだ。茂子から、直接そう依頼があったからだ。

吉永サツキをインタビュアーにすること。

それが、条件だったのだ。

なぜ、茂子は、そんな指示をしたのか。

玄関ドアが開く音がする。たぶん、茂子が戻ってきたのだろう。

「お待たせしました。ネギ、買ってきましたよ。すぐに、チャーハン、作りますね」

「あの」

コートをフックに掛ける茂子の背中に、里佳子は質問をぶつけた。

「どうして、吉永サツキさんなんですか？」

「え？」

茂子が、振り返る。

「どうして、吉永サツキさんを、指名したのですか？　うちのインタビュアーに」

「え？」

茂子は、その質問の意味がよく分からないというふうに、半笑いで、体を里佳子に向けた。

「ですから、どうして、吉永サツキさんを――」

「なんのことかしら？　そんなことより、マーケットで、ご近所さんに会ってね――」

15

新宿東口、紀伊國屋《きのくにや》書店近くの喫茶店で、吉永サツキはその人物を待っていた。

土屋雅美《つちやまさみ》、四十五歳。下田健太と関係があった女性だ。といっても、二〇〇八年から二〇一〇年にかけての、二年足らずの関係だったようだ。つまり、藤原留美子と出会う前からの、下田の愛人。

サツキが土屋雅美を知ったのは、静岡地裁。下田の裁判が行われていた法廷だった。彼女はほぼ毎回、傍聴席に姿を現した。そして、下田の死刑が求刑された最終論告の日は、泣きながら席を立った。それが気になって後を追った。その日はサツキが名刺を渡しただけで終わったが、後日、雅美のほうから連絡が来た。下田の無罪判決が言い渡された、翌日だった。

「下田が死刑にならずに、嬉しいですか?」と問うと、雅美は小さな声で「はい」と答えた。「あんなに酷い男なのに?」と問うと、「私には優しかった」と、雅美は言った。

そして、昨日。今度はサツキのほうから、雅美に連絡を入れた。

「下田の母親と接触している」と言うと、雅美の声は、微かに変化を見せた。

その声から、サツキは、ある推測をせずにはいられなかった。下田健太の居場所を土屋雅美は知っているのではないか。下田茂子はカモフラージュなのではないか、メディアを煙《けむ》に巻くための。

それを確認するためサツキは、雅美を今日、ここに呼び出した。ちょうど、茂子へのインタビューが、先方の事情によりキャンセルになったのが幸いした。

「お待たせしました」

雅美の影が、サツキのコーヒーに落ちる。サツキは、手にしたカップをソーサーに戻すと、雅美を見上げた。

下田茂子に似ているなと、ふと思った。どこがどうというのではなく、その雰囲気だ。ねっとりと暗い影をまといながら、ある情熱をひた隠す、どこか歪《いびつ》な雰囲気。

「わざわざ、すみません。新宿まで。そちらに伺ってもよかったのですが」

腰を浮かせながらサツキが言うと、

「いえ。中央線で一本ですから。それに、うちのほうに来られても、落ち着いて話せませんもの。だって」雅美は、声を潜《ひそ》めた。「下田さんのことを、お訊きになりたいのでしょう?」

「ええ、まあ」

サツキは、椅子に腰を戻した。

雅美も、着ていたコートを脱ぐ。それは、一時代前のデザインだった。コートの下から現れた服も、着崩したチュニックと、毛玉が目立つレギンス。夕食を作っている途中で買い忘れたものを思い出し、慌てて飛び出したというような、恰好《かっこう》だ。

土屋雅美は、いわゆるシングルマザーだ。今は保険の外交員をしながら、国分寺《こくぶんじ》で娘と息子を育てているという。

そんな雅美と下田健太が、どういう経緯で知り合ったのか。

「あれは、二〇〇八年の春だったでしょうか。下田は、うちの娘が参加しているミニバスケのコーチをしていたんです」

「コーチ?」

「はい。子供のいない下田がどうして、ミニバスケのコーチになったのかは知りません。でも、あの当時、下田さんはソーラーシステムの代理店を営んでいましたから、その関係かもしれません」

そして、雅美は、当時のことをぽろりぽろりと、話しはじめた。

サツキは慌てて、ボイスレコーダーのスイッチを入れた。

＋

〈下田健太のかつての愛人、土屋雅美の証言〉

「明日のお茶当番、お宅ですよね？」

電話は、苦手な瀬川《せがわ》さんからでした。私は慌てました。

「そ、そうでしたっけ？」

子機を耳に当てたまま、冷蔵庫に走る。冷蔵庫の扉に貼ってあるプリントには、確かに、明日の欄《らん》に自分の名前がある。

「ああ、ほんとだ……。すみません、うっかりしていて」

「もう、しっかりしてくださいよ。なかなか給水ポットを取りに来ないものだから、もしかしたらって、電話してみたのよ？」

「本当にすみません、今から、取りに行きます」

「いいわよ。明日も私がお茶を持っていくから」

「いいえ、そんな、取りに行きます、ですから……」

しかし、電話は切れていました。

「ママ？」

娘の奈々《なな》が、部屋から出てきました。「明日のミニバスケのこと?」

「う……ん。ママ、お茶当番だってこと、すっかり忘れてて。怒られちゃった。でも、あの奥さんも、もっと前に教えてくれればいいのに。こんな時間に」

時計を見ると、十二時を過ぎています。

「さあ、もう寝なさい。明日は六時起きでしょう?」

「ママは、明日、見に来る?」

「うん、行くよ。でも、仕事があるから途中で抜けちゃうけど」

「明日も仕事? 日曜なのに?」

「ごめんね。どうしても明日じゃなければダメだっていうお客さんがいるから」

娘を部屋に戻すと、私も床につきました。

ああ、やっちゃった。前の当番のときはうまくこなせたからそれで安心していたのに。あれからもう二週間も経つのか。二週間で順番が回ってくるというのは、正直きつい。娘がやりたいというから深く考えもせず、むしろ土日に練習してくれれば手が離せると喜んで地域のミニバスケットチームに入れたはいいが、保護者が担う役割がこれほど多いとは思ってもみなかった。

毎日の朝練、土日の練習試合、そのたびに保護者が飲料水やら食べ物やらおやつを用意しなければならない。それはきっちりとローテーションが組まれ、バトン代わりに給水ポットを渡されるのだが。それにしても。

……本当にあの奥さんは意地悪だ。私のことをよく思っていないことは分かってはいたが、やり方が露骨《ろこつ》過ぎる。せめて、今日の夕方にでも連絡してくれれば。もちろん、忘れていた私が一番悪いのだが。でも、こんな夜中にあんな嫌味な電話をかけてくるなんて。計画的だとしか思えない。

本当に、気が重い。しかし、うまく付き合わなければと、私は自分に言い聞かせました。子供関係の付き合いは、どこかでしくじると子供にまで影響する。それでなくても、片親で市営アパート暮らし。保険の外交員とスナック勤めでなんとか生活しているが、娘たちは肩身の狭い思いをしていることだろう。明日も誰かにきっと言われるのだ。「当番すらちゃんとこなせないお母さんを持って、かわいそうね」同情する振りをして、娘を傷つけるのです。

確かに、私は出来のいい母親ではありません。学校の行事にだって参加できないことが多いし、インスタントのご飯で済ませてしまうことも多いし、給食費だって——。だからといって、怠《なま》けているわけではありません。自分なりに、必死なのです。「だから、何？必死なのはあなただけじゃないわよ。どのお母さんも一生懸命なのよ」あの奥さんは、言うでしょう。「当番すら守れない人が、子供をちゃんと育てられるのかしらね？」

「はい、はい、そうです、全部私が悪いんです！」

自分の声に驚いて飛び起きると、カーテンがうっすら明るくなっていました。あ。時計を見ると、もう八時だ。

慌てて隣の四畳半に行くと、娘はもういませんでした。弟の大輔《だいすけ》が、布団をたたんでいます。

「奈々は？」

「もう、行ったよ、ミニバスケ」

「うそ」

「試合、ママは見に来なくていいってさ」

「そういうわけにはいかないの、少しでも顔を出さないと、また、何を言われるか」

二時間も遅れて到着した体育館は、すでに試合が終わったあとでした。色とりどりのユニフォームの群れの中、見覚えのある顔を見つけました。しかし、なかなか足が進みません。汗と埃と子供特有のにおいで、私は瞬間、軽い眩暈《めまい》を覚えました。なんだろう？　この違和感。

「奈々ちゃんのお母さん」

声の方向を見てみると、青いトレーナーが手を振っています。娘が所属するチームのコーチの下田です。この距離で見ると、本当だ、あの大学教授に似ている。テレビのコメンテーターとして、よく出てくる、あの、背の高い。いつだったか、奥さんたちがそんなことを噂しあっていたことを私は思い出しました。

「今、試合が終わったところですよ。勝ちました」

下田に引っ張られる形でベンチに行くと、いくつもの視線が飛んできました。

台の上には、本来なら自分が用意しなくてはならない給水ポットと紙コップが並べられ、子供たちが次々とそれを手にしていきます。給水ポットの中身は、烏龍茶《ウーロン》のようでした。きっと、茶葉から煮出してきんきんに冷やしたものでしょう。私だったら、市販のお茶パックを水の中に入れただけのものを用意していました。

「ママ、無理して来なくていいのに。どうせ、仕事に行くんでしょう?」奈々が、顔をしかめながら小声で言いました。

「でも、お弁当だけでも、一緒にって思って」

私が、そこのコンビニで買ってきたお弁当を取り出そうとしたとき、「今日は、瀬川さんがおにぎりを作ってきてくれました。いただきましょう」と、声がかかりました。

「それも聞いてなかったの？　今日は瀬川さんのお母さんがお弁当作ってくるから、持ってこなくてよかったんだよ」

「え？」

「そう……だったの？」

「ママ、もう仕事に行っていいよ」

「でも」

「早く行かないと、また、何か言われるよ？　ママが何か言われると、あとで、私がからかわれるんだ。だから、早く行って」

それから私は、追い出されるように体育館を出ました。行き場を失ったコンビニ弁当が、レジ袋の中、みごとにひっくり返っている。仕方ない、どこかで場所をみつけて一人で食べよう、と足を踏み出したところで、唐突に、違和感の原因が見つかりました。

ユニフォームが、うちの娘だけ違った。色が同じだったから遠目からは分かりづらいが、細かなデザインが明らかに違う。

私は、体育館を振り返りました。子供たちの無邪気な声が幾重にも木霊《こだま》している。それは、「ママ、もう行ってよ」「早く行かないと、また何か言われるよ」「私がからかわれるんだ」という合唱のようにも聞こえ、私は、どうしてもあの中に戻ることができませんでした。

「もう一度、考え直してみませんか？」

ミニバスケットはもう続けられないと、私はコーチの下田を呼び出してその事情を説明しました。

小学校の近くのファミリーレストラン、知った顔もちらほら見えます。斜向かいに座るのは、娘のクラスメイトの母親。さきほどから、こちらをちらちら窺っています。場所を移したほうがいいかもしれないと思いましたが、ここで下手に動いたら、あらぬ誤解を招いてしまう恐れもあります。私は、姿勢を正すと、あえて声を少し大きくして、言いました。

「しかし、娘も来年は中学生、そろそろ勉強に集中したいと申しておりますので」

「中学受験をお考えなんですか？」

え？　いや、そんなことはまったく考えたことはありません。給食費だって払えない月があるのに、そんなお金があったら……。私は、俯《うつむ》いてしまいました。そんな私に何かを察したのか、下田は名刺のようなものを取り出して、その裏にペンを走らせました。

〝今夜八時、この店で待っています。そこで、ゆっくり〟

名刺を私の前に置くと、下田は、「じゃ、僕はこれで」と、自分のコーヒー代を置いて、席を立ちました。あんなに煩《うるさ》かった斜向かいからの視線は、ここでようやく止まりました。私は、テーブルの上の名刺を見つめました。

〝ラウンジ・彩《あや》の杜《もり》〟

駅前にできたシティーホテルの最上階にあるお店です。展望が素晴らしいと噂していたのを何度か聞いたことがあるけれど、行ったことはありませんでした。「あ、でも」私も立ち上がりましたが、下田はすでに店を出ていってしまったようでした。

「いやだ、こんなところで会うだなんて」

もし、そんなところを誰かに見られたら。しかし、私は、そわそわと心が反応していることに気づいていました。何を着ていこうかしら？

その夜、夕食を囲むテーブルで、私は娘に確認しました。

「ね、奈々ちゃん、ミニバスケット、本当にやめていいの？」

「うん。だって、もうつまらないし」

「だって、あなた、エースじゃない」

「いいの」

「お金のことなら……」

「だから、そういうことじゃないって言っているでしょう」

奈々は、箸を置くと、そのまま四畳半の部屋に行ってしまいました。

「お姉ちゃんがやめたいって言うんだから、それでいいじゃん」

弟の大輔が、生意気にも口を挟みます。「だって、うち、家計苦しいんでしょう？　僕も、塾、やめていいよ？」

「余計なこと、心配するんじゃないの」

息子のおでこを軽くはたくと、私は、箸を持ったまま「はぁ」と息を吐き出しました。情けない。息子にまで、こんな心配をさせてしまって。元夫がちゃんと養育費を払ってくれたら、もう少し余裕のある生活もできたかもしれないのに。離婚するとき、月五万円を支払ってくれるって約束したのに。……考えて、すぐに頭を振りました。あの人は、もう駄目なんだ。生まれつきの怠け者。どんなにチャンスが目の前にぶら下がっていても、自らそれを叩き落し踏みにじる人なんだ。もう、生活の向上は期待できない。

時計を見ると、七時。私は、汚れた食器をシンクに集めると、仕度に入りました。鏡台で化粧をしていると、

「どっか行くの？」と、大輔が、不安げに鏡を覗き込みます。

「うん、ちょっとね、お仕事のお客さんと契約のことで。すぐ帰ってくる」

なぜ、嘘をついたのか分かりません。私は、四畳半の部屋から出てこない娘に襖越しに声をかけると、再度、化粧の具合を確認して、部屋を出ました。

〝ラウンジ・彩の杜〟には、五分前に着きました。

下田は、すでに席についていました。アーチ型の店内は三面ガラス張り、どこに座っても市街の夜景を楽しむことができる仕様だと噂には聞いていましたが、ここまで見事な展望だとは。

「素晴らしいですね。自分たちが住んでいる街が、こんなに美しいなんて」

私は、席につくなり、感嘆の溜息をつきました。

「ここは昼もいいんですよ。天気のいい日は富士山も見えるんです」

下田が、にこりと笑います。昼間とはまったく違う出で立ちのアスコットタイが、なにか照れくさい。自分も、もう少しおしゃれしてくればよかっただろうか。……私は、そんなことを思っていました。

「コーチは、ここにはよくいらっしゃるんですか？」

「こんな場所で、コーチはいやだな。下田……いや、健太でいいですよ」

「あ……じゃ、ケ、ケン」そんなこと、いきなり言われても。なかなかうまく呼べない。照れくさい。私は、大きく息を吸い込みました。

「健太さんは、ここにはよく？」

「ときどきですが。家にいるのが窮屈に感じたとき、ここに来るんです。ここから街を見下ろしていると、地上と自分をつなぐ鎖からふと解放された気分になって、気持ちがいいんです」

ウェイターがやってきたので、私は、下田と同じジントニックを注文しました。

「家にいるのは、窮屈なんですか？」

「あなたは、どうですか？」

逆に問われて、私は俯きました。

「あなたは、困ったことがあると、すぐそうやって俯いてしまいますね」

「あ、すみません」

「いえ、可愛いな……って思って」

それから、下田は、自身のことを語りはじめました。

……家の事情で生まれてすぐに養子に出された。養家ではどんな暮らしをしていたのかよく覚えていないが、十一歳のとき、養父母が他界して、そのあと、叔母夫婦に引き取られた。しかし、そこもあまり居心地はよくなく、高校を中退すると、一回目の結婚をした。

「僕の一番古い記憶は、十一歳のとき、叔母夫婦の前で、ランドセルを背負い、手には小さな風呂敷包みを抱えた僕自身の姿です。僕は、自分の姿を、天井のあたりから眺めていました。なにか、ひどく怯えていて、不安そうで、何を聞かれても震えながら頷くことしかできない、やせ細った子供。そのとき僕は、悟ったんです。この世の中には、どこに行っても、僕の居場所はないんじゃないかって」

「居場所がないって？」

「なんといえばいいのかな。ずっとたらい回しだったから、実感がないのかもしれませんね、何に対しても。どこに行っても、どこにいても、どうせここも間借りだって、そんな厭世的《えんせいてき》な気分になるんです。でも、本を読んでいるときは違った」

「本が、お好きなんですか？」

「はい。本だけです、僕の居場所は。いや、それさえも、幻ですけれどね。——自分の居場所がない、本当の自分を捜したい、なんて、若いやつはロマンチックなことをこぼしますけどね、所詮、どこに行ったたって、同じですよ。どこにも居場所なんかない。この世の中全体が簡易宿舎みたいなものですよ」

おもしろいことを言う人だと思いました。しかし、その話し振りは説得力があり、私は、下田のことが気になってしかたありませんでした。お酒のせいかもしれません。ジントニックはすでに、三杯目に入っていました。

私は、グラスについた口紅を指で拭き取りながら、下田の顔をちらりと盗み見ました。娘が所属するミニバスケットのコーチという昼間の側面は、どちらかというと苦手なタイプでした。無口で少し怖い人。おおっぴらに下田のことを悪くいう保護者もいましたが、しかし、こうやってもう一方の側面を見せられると、途端に親近感が湧《わ》いてくるものです。

「なにか？」

下田の顔が、近づいてきました。私は、下田を凝視していた自分のはしたなさにようやく気づいて、話題を変えました。

「どうして、ミニバスケットのコーチに？」

「お客さんに頼まれたんですよ」

「お客さんて……？」

「僕、会社を経営しているんです」

「まあ。社長さんなんですか？」

「従業員十人の、小さな会社ですが。そんなことより、あなたはなんで、奈々ちゃんをやめさせたいと？」

「……お恥ずかしいことですが、家計が苦しいんです。元夫からの養育費も滞《とどこお》っていて、で、私が……保険の外交員やっているんですけどね、私、センスが全然なくて、ノルマが全然果たせないんです」

酔ってしまったのか、私は自分の饒舌《じょうぜつ》に驚きながらも、その気持ちのよさに、話を止めることができませんでした。

「いやんなっちゃいます。毎月、ジリ貧。上司からも嫌味の言われっぱなし。それでも、自分が保険料を払うからって人様の名前を借りてむりやり契約してもらっているんですよ。ま、みんなやっていることなんですけどね。もうね……、それが、大変なんです。その保険料が結構な額になっちゃって、お給料の大半は、その保険料で消えちゃうんです。それで、家計が火の車で。娘は、たぶん、それを気にして、ミニバスケをやめるって言い出したんだと思います」私は、三杯目のグラスを空けました。

「保険の外交か。僕の従姉もやっていましたが、大変そうでした」

「……私、知らなかったんです。ユニフォーム、新しくなっているの。あの子、きっと、私に言えなかったんだと思います」

「ああ、ユニフォーム。汚れがひどかったり小さくなってしまったりして、新しくしたいという人が何人か出てきましたので。マイナーチェンジしたユニフォームを新たに作ったんです。でも、これは強制ではないんですよ。買う買わないはそれぞれの判断に任せるってことだったんですが、結局奈々ちゃん以外の子は、全員、新しいのを買いました。僕も気にはしてたんです」

「言ってくれれば、借金でもなんでもして、なんとかしたのに」

「借金だなんて。そういうのが、奈々ちゃんの負担になっているんですよ。もしかして、家でもそういうこと仰《おっしゃ》るんですか？」

「……………」

「保険はなんですか？　今度、パンフレット、持ってきてください」

「いやだ、そんなつもりじゃ……」

「ちょうど、いい生命保険がないかどうか、探していたところなんですよ」

「でも、そんな……」

「うちの従業員も、入らせますよ」

「……あ、実は、パンフレット、持って来ているんですが。あ、違うんです、それが目的だったわけではなくて、鞄《かばん》にいつも入れてあるものですから、いえ、本当に……」

「あなたは、本当に可愛いですね」

そんなことを言われて、私の頬が焼け付くほど熱くなりました。

「可愛いだなんて。私、もう、四十ですよ」

「僕なんか、四十五歳だ」

「……お若く見えます」

「あなただって。特に、今日のあなたはきれいです。――パンフレット、預かりますよ。前向きに検討します」


その翌々日、下田から呼び出されて、契約すると言われました。さらに、友人も何人か紹介すると言われ、私は何度も頭を下げました。お蔭で、今月のノルマはなんとか果たせます、本当にありがとうございました。これで、娘の新しいユニフォーム代も捻出《ねんしゅつ》できます。

しかし、娘は結局、チームに戻ることはありませんでした。

その翌週、私は下田とはじめてホテルに入りました。誘ったのは下田のほうで、私は躊躇いながらも、それに乗りました。

〝枕営業〟をやっている同僚も多いと聞きます。自分はそれだけはしたくありませんでしたが、下田が紹介してくれるという知人の名簿が、喉から手が出るほど欲しかった。だから、これは、〝枕営業〟なのだ。私は自分に言い聞かせました。本気ではない、もう、男は懲《こ》り懲《ご》りだ。これは、仕事なのだ。私は、仕事で、この男に抱かれる。

しかし、私は、自分が徐々に下田にのめり込んでいっていることに気がついていました。

自分のほうが求めている。下田と会えない日は、自分で自分の情熱を慰めました。

私は、時間があれば、いいえ、時間をわざわざ作って、下田との逢瀬《おうせ》に耽《ふけ》りました。下田と会っているときだけは、家のことを忘れられる。子供たちのことも、仕事のことも。

下田の胸はいつだって温かい。この人はいつでも優しくて、私のすべてを癒《いや》してくれる。

もう、離れられない。

「五百万円か……」下田が、テレビを見ながら、つぶやきました。

二〇一〇年の夏の終わりだったと思います。

チャンネルは、Gテレビ。

画面には、二時間ドラマが流れていました。殺人があって、主人公の刑事がそれを追う。犯人なんてバレバレなのに、「いったい、犯人は誰なんだ!」とかなんとかさっきから苦悩している。なんて白々しい演技。

その刑事のアップの下に、テロップが何度もスクロールしていました。〝出演者募集〟とか〝五百万円〟とかという文字が、特に強調されていました。

「昭和三十四年の団地生活を疑似体験か」

下田が、身を乗り出しました。

「……なるほど、二十四時間カメラを回して、その中の人が右往左往する様子を記録するんだな。おもしろそうだ」

「昭和三十四年？」

「そう。洗濯機も冷蔵庫もテレビも、まだ高嶺の花だった時代だ。……あ、犯人がつかまった」

＋

雅美は、何か嫌なことでも思い出したのか、そのまま黙り込んでしまった。

サツキは、雅美の興味を引こうと、言葉を繰り出した。

「昭和三十四年の団地生活を疑似体験という企画、私もスタッフとして参加していたんですよ」

「そうなんですか？」

雅美の唇が、再び反応した。

「はい。もともと、フリーの広告プランナーが持ってきた企画なんですが」

そう、あの女性はなんていう名前だったろう。……そうそう、深田なんとか。元は、大手広告代理店の花形ディレクターだったが、なにか仕事で大コケして、会社を辞めさせられた人だ。そんな人が持ってきた企画だったから何度もボツを食らったが、彼女はしぶとくプレゼンを繰り返し、とうとう編成局長のGOサインが出た。

そして、サツキもスタッフの一人として呼ばれ、出演する一般人の募集もはじめたのだが、予算が追い付かないのと、スポンサーがつかないのが理由で、最終的にはボツを食らった。

「あの企画、結局は流れちゃったんですよ」

「え、そうなんですか？　私、下田さんに頼まれて、募集要項とか、取り寄せたんですよ」

「応募、したんですか？」

「私は、しませんでした。だって、いくら五百万円もらえるからって、何日も拘束されて、しかも二十四時間カメラに撮られているのって、とてもじゃありませんが、私には無理です。でも、下田さんは、とても興味津々で。応募要項をじっくりと読み込んでいました」

「じゃ、下田は、応募したのかしら」

「分かりません。……だって、その頃には、下田さんとは、もう、連絡、取れなくなっていましたから」

「下田のほうから、消えたんですね」

「はい。あまりに突然で一方的で、私、下田さんの実家に連絡を入れたことがあるんです」

「下田の実家の連絡先、知っていたんですか？」

「いつだったか、下田さんのお母さんから、電話をもらったことがあるんです。そのときに」

「下田茂子から？　なんて？」

「息子とは、別れなさいって」

「別れなさい？」

「はい。唐突にそんなことを言われて、ちょっとかちんときて、私、そのときは電話を切ってしまったのですが。でも、後で気が付いたんです。下田さんが聞かせてくれた彼の経歴は、全部嘘だと。だって、下田さんは、両親はいないって、叔母さんに育てられたって。そう言ったのに。……全部、嘘だったんです」

いや、まったくの嘘ではない。その経歴は、ほぼ、従姉の藤子のものだ。

そう、殺人鬼フジコの。

下田がどうして藤子の経歴を自分の経歴としてトレースしたのか。それはたぶん、他者の同情を引くためだ。他者を自身に感情移入させる最も効果的な手段は、その生い立ちをより悲惨なものとすることだ。下田自身のリアルな生い立ちでは、誰も興味は示さない。

が、従姉の生い立ちならば、誰もが立ち止まってでも話を聞こうという気になる。

雅美は、まんまと、その手口に騙されたというわけだ。

しかし、雅美は騙されていたことを知りながらも、下田を追いかけた。

雅美は、紙ナプキンの端を引きちぎるとそれでこよりを作りながら、言った。

「そのときは、下田の母親の電話を切ってしまったのですが、やっぱり、どうしても気になって」

「今度は、あなたから、連絡をいれたんですね」

「はい」

「茂子さんは、なんて？」

「お気の毒だけれど、息子には新しい恋人ができた。だから、もう忘れなさい……と」

「新しい……恋人？」

「はい。下田さんのお母さんは、こうも言いました。息子はその恋人と、ロンドンに飛んだと」

「ロンドン？」

「はい」

なんとまあ、唐突な話だ。しかし、下田らしいとも思った。

あの男の虚言は、ときに、荒唐無稽《こうとうむけい》な冒険小説を読んでいるような気分になる。法廷でも、下田の証言は、あちこちと飛躍した。が、それがかえって裁判員の興味を引き、結果、無罪を勝ち取るのだから、まさに天才的な詐欺師なのだ。

「……あの」

雅美が、もじもじと、身を乗り出したり、引っ込めたりを繰り返す。なにか、言いたいことがあるのだろうか。

「下田さんに殺害されたといわれている人の中で、一人だけ、身元が分からない人がいますよね？」

ハヤシダのことだ。

「その人の名前、偽名ではないのかしら。それとも、証言した人の記憶違いか」

「なぜ、そう思われるんですか？」

「……ミニバスケット」

「え？　娘さんが参加されていた？」

「はい。そのミニバスケットに参加していた子供たちの保護者の中で、ひとり、失踪した人がいるんです。瀬川満知子《まちこ》という女性です。私がお茶当番のときに、いっつも、いじわるを言っていた人です。娘を私立の中学校に入れるんだって、いばっていた人です」

「ですから、なぜ、その人が、ハヤシダだと？」

「瀬川さんも、失踪前に、ロンドンに行くようなことを言っていたからです。それで、実際に行ったんです。二〇一〇年の九月の下旬のことです。それで、私、ぴんときたんです。あ、下田さんと行ったんだって。でも、瀬川さんは、一週間もしないうちに、日本に戻ってきました。その一ヵ月後です、失踪したのは。瀬川さんのお宅は旧家で、地元の名士でもありますから、失踪したというのはずっと伏せられていて、事情があって実家に戻っていると私たちは教えられていました。でも、私、薄々分かっていました。下田さんと一緒にいるんだと。そう思うと、嫉妬《しっと》で身が焼けるようでした。ですから、瀬川さんのことはなるべく考えないように努めていたんです。でも、やっぱり、気になって。公判を傍聴しているときも、そればかりが気になりました」

「今日、私に会いに来てくださったのは、そのことを伝えたくて？」

「はい。瀬川さんは、ほんとうに嫌な人でしたが、だからといって、そのまま身元不明のまま放置されるのは、やはり、気の毒だと思いまして。でも、今更、誰に言えばいいのか分からず、テレビ局の人なら、もしかして、なにか解明してくれるんではないかと、思いまして。……あ、そうだ」

雅美は、布製のトートバッグから、用紙の束を取り出した。ダブルクリップで止められているそれは、結構な量だった。

「瀬川さん、ブログやってたんです。もちろん、匿名で。でも、ママ友の間で、知らない人はいませんでした。私も、ミニバスケの保護者の一人から、聞いたんです」

用紙の束を引き寄せると、サツキはぱらぱらと捲ってみた。すごい文字の量だ。ブログというよりは、小説に近い。

「そう、小説。瀬川さんは、小説を書くようなつもりだったんでしょうね。でなければ、こんなに赤裸々《せきらら》に、書けませんもんよ。もちろん、人物の名前などは伏せてありますが、もろ分かりなんですもの。私たちの悪口も書かれています。……でも、それは今回の件とは関係ないので、プリントしてこなかったのですが」

「これ、お借りしていいですか？」

「ええ、もちろん。というか、差し上げます。私が持ってても、仕方ないので。……ああ、もうこんな時間」

雅美は、カップに残ったコーヒーを、飲み干した。

「夕食の支度、しなくちゃ」

そう言いながら、帰る準備をはじめる雅美は、母親の表情だ。きっと、今は、平穏に暮らしているのだろう。

この人も、一歩間違えれば、下田の毒牙にかかっていたはずだ。今頃は死体も見つからないまま、残された子供たちを絶望の底に突き落としていただろう。

しかし、下田は、なぜ、この人をあの部屋に誘わなかったのか。なぜ、ターゲットにしなかったのか。

「最後に、質問、いいですか？」

サツキが言うと、

「なんですか？」と、雅美が、顔を上げた。

「あなたは、下田になにか、騙しとられたものはないんですか？」

「いいえ」雅美が、なぜそんなことを訊くのかというように、平然と応えた。「とられたものは、ひとつもありません。むしろ、私が助けられました。彼の紹介で、保険の契約がいくつかとれましたもの。だから、下田さんには、今でも感謝しているんです。彼は、本当にいい人でしたよ」

「裁判を、すべて傍聴していたのに、今もそう思っているんですか？」

「はい。裁判の内容が、すべて真実とは限りませんでしょう？　証言者が嘘を言っている場合もあるでしょう？　その証拠に、下田さんは、無罪になったじゃないですか」

「でも、無罪が確定したわけでは――」

ここまで言って、サツキは、言葉を飲み込んだ。無罪はまだ確定していないことを説明したところで、彼女は理解しないだろう。彼女だけではない。あのSヶ丘団地の自治会長の……小坂さんだって、あんなに嚙み砕いて説明したのに、結局は理解してくれなかった。きっと、世の中は、そんな人だらけだ。

世間的には、下田健太は、もう「無罪」で、「放免」された人なのだ。

厳密には、まだ確定したわけではないのに。

が、このまま時が進めば、下田健太は、本当に、無罪が確定する。今日の時点で、検察はまだ控訴していない。

あと、五日。この五日間で控訴しなければ、下田健太は……。

「それでは、失礼いたします」

そう軽く頭を下げると、雅美は小走りで、店を出て行った。

残されたのは、瀬川という女性のブログのプリント。サツキは、それをカバンに仕舞い込むと、自身も店を出た。今日は、まだまだやらなくてはならないことがある。

時間が、ない。

グローブ出版の井崎から電話があったのは、喫茶店を出て、明治通りでタクシーを拾おうとしていたときだった。

「明日もインタビュー、中止にしてほしいってさ」井崎は、言った。その声は、どこか投げやりだ。「俺ら、完全に、茂子に弄《もてあそ》ばれているぜ？」

それから三十分後に、御茶《おちゃ》ノ水《みず》駅近くのカフェで、サツキと井崎は落ち合った。

「もしかして、俺たちの企み、あっちにバレてんじゃないのかな？」

テーブルに着くなり、井崎は言った。

俺たちの企み。

サツキは、コップの水を見つめた。

＋

〈Gテレビ開局記念特別番組企画書〉

まず、一九九九年に英国チャンネル4で制作された『THE 1900 HOUSE』という番組を紹介したい。

この番組は、〝現在の普通の家族が百年前の生活を体験する〟というコンセプトのもと作られたドキュメンタリーである。被験者は一般公募から選ばれた中流層の家庭。徹底的に時代考証された一軒の家で、当時の生活を再現すること三ヵ月。ロールプレーイングゲームとして気楽に参加した家族であったが、現在とかけ離れた不便さ、価値観、衣食住に、戸惑いを見せていく。与えられた役割をこなそうと懸命に努める一方、夫や子供たちのように割り切っていく。特に、家事を任された妻の負担は大きく、次第にストレスをためて役をこなすことができず、また現在の価値観も捨て去ることもできずに苦しみ葛藤《かっとう》する妻の姿が印象的な番組である。

この番組は、ある設定を与えられた人間が、その設定に抗《あらが》いながらも役割に飲み込まれていく様を追った心理的実験ともいえるが、しかし、エンターテインメントとしてのおもしろさも充分に含んでおり、ドキュメンタリー、歴史的教養、心理劇、ドラマとして楽しむことができる。

日本でも、この実験娯楽作品ができないものだろうか。たとえば、昭和三十年代、団地の暮らしを徹底的に再現し、一般視聴者に当時の生活スタイルで数週間暮らしてもらう。一種のタイムスリップを体験してもらうのだ。その様子の一部始終を固定カメラで捉え

——

二〇一〇年春。

その企画は、深田というフリーランサーからもたらされた。

「なるほどね」

プレゼンテーション用のデモビデオが終了すると、上座に座る男がゆっくりと口を開いた。Gテレビ局番組編成局長だ。左親指で顎を擦《こす》っている。これは、手ごたえがあるというサインだ。

「いいんじゃないか？　今、昭和ブームだし、この時代に郷愁を感じている団塊《だんかい》の世代は多い。団塊の世代は視聴率に繋がるよ。で、何年にタイムスリップしてもらう？」

「一九五九年にしては？」

「昭和三十四年か。おっ、Gテレビが開局した年じゃないか」

「いいですね、いいですね、昭和三十四年でいきましょう」

「昭和三十四年といえば、家電製品もそろそろ普及しはじめた頃です」

「スポンサーに家電メーカーを予定していますので、そのメーカーの家電を揃《そろ》えましょう」

「よし、それで行こう。Gテレビの放送がはじまった昭和三十四年、団地に住むサラリーマン家庭。これが設定モデルだ」

そしてその企画は、その場でGOサインが出た。

その席にいたサツキは、その様子を、どこか他人事のように眺めていた。

いわば、欧米で流行《はや》っている一般人が参加するリアリティ番組の真似事をしようというのだ。ありとあらゆる過酷な課題を与え、その課題の前で右往左往する一般人を二十四時間、カメラで捉える。それをおもしろがってウォッチングする視聴者。……こういうのは、正直、あまり好きではない。いや、嫌いだ。でも、きっと、数字（視聴率）は取れるだろう。

テーブルに用意されたミネラルウォーターをサツキは飲み干した。暖房がききすぎているのか、妙に喉が渇く。

それからは、とんとん拍子に進んだ。家電メーカーとのタイアップの他、出版社とのタイアップも計画された。小説、漫画、そして記事で、昭和三十年代の団地を扱おうというのだ。そして、グローブ出版が選ばれた。まずは、団地の記事を特集しよう……ということで席が設けられ、サツキも参加した。その席にいたのが、月刊グローブの井崎だった。

夏に入る頃には、参加者募集の要項も決定し、告知をはじめた。しかし、そのオーディションがはじまる前に、この企画は流れた。予定されていたスポンサーが倒産した。さらに、タイアップを約束していた家電メーカーも、倒産。

編成局長はひどく残念がったが、サツキは、どこかでほっとしていた。そして、そんな企画のことなどすっかり忘れていたある日。サツキは、それを思い出すことになる。二〇一二年秋。喜多川書房の月刊ファストのある記事だった。それを見たとき、サツキは、思わず声を上げた。

そのページに掲載されていたのは、まさに、例の団地企画の募集要項だったのだ。これが、こんな形で悪用されるとは。それも、最悪な形で。

下田健太という男に対して、激しい嫌悪感と興味を持った瞬間である。サツキは、下田の公判を、可能な限り傍聴することを決意する。

同じ思いを抱いたのは、サツキだけではなかった。傍聴席には、井崎もいた。

そして、無罪判決が言い渡されたとき、サツキと井崎はまったく同じことを考えていた。

「無罪であるはずがない」

しかし、検察は即日控訴に踏み切らなかった。噂では、控訴しないかもしれないという。

なにしろ、証拠がない。

そして、サツキと井崎は、ある計画を立てた。

「その証拠を、自分たちで探し出そう」

そのためには、下田健太と接触しなくてはならない。それには、まずは、外堀を埋める必要がある。外堀とは、まさに、下田茂子だった。茂子にインタビューを申し込み、それが受け入れられたら、サッキと井崎二人で、乗り込む。

十

「それにしても、吉永さん。どうして、殺人鬼フジコのこと、事前に教えてくれなかったんだよ？」

井崎の問いに、「まあ、ちょっとね」と、サツキは曖昧《あいまい》に応えた。

サツキは、この目の前の男を、まだどこか信用しきれないでいた。下手にこちらの持ち札をさらしたら、そのまま横取りされる恐れがある。

「そっちこそ、なんで、もう一人連れてきたのよ？　村木里佳子さんだっけ？」

「ああ、あれは、……編集長の指示なんだ。突然、村木さんをアシスタントに指名したんだよ」

「なぜ？」

「あの人は、いつもそうなんだ。思いつきなんだ。だから、特に意味はないよ」

「で、村木さん、今はどうしているの？」

「なんか、今日も、あっちに泊まるって」

「明日は、中止になったのに？」

「うん。なんでも、茂子に引き止められたらしくて、泊まるみたい」

「茂子の部屋に？」

「そう」

「村木さん、大丈夫なのかしら。あの人、なんていうか……メンタル的に、ちょっと危ない感じがする」

「大丈夫だよ。ああ見えて、心臓に毛が生えているよ。度胸が据わっているんだ」

「その度胸が……怖いのよ」

「そんなことより、Gテレビだよ」井崎の声が、少しばかりきつくなった。「Gテレビの連中も、来てたじゃないか、茂子のところに。あれは、どういうこと？」

「知らないわよ。少なくとも、私は関係ない」サツキは視線をそらすと、大袈裟に肩を竦めた。「私だって、びっくりしたんだから。でも、呼ばれたのは報道班だから、どのみち、私は関係ないけど」

「あのさ」井崎の顔が、妙に真剣だ。

「なに？」だから、サツキも、姿勢を正して、井崎に向き合った。

「吉永さんって、報道ってわけじゃないんだよね？」

「そうよ。私は、あくまで、バラエティ班。あと、ドラマにも片足つっこんでいるけど」

「なら、なんで、ここまで下田健太を調べているんだ?」

「だから、それは――」

5章　インタビュー　四日目

16

あれ？　ここは……どこだっけ？

里佳子は、薄暗い空間を凝視した。見慣れない天井。そして壁。でも、どこか懐かしい。

ああ。そうだ。下田茂子さんのお宅だ。あれから、結局、泊めてもらった。

里佳子は、腕時計を探した。しかし、その右手はざらざらとした何かにあたり、体をよじると今度は足先が、何か硬くて尖《とが》ったものにぶつかった。

たぶん、手にあたったのが仏壇で、足にあたったのはロッキングチェアの脚だ。

頭を右に振ると、かすかに光る蛍光色を見つけた。十年愛用している、Gショック。里佳子は、それを手繰《たぐ》り寄せた。

午前三時。朝には、まだまだ遠い。

まったく。私はなにをやっているのだろう。まさか、予定にない出張で、三日間も家を空けることになるなんて。今になって、戸締りと火の元が心配になってきた。

ストーブ、ちゃんと消したよね？　玄関ドアも、ちゃんと施錠したよね？　窓も、ちゃんと……ロックしたっけ？

あ。洗濯物、外に干しっぱなしだ。そうだ、三日前の朝、すがすがしい快晴だったので、室内に干していた洗濯物をベランダに出したんだった。

ああ。今頃、かんぴょうのようになっているんじゃないだろうか。いや、洗濯物がかんぴょうになるのは構わない。問題は、窓だ。洗濯物をベランダに出して、それからどうしたっけ？　ちゃんと、窓を閉めて、ロックしたっけ？

どうだったっけ？　どうだったっけ？

ああ、やっぱり、昨日はあのまま、帰るんだった。タクシーを飛ばせば、最後の新幹線に間に合ったはずなのに。

……そうだった。そのタクシー代がなくて、この部屋に泊まることになったのだ。財布の中には、もう、五千円札が一枚しかなかった。仮にタクシー代に足りても、今度は新幹線代がない。

そもそもだ。

どうして私は、昨日のあの時点で、この部屋を出なかったのだろうか。

＋

『下田さんですか？　Gテレビには気を付けてくださいね。下田さん？　どうしました、下田さん？　……誰、あんた？』

そんな電話があったのは、昨日の正午前だった。

電話はそのまま切れたが、里佳子の中には、小さな不安がくすぶった。

Gテレビに気を付けて？

どういう意味だろう？　Gテレビといえば、吉永サツキ。……吉永サツキに気を付けろってこと？

そんなことを考えていると、茂子が買い物から帰ってきた。青々としたネギが、買い物籠からはみ出している。

電話があったことを言おうかどうか迷っていると、茂子が言った。

「マーケットで、ご近所さんに会ってね。これから、うちに来るっていうの。いっしょに昼ごはん食べましょうって。いいですよね？」

里佳子に拒否権などあるわけがなく、「ええ、もちろん、どうぞ」と、答えた。

それから五分もしないうちに、四人の客人がやってきた。

顔色の悪い痩せた中年の男性と茶髪の若い女性とその子供らしき幼い男の子と、やたらと明るい初老の女性だった。この四人は家族というわけではなく、この団地に住んでいる〝ご近所〟さんなのだという。

「この方は、タカダさん」茂子はまず、顔色の悪い中年の男を里佳子に紹介した。

「そして、この若いママが、メグミちゃん。まだ十九歳なのに、しっかりとしたいい子よ。そして、メグミちゃんの息子さんで、今年三歳のハヤトくん。……それと、この恰幅《かっぷく》のいい女性が、ミヤタさん」

「あら、下田さん、恰幅がいいだなんて、失礼だわ」

ミヤタと紹介された初老の女性が、がははははと威勢よく笑う。

ハヤトくんを除く三人は、それぞれ、タッパーのようなものを持っていた。持ち寄りのランチ会がはじまるらしい。

団地住人の孤立化が言われて久しいが、この団地には、まだまだ昔ながらのコミュニティが息づいているらしい。

しかし、なにか、違和感もあった。

その会話が、なにか、変なのだ。

そして、茂子が作ったチャーハンがテーブルに並べられる頃、違和感の元がちらりと姿を見せる。

「それで、タカダさん、決心はつきました？」

ミヤタさんが、世間話に紛《まぎ》れて唐突に、そんなことを言った。

タカダさんは、「いやぁ」などと誤魔化《ごまか》し笑いを浮かべたが、メグミちゃんが、追い打ちをかける。

「タカダさん、ここで迷ってちゃだめだよ。ますます、事態は悪くなるよ？」

「そうよ、タカダさん。あなたが、本当に、娘さんのことを思うなら……」

茂子も、いつのまにか、席についていた。

タカダさんを三人の女性が囲んでいるという格好だ。

三人の女性の言葉は物腰柔らかく、いかにもタカダさんを気遣っていろいろ助言をしているという体裁ではあったが、その内容は、なかなか辛辣《しんらつ》だった。

「タカダさん、だからダメなのよ」

「そんなんだから、娘さんを苦しめるのよ」

「タカダさんが変わらなきゃ、みんな幸せになれない」

それは、まさに、人格否定だった。その人の自我が挫《くじ》けるまで、否定して否定して否定しまくる。いわゆる自己啓発セミナーや催眠商法、過激派の総括などで見られる手法だ。あるいは、新興宗教の洗脳。

……新興宗教？

ミヤタさんが、泣く子供を宥《なだ》めるように、言った。

「でもね、タカダさんの迷いも、分かる」

「五年前まで、私だって、そうだった。濁りきった私の魂は、どんなに清らかな声であったとしても、ひとつも届かなかったの。夫が私から離れたのも、私が病魔に侵されたのも、息子の嫁が意地悪なのも、すべて世の中のせい、人のせいと、恨《うら》みながら暮らしていた。でも、分かったのよ。私がいけなかったって。私が変わらなくちゃいけないんだって。私が、みんなを救わなくてはいけないんだって。そして、決心したのよ。私が、みんなの光になろうって。そう、決心したとたん、私の体の隅々に、聖なる光が差したの。ああ、これが、仏性《ぶっしょう》なんだって。私の中の仏界が開いたんだって。これが、彼岸なのだって。あのときの感動は、忘れもしないわ」

ミヤタさんは頬を紅潮させながら、興奮を隠しもせずに、両手を広げた。

それにつられて、メグミちゃんも弾むような声で、言った。

「私もそうよ。私も、仏界の光をこの体で感じた。それまで私は——」

それから、メグミちゃんは、自身の複雑な家庭環境や小学校時代に受けた壮絶ないじめ、さらには、売春、堕胎《だたい》、ドラッグなどといった荒《すさ》んだ過去を、滔々《とうとう》と告白していった。ミヤタさんも負けじと、自身に起きたありとあらゆる不幸を告白していく。

それはどれも、積極的に人には知らせたくない、できれば封印してしまいたい出来事ばかりだった。

さらに、茂子は、大量の資料をタカダさんの前に置いた。それは、古今東西の地獄絵を集めたもので、どれも、一分も見ていると気分が重くなるようなものばかりだ。

「いいですか、タカダさん。この絵に描かれている地獄こそが、あなたがまさに身を置いている世界なのです。あなたは、お酒で失敗して、家族離散の原因を作ったのですよね？ならば、まさに、この絵です」

茂子は、資料の中から、一枚の絵をピックアップした。それは、ヨーロッパの銅版画をコピーしたものだった。

見たことがある絵だ。

「これは、十八世紀のイギリスの画家が描いた、『ジン横丁』という絵です。御覧なさい、この悲惨な世界を」

茂子が言う通り、その絵に描かれているのは、酒に溺《おぼ》れた者たちの地獄絵だった。酒を巡って人々は殺し合い、そして泥酔《でいすい》した母親は、子供を突き落とす。

「ほら、御覧なさい。この母親の姿を。これがまさに、あなたの姿なのですよ。酒に溺れて、子供の危機に気づかない、あなたの姿なのですよ」

タカダさんは、その絵をしばらく見つめていたが、ついに、目を逸《そ》らした。その体は、微かに震えている。

「さあ、タカダさん、すべて、吐き出してしまいなさい。あなたの今までの悪業を」

里佳子は、唖然と、その様子を見守った。

はじめはどこか冷めた感じで、一歩引いて、女性たちの話を聞いていたタカダさんだったが、ついに、自身の隠しておきたい過去を告白させられた。そして、

「ほら、その間違った行いが、娘さんの今の不幸につながっているのです」「そう、因果応報です。原因は、あなたなんです」「あなたのせいで、娘さんは……」

などと、じわじわと責められていく。

その様子はまるで、拷問《ごうもん》だった。腸《ちょう》を引きずり出してそれを柱に巻きつけて、柱の周りをぐるぐる歩かせるというなんとも残酷な拷問があったと聞いたことがあるが、まさにそれだ。

タカダさんは、〝過去〟という腸を引きずり出され、それを女たちがこのテーブルにまきつけ、タカダさんは腸を引きずりながら、ぐるぐるとテーブルの周りを回り続ける。一度引きずり出された腸は、もう元には戻らない。選択肢はひとつだ。

拷問に屈するしかない。

そして、さらに一時間後、タカダさんは、「はい。決心しました」と、深々と、頭を下げた。

いったい、なんの決心をしたのかは分からないが、茂子は和室にいそいそと駆け込むと、なにか用紙と筆記用具を持ってきた。それらはタカダさんの前に置かれ、タカダさんは茂子に言われるがまま、次々とサインをしていく。そして、最後には拇印《ぼいん》。

「さあ、これで、もう大丈夫よ、タカダさん。あなたの仏界も開かれました。あとは、そこに光を差し込むだけです。そうすれば、あなたは菩薩《ぼさつ》となるのです。そう、穢《けが》れきった世界を救う、菩薩です」

そして、茂子は、もう一枚、用紙を広げた。そこには〝光〟と一文字、書かれている。

「これを、いつでも持ち歩いてくださいね」

「……おいくら？」

タカダさんが、弱り切った声で、それでもこれだけは訊いておかなくてはという様子で、質問した。

「まあ、なんてことを。これは売り物ではありません。ですから、値段なんかないのです」

「そうですか」タカダさんは、ほっと肩の力を抜いたが、茂子は続けた。

「でも、あなたはまず、布施《ダーナ》の行いをしなくてはなりません」

「ダーナ……の行い？」

「そう。菩薩が行う修行のうち、もっとも重要な行いです。〝ダーナ〟には『財施』『法施』『無畏施』の三種がありますが、最も効果があるのが『財施』です。自身が持つ金銭や財産、そして衣食住を分け与える行いです。この行いなくして、真の幸福は訪れません。すべてを分け与えることで、人を苦しめる〝煩悩《ぼんのう》〟から解き放たれるのです」

「すべてを分け与える――」

「いいえ、はじめは、タカダさんにできる範囲でいいのです」

そして、茂子は、もう一枚、用紙を広げる。それは見覚えのある用紙だった。振込用紙だ。

タカダさんが、震える手で、それを摑み取る。その手をひっこめて、今すぐにこの部屋から出ていくということも可能なはずなのに、タカダさんは、それをしない。すべてを諦めきった死刑囚のように、タカダさんは、振込用紙を懐《ふところ》にしまった。

そのとき、電話が鳴った。

電話に出た茂子の顔が、明らかに変わった。

「健太」

茂子は、確かにそう言った。

里佳子の体が、緊張で硬くなる。

受話器を置くと、茂子はおろおろとした様子で言った。

「あの子、今夜、ここに来るみたい」


……しかし、結局、下田健太は現れなかった。「健太が来る」という茂子の言葉を信じ、待つこと、八時間。

部屋の柱時計が九時の時報を鳴らすと、それを合図に、タカダさんもミヤタさんもメグミちゃん親子も、揃って帰って行った。

取り残された里佳子は、よろよろと、その場に座り込んだ。

「私も、帰らなきゃ」

あ、でも、明日の取材、何時だったっけ？

「明日は、中止にいたしましたよ」

茂子は言った。どうやら、もうすでに、中止の電話は各メディアには連絡済みらしい。

いつのまに？　また、私だけ、蚊帳《かや》の外《そと》？

「違いますよ。逆ですよ。あなたは、特別なんです」

「特別？」

その言葉は、なにか、とろりと甘かった。甘味料がたっぷりと入った駄菓子を口にしたときのように、頭の芯《しん》がじんじんする。

「そう、特別なんです。私、あなたのような人、好きなんです。だから、特別に、あの子にも会ってほしいと思っています」

あの子とは……下田健太？

それは、ひどく魅力的なご馳走だったが、もう、時間も時間だ。

帰りたい。

こんなに魅力的なご馳走をちらつかされても、帰巣本能のほうが少しだけ、勝る。そんな自分は、あるいは編集者としては失格なのかもしれない。

帰りたい。

しかし、財布の中身は、それを妨《さまた》げる。

「なら、ここに泊まっていけばいいんですよ」茂子は言った。

「あなたのこと、もっといろいろお聞きしたいわ。ね、話してくれるでしょう?」

＋

「なんで、あんなことを、しゃべってしまったんだろう」

布団に包《くる》まりながら、里佳子は深い後悔の溜息をついた。

交換日記。いやな思い出。

いやな――。

え? なに? 襖向こうのリビングから、なにか、話し声がする。

それは、複数の声だった。

若い女の声、中年の女の声、中年の男の声。

それらは聞き覚えがある声だった。そう、つい最近、耳にした声だ。

メグミちゃんにミヤタさんに……そして、タカダさん? ちょっと声の調子がさきほどと違う気もするが、たぶん、タカダさんだ。

あの三人、帰ったんじゃないの? また、来たの? こんな時間に?

――やっぱり、やめようと思う。

衰弱しきった声が、懇願するように言った。……タカダさん?

――僕には、無理だ……。

「なにを言っているの」

この声は、茂子だ。里佳子は、耳をそばだてた。

「あなたが、ここで選択を間違ったら、もうあなたには二度と機会はない。あなたは救われないの。あなただけではない。地獄であえぐあなたのご先祖、現世であなたにつながりのある人々、そして、来世であなたと縁ができる人々、これらの人々が、あなたが選択を誤ったばかりに、地獄の責め苦に喘《あえ》ぐのよ。それだけ、あなたが犯した悪行は罪深いの。あなたと縁ができたばかりに、人々は不幸に堕《お》とされるの。あなたの存在そのものが、不幸を呼ぶの。でも、天は、そんなあなたでも、救おうとしている。たったひとつの、救いの道よ。光よ。それはまさに、細い細い蜘蛛《くも》の糸のようなものだけど、あなたはそれにすがるしかないのよ。でなければ、あなたの周囲で起きる、不幸の連鎖は止まらない。私は、あなたとあなたの周囲がこれ以上苦しむ様子を見たくないのよ。どうか、あなたを救わせて頂戴。それが、私たちの使命なのだから」

――しかし、もうこれ以上は……。

「お金ほど、汚れたものはないんだよ？　お金は、毒にしかならないんだ。わたしだって、お金のせいで、どれだけ地獄を見たか。だから、浄化しなくちゃいけないんだよ」

この声は、メグミちゃんだ。

「そうですよ。お金ほど穢《けが》れたものはない。何千何万という衆生《しゅじょう》の欲望に塗《まみ》れた手によって散々犯された、不浄の汚物です。そんなものはすべて吐き出さないと、不幸は終わりませんよ？」

これは、ミヤタさんの声。

――それは、詭弁《きべん》ではないですか？

男の声に、力が入った。

――なんだかんだ理由をつけて、結局は、僕からお金を引き出すのが、あんたたちの目的なんじゃないのか？

「なにを言うの？」

茂子の声。

――前世だ地獄だ不幸だと散々脅して、金を騙し取ろうというのが、あんたたちの目的だろうって言っているんだ。あんたたちがやっているのは、所詮は振り込め詐欺と変わらんのだよ。

「なんて、罰当たりな」

ミヤタさんの声。

——なにが光だ、使命だ、救いたいだ。あんたたちの使命は、ただの金の運び屋だよ。いくら金を教団に貢《みつ》ぐことができるか。貢げば貢ぐほど、教団内での地位が上がるんだろう⁉ でも、金が少なければ、味噌糞《みそくそ》に言われるんだろう？ まるで、ヤクザじゃないか。そう、暴力団だよ。脅迫、密売、強盗、殺人、窃盗、闇金融、詐欺……ありとあらゆる反社会行為で、金品、財産を奪い取る、暴力団だ。暴力団ってのはな、組織の親分は犯罪に手を染めないんだ。下からの上納金で優雅に暮らしてんだよ。金を稼ぐのは、組織の下《した》っ端《ぱ》の構成員だ。つまり、あんたたちだよ。暴力団の構成員は、犯罪を犯罪とは思っちゃいねぇ。むしろ、まっとうな仕事だと思っている。上納金を稼ぐために、やつらもやつらなりに、せっせと働いてんだよ。あんたたちとまったく同じだ。あんたたちだって、なんの疑問もなく、罪悪感もなく、むしろ使命だの光だのなんだのっていう言葉に酔っぱらったまま、踊らされてんだよ。目をさましなよ、な、なぁ！

「あなたは、決して口にしてはならないことを言った」

茂子が、アナウンサーのような抑揚《よくよう》のない声で言った。

「私たちの使命を侮辱《ぶじょく》する者は、頭が割れ、体を八つ裂きにされると、教えにはあります」

——そんなインチキに、騙されるか。

「残念よ。本当に残念。私たちは、あなたを救いたかっただけなのに。……本当に、残念よ」

それから、ぐぅぅぅという唸《うな》り声が聞こえてきた。

その声は、ひどく苦しげで、そして長かった。とても聞いていられなかった。

里佳子は、布団を深々とかぶると、声を遮断《しゃだん》した。

が、それでも、聞こえた。それは、まさに、断末魔《だんまつま》の声だった。

その声が途切れたとき、

「あ、死んだ」

と、里佳子は確信した。

17

午前三時半。もう、こんな時間か。

吉永サツキは、雅美から預かったプリントの束を、いったん、テーブルに置いた。ｍａｃｈｉｋｏという女性が書き込んだブログをそのままプリントしたもので、下田健太の元愛人、土屋雅美が持ってきたものだ。

雅美が言うには、machikoというのは瀬川満知子のことで、下田健太の毒牙にかかった被害者のひとり、ハヤシダという女だというのだ。

このブログ……というよりは小説に近いのだが、その内容は、確かに下田健太との情事をうかがわせる。〝彼〟というのが、下田健太か。もし、そうだとしたら、下田健太は、同時期に、藤原留美子の他に土屋雅美と瀬川満知子、三人と付き合っていたことになる。下田健太は、ミニバスケットのコーチという皮をかぶり、二人の保護者を弄んでいたのか。あるいは、もっと他にもいたのかもしれない。

まさに、女の敵。

どこからともなく次々と湧いてくる怒りを抑え込みながら、サツキは、今一度、最初のページに戻って、はじめから目を通してみる。

＋

〈瀬川満知子のブログ（2010／9／12）〉

御徒町《おかちまち》の安ホテル、ベッドに腰掛けると、彼は呟いた。

「満知子ちゃん、今日は、来てくれて、ありがとう。来てくれないかと思った」

今朝、彼から電話があり、私は、上野公園まで呼び出されていた。本当は、来る気はなかった。この男は、他の女とも付き合っている。そう、私がよく知る、あの、だらしのない女。何度注意しても、同じ失敗を繰り返す、あの女。それを知ってから、距離を置くようになっていた。

でも。

気が付いたら、私は、山手線に乗っていた。そして、上野駅に降りていた。……本当は、今日、用事があったのに。姑《しゅうとめ》の手伝いをしなくてはならなかったのに。すっぽかしてしまった。

「僕は、どうしたらいいんだろう」

「なにが、あったの？」

「ヤクザが、僕を捜しているらしい。だから、家に戻ることができなくて。遠くまで逃げようと上野駅まで来たけれど、お金、ないことに気がついて。仕方なく、昨日から上野公園をうろついていたんです。ホームレスに間違えられちゃって、大変でした」

彼の唇が、私の唇に吸い付いてきた。

もう、私はこの男から逃げられないのだろうか。いったい、どこで間違ってしまったのだろうか。彼の性器が、私の中に入ってきた。

かわいそうな男。どんな状況に追い詰められても、この男はこうやって、女の性器を求めずにはいられないのだ。きっと、死ぬ直前まで、こうやって腰を振りながら、快楽を貪《むさぼ》るのだろう。

——女の陰部を見て中に入れんとするときの快感がたまらない、殺されてもいいとも思う、日本刀で後ろから首をはねられてもかまわない。

そんなことを言った連続殺人犯がいた。なんていう名前だったかしら？　いつか、テレビで見たことがある。昔々の殺人鬼。戦後すぐに発生した連続婦女暴行殺人事件。

体が激しく軋《きし》む。

射精が終わったようだ。彼は、情けないほどに間の抜けた表情で、私の胸に落ちてきた。性器もすっかり萎《しぼ》み、だらしなく私の内腿《うちもも》に張り付いている。彼の性器は、たぶん、平均より小さい。そうと気づかれないためか、彼はズボンを穿《は》いたまま、いつだって、挿入してくる。しかし、今日は全裸で求めてきた。はじめてのことだ。彼の肌は臭いがきつかったが、なぜか、それを撥《の》ね除ける気にはなれなかった。彼の唇が、繰り返し私の乳首に吸い付いてくる。泣き疲れてお気に入りのタオルケットの端を嚙む幼児のようだと思った。

このまま、何度かごろごろと頭を転がしたあと、薄目を開けて、寝入るのだ。

哀れだ。私は、彼の頭をかき抱いた。もうこの男から逃げられないのなら、今度は私がこの男を取り込めばいい。……私は、そんなことを思いはじめていた。

下手《へた》に逃げようとするから、この男は追いかけてくる。下手に汚水を避けようとするから、どうしてもそこに足をとられてしまう。なら、自分から汚水の中に飛び込めばいい。頭のてっぺんからつま先まで汚れきってしまえば、逆に楽になれるかもしれない。抗《あらが》うからいけないんだ。受け入れてしまえばいい。それがたとえ降参の白い旗だったとしても、そうすることで今の疲労から解放されるなら。

私は、彼の右肩の黒子《ほくろ》をそっと愛撫した。黒子から冗談のように伸びる黒々とした一本の毛が、舌にちくちくと痛い。

「ねえ、これからどうするの?」私は訊いたが、彼は応えない。

「ヤクザに捕まったら、もう、セックスもできなくなるね。かわいそうに、女の人、大好きなのに」

彼が、いやいやをするように、私の胸に、薄毛を擦《こす》り付けた。

「じゃ、逃げる?」私が言うと、彼が、ゆっくりと顔を上げた。

「私もね、いろいろ面倒なことがあるの。今日、大切な約束、すっぽかしちゃった。あなたのせいよ」

自分も、こうやって彼のせいにしている。似たものどうしなのかもしれない。

「どう、いい訳すればいいか、そればかりを考えている。でも、いい考えが浮かばない。

もう、疲れた。だって、ここんところ、いい訳ばかり考えているのよ、私。嘘はあまり得意じゃないの。それなのに、嘘ばかり。あなたに会ってから、嘘ばかり」

また、彼のせいにしている。私は、おかしくなって、声に出して笑ってみた。彼の目玉が、私の言葉の裏を読み取ろうと、小刻《こきざ》みに動く。

「もう、嘘つくネタもないわ。ね、だから、あなたの嘘を分けてちょうだい。ね？」

彼は、応えない。

「そう。分かった。なら、私、黙っている。いい訳はなにもしない。嘘もつかない。でも、そうしたら、もうあの家には戻れない。だって、みんな寄ってたかって、私からいい訳を引き出そうとするもの。特に、姑はしつこいの。姑は、ずっと私のことを疑って、監視しているのよ。私は、ずっとずっと、いい訳をし続けて、嘘をつき続けた。でも、もう、いやよ、疲れた。面倒臭い。だから。ね、だから」

「逃げますか？」

「え？」

「外国にでも逃げますか？」

「どこに？」内腿に当たっている彼の性器に触れてみる。弾力のないそれは、指先にいい具合に馴染んだ。

「どこに、逃げるの？」彼の耳朶《みみたぶ》を噛んでみる。耳の溝を指で擦ってみると、耳垢がおもしろいように取れた。「ねえ、どこ？」彼は、答えない。やっぱり、私が決めなくちゃいけないのね。

「そうね。じゃ……」

「ロンドン、ロンドンがいいな」

「ロンドン？」

「うん、ロンドン」

「なんで？」

「ホガースの絵が見たいんだ」

「ホガースって？」

しかし、彼はそれ以上は応えなかった。

ロンドン。いいわね。学生時代に、一度だけ、行ったことがある。

青い空、濁った川面、真っ赤な二階建てバス。

「ロンドンに、一緒に行きましょうよ」彼の目が、こちらに向けられた。「来週から、航空券も安くなりますよ」

「じゃ、早速、手配しなくちゃ」

「お金？　大丈夫、私が出す。明日の朝、一番で銀行に行って下ろしてくるわ。そのあと、一緒に代理店に行きましょう」

「格安チケットを扱っている会社を知っています。手配は僕がやりますよ。だから、満知子ちゃんはいったん、家に帰ったほうがいい。そして、僕からの連絡を待っていてほしい。パスポートもちゃんと用意しておいてくださいね」

翌朝、私は彼を連れて、上野公園の蓮池に行った。昨日のつぼみが、見事な花を咲かしている。季節はずれの真っ白な大輪の蓮。泥の中から這い上がって咲かせたその白に、私の心は震えた。どんな泥まみれでも、ううん、泥まみれだからこそ、こんな花を咲かせることができるのね。なら、私にも、……希望はあるかしら？

そして決意を固めると、口座から二百五十万円下ろし、彼に託した。

＋

結構、赤裸々なことを書くものだ。吉永サツキは肩を竦めた。

しかも、不特定多数が閲覧するネットで。いくらハンドルネームだからといって、本人が特定される危険もあるのに。実際、土屋雅美は知っていた。ｍａｃｈｉｋｏが瀬川満知子だということを。雅美だけではなく、ママ友全体にも知れ渡っていた。あるいは、満知子本人も百も承知だったのかもしれない。自身の秘密の文章が、近しい友人たちに読まれていることを。彼女たちに読ませるために、あえて、ここまでさらけ出したのかもしれない。そう、土屋雅美に、下田との情事を見せつけるために。

サッキは、チョコレートを包む銀紙を間違って口にして、それをうっかり齧《かじ》ってしまったときのようななんともいえない不快感を覚えた。

こういう手記もどきのものを堂々と晒《さら》せる人の心理とはどういうものなのだろうか。一度、じっくり訊いてみたいところだが、きっと、彼らはこう返すのだ。「他人のプライバシーを無断で掘り下げて、それを電波に乗せる人の心理のほうが、不可解だ」と。そして、「他人の恥部を晒すという破廉恥《はれんち》さから比べれば、自分の恥部を晒すなど、むしろ善行だ」と。

そうかもしれない。だけど。

サツキは、もやもやした気分を持て余しながら、プリントのページをさらに捲った。

＋

それから彼の言葉に従って、私は一度、家に戻った。

はじめての外泊。一応、昨日、連絡は入れておいた。電車に乗っている途中で具合が悪くなって、そのまま近くの友達の家で休むと。その嘘を夫も娘も心底信じているようで、

「ママ、もう大丈夫なの?」と娘が心配顔で私の顔を覗《のぞ》き込む。

「病院、行ってきたら?」

夫も、珍しく、親切だ。

しかし、姑だけは、蛇のような疑惑の視線で、こちらを睨《にら》みつけている。そして、

「なんだったら、来月、一緒に人間ドックに行く?」

そんな心にもない姑の言葉に、夫は、

「うん、そうしろよ、人間ドック、行って来いよ」と、呑気《のんき》に同調した。

「大丈夫よ、大丈夫」

言ってはみたが、上の空だった。来月、私はもうここにはいない。ごめんなさい。私は、もうここにはいないのよ。

不思議と、罪悪感というのはまったくなかった。むしろ、すべてのしがらみから解放される近い将来のことを思って、私はどこか浮ついていた。夫と子供を捨てる母親とは、誰もがこういう心持なのだろうか。喩《たと》えるならば、みなが死に物狂いで試験に向かって勉強している中、自分だけ試験が免除されるような気分だ。いや、それとも少し違う。みなが

目標に向かって懸命に走っている中、自分だけが当たりの宝くじを引いて、ぜぇぜぇいいながら走り続けている人々の列からそっと、抜けるような感じか。

要するに、すべてが自分とはまったく関係のない出来事になってしまっていた。夫も娘も姑もそこにはいるけれど、なにか等身大の画像を見ている感じで、実体がない。私自身についてもそうで、いつものように忙しく動き回ってはいるけれど、まったく実感はなく、ならば私の実体はどこにあるかといえば、天井あたりでとどまって、家の様子を見下ろしていた。

逃避行。そんな言葉を思い浮かべながら、私はしばし、恍惚《こうこつ》とした気分に酔う。

彼は疫病神《やくびょうがみ》かもしれないが、今のこの気分を思えば、そんな事実は、むしろ気分を盛り上げる演出のひとつに過ぎない。冷静な思考で考えれば、この先どう考えてもまともな生活が望めるはずはなく、どれほどの選択肢を与えられても、どれもがろくでもない結果になることは明らかだったが、しかし、この生活をこのまま続けることはとてもできなかった。

「今の生活の、何が不満なの？」

そう問われれば、私はこう答えるだろう。

「不満はないわ。でも、一度計画した旅行にはどうしても行きたい、疲れ果てて結局は

『うちが一番』なんて愚痴を吐き出すことは分かっていても、行かずにはいられないのよ」

ううん、どんな理屈や意味づけも、もう不要だ。もう、虚勢を張るのはやめよう。私は、ただ、彼といっしょにいたいだけなんだ。

あんなろくでもない男だけれど、私がずっと求めてきたのは、彼のような男だった。

たぶん、愛しているんだ。

そうか、愛しているんだ、私。

「愛」という言葉を出した途端、涙が止まらなくなった。会いたい、会いたい、彼に会いたい。

ね、早く連絡をちょうだい。まさか、私を騙しているの？　信じていいんでしょう？　だって、あなただって、逃げなくちゃいけないんだから。私たちは、逃げなくちゃいけないんだから。

ロンドンでは、まずどこに行く？　バッキンガム宮殿？　大英博物館？　蠟《ろう》人形館？　買ったばかりのガイドブックに溢《あふ》れるほど付箋《ふせん》を貼りながら、私は、遠足前のような興奮を味わう。ううん、遠足だって、修学旅行だって、新婚旅行だって、これほど待ち遠しくなかった。これほど痛くて甘いときめきは、もしかしたらこれが最初で最後かもしれない。

ね、だから、早く、連絡をちょうだい。

翌日、ようやく彼から連絡があった。私の心臓が、小娘のように跳ね上がる。その日はパスポートの番号を聞かれた。いよいよその日は近づいていると、私はますます浮ついた。

しかし、それから二日、彼からは連絡はなく、私は再び不安に苛《さいな》まれた。が、三日後の朝、携帯の着信音が鳴り響いた。彼だった。

「馬鹿。心配したわ」

「ごめん。少し、手間取っていました」

「で、チケットは?」

「二十四日のロンドン行きがとれました」

「来週ね」

「昨日、書類を送ったので、たぶん、今日には着くと思います」

郵便配達のバイクの音がする。

「その書類に従って、二十四日、午後二時に成田空港のGカウンターに来てください」

インターホンが鳴る。

私は玄関に急いだ。旅行代理店からの封書が書留で到着した。

いよいよなんだわ。私は、封書を胸に抱いた。

しかし、彼は現れなかった。

チェックインの時間は迫っている。書類にあった通りにGカウンターに行き、チケットを受け取る。が、それは、東京ロンドン間の往復チケット、一枚だけだった。

「え？　間違いではないですか？」

声を震わせる私に、カウンターの係は、「いいえ、間違いではありません」と言い放つ。そして、「チェックインカウンターにお急ぎください。もう時間がありません」と急かされ、私は、もつれる足をどうにか運んで、ゲートを潜った。

なんで？　どうして？　それとも、もしかして、ロンドンで私を待っているの？

私は、微かな希望を、無理やり繋いでみた。Gカウンターでは、チケットとともにホテルのクーポン券も渡された。パディントンのホテルだ。

このホテルに、一足先に行っているんでしょう、そうでしょう？　そして、私を待っているんでしょう？　でなければ、私、どうしていいか分からない。私、現金もほとんど持っていないのよ。

もたもたとうろつく私の肩に、何人かがぶつかっていく。人の波は、私をチェックインカウンターへと急がせた。

＋

パディントンのホテルか……。

サッキは、ページを捲る指を止めた。

パディントンのホテルといえば、格安ツアーの定番だ。

つまり、格安ツアーで手配した往復航空券と安ホテルのクーポンを与えられ、それで、ひとり、ロンドンに飛ばされたわけだ。

これで、とうぶんは、被害届はでない。その間、充分に逃げられる。

この手口で、下田健太はいくら、手にしたのだろうか。瀬川満知子に下ろさせた金額は二百五十万円。満知子のロンドン行きの費用は恐らく、十五万円いくかいかないか。……ということは。

「鮮やかだな」

サツキは、つい、そんな賞賛を口にした。そう、下田健太のその手口に、素直に感服してしまったのだ。

詐欺の才能というのは、先天的なものかもしれない。こんなバカバカしい小芝居は、普通の人なら、到底できない。小さな嘘をつくのでさえ、人々は難儀を強いられるものだ。そう、〝嘘〟とは、自身の中の良心との葛藤だ。それは、生まれ落ちた瞬間から繰り返し躾《しつ》けられた結果だ。〝嘘〟をつくと良心が痛むように教え込まれるのだ、思考の奥深くに、そして体の隅々に。だから、ちょっとした嘘でも、人は汗をかき瞬きの回数を増やし、または、声を震わせ、ろれつが怪しくなる。そんなふうに体が反応するように、叩き込まれているのだ。そう、条件反射なのだ。

しかし、詐欺師たちは、そのような反応をいとも軽々と克服している。あるいは、彼らにとって〝嘘〟は、〝悪〟ではないのかもしれない。もっといえば、〝嘘〟と〝真実〟の境目がないのだ。

このようなボーダーレスな人間が出来上がる原因はなんだろう。

古今東西、学者たちは彼らのような反社会的人物に、多種多様な名前を与えてきた。しかし、そのどれも、いまひとつ、説得力に欠ける。

そもそも、〝反社会的〟の基準となる〝社会〟とはなんだろう。国や民族、宗教などによって、社会的価値観はカメレオンのごとく、様々に色を変える。そう、絶対的ではないのだ。モラルやルールも、それぞれだ。

ただ、殺人や窃盗《せっとう》などの普遍的な〝犯罪〟は、どんな社会であっても、〝悪〟として位置づけられている。……いや、違う。殺人や窃盗だって、正当化される場合があるではないか。そこに大義名分があれば、そう、正義の戦いならば。

正義。これは、たぶん、社会的動物として生きる人間が作り出した、最も危険な〝詭弁〟であり、〝方便〟であろう。その時々で意味を変えることができる、ジョーカーのようなものだ。

さらに、反社会性人格の代表格である〝サイコパス〟ですら、時代が時代ならば、英雄となる。たとえば、戦争。戦争という状況において、サイコパスほど頼もしい人物はいないだろう。もっとも、それは味方である場合だが。

サイコパス。下田健太に相応《ふさわ》しい呼称だ。実際、どのメディアも、彼のことをそう呼んだ。

が、サイコパスというのは、誰よりも、〝社会〟を意識する。だからこその〝反〟なのだ。

サイコパスが最も重要視するのは、自分が他者にどう見られているか。そして、他者を操ることにより、社会的ポジションを得ようとする。人を押しのけてでも、人を陥れてでも、自身の名誉欲とステイタスのために動く。彼らは、往々にして〝快楽〟のために動くと言われるが、それは違う。彼らにとって、快楽は二次的産物。彼らが激しく欲しているのは、完璧《かんぺき》な自分なのだ。その完璧を邪魔するものを消すためには、手段を択《えら》ばない。つまり、彼らの一番の動機は、「完璧な自分を守るための戦い」なのだ。彼らは、いつでも強度の不安症に悩まされている。自分が転落してしまう恐怖心だ。自分が陥れられる恐怖心だ。その恐怖心が、凄まじい攻撃性を生み、彼らを犯罪に向かわせる。自分を守るために、他者を徹底的に攻撃するのだ。あるいは、他者を操るのだ。彼らが〝病気〟だと判断されるのは、その凄まじいまでの恐怖心と、その恐怖心を覆い隠すための自己防御が認められるためだ。それは、性格の問題ではなく、脳の問題なのだ。

つまり、サイコパスほど、〝社会〟という仕組みに束縛されている者もいない。彼らは、体裁をなにより気にする。だから、〝嘘〟をついて、取り繕《つくろ》うのだ。

殺人鬼フジコと呼ばれた藤子もまた、その闇の底を覗き込めば、サイコパスの文字が浮かび上がるだろう。彼女の犯罪動機は、端的に言えば、「自分に邪魔な者」の削除だった。そう、彼女は、まるでパソコンのデリートキーを押すように、邪魔者を消していった。

下田健太が参考にしたと思われる北九州連続監禁殺人事件の主犯、Mもしかりだ。Mが固執したのは、周囲が賞賛する〝大した男〟という偶像だった。そのためにMは常に大法螺《おおぼら》を吹き、周囲を暴力で屈していった。その挙句が、あの惨事だったのだ。

下田健太が育ってきた〝社会〟を知れば、あるいは容易に彼の行動心理を読み解くことができるかもしれない。
彼は何に対して恐怖心を抱き、何から自分を守ろうとしたのか。

時計のアラームが鳴る。
午前五時。
とにかく、時間がない。
あと、四日。
サッキは、急かされるように、プリントのページを捲った。

18

きれいな体をしているね。
ほんとうに、きれいだよ。
さあ、力を抜いて。
僕の肩にしがみついて。

そう、もっともっと、しがみついて。
僕を、もっと奥にまで入れて。

あああっ。

自分の声に驚いて、里佳子の体が激しく跳ねた。
ここは……どこだっけ？
そうだ。下田茂子の部屋。
今……何時？
里佳子は、腕時計を手繰り寄せた。
午前、七時五十六分。
里佳子は、恐る恐る、襖を開けた。
カーテンの隙間から、朝日が差し込んでいる。
リビングには、誰もいない。
里佳子は、ぼんやりと、リビングに立ちつくした。
なにか、とても長い夢を見ていた気がする。

はじめに見ていた夢は、交換日記をしていたあの子の夢。

そして、先ほどまで見ていた夢は……。顔が、一気に熱くなる。そして、思わず、下半身に手をやった。

なんて、生々しい夢。情けない。人の部屋で、あんな夢を見るなんて。あ。

それじゃ、あれも夢だったのだろうか？　このリビングで、茂子たちが、なにか激しく揉《も》めていた。

――残念よ。本当に残念。私たちは、あなたを救いたかっただけなのに。……本当に、残念よ。

今でも、この耳の奥にしっかりと残っている。

そして、あの、唸り声も。

タカダさん。

あれは、タカダさんだったのだろうか？

タカダさん、あれから、どうしたのだろうか。

かた。

背後から、なにか音がした。

振り返るとそこは、和室の隣の、寝室だった。茂子がいるのだろうか。……まさか、タカダさん——。

かた。

間違いない。誰か、いる。

「茂子さんですか？」

呼んでみたが、返事はない。

かた。

「茂子さん、いらっしゃるんですか？　茂子さん？」

その扉を開けようとしたとき、玄関からけたたましい音が響き渡った。

施錠を解く音だ。

「あら、起きましたか？」

振り返ると、買い物籠をぶら下げた茂子が、にこやかに立っていた。

「朝ごはん、買ってきたんですよ。今日は、朝市が立つ日なんです」

そう言いながら、茂子は買い物籠を高く持ち上げた。籠の中は、あふれんばかりの食糧が詰め込まれている。

「朝ごはん、すぐに作りますからね。ちょっと待っててくださいね」

「あ、でも」

こんなに甘えていいものだろうか。泊めてもらった上に、朝食まで。

「あ、お米、研《と》ぐの忘れていたわ。いけないいけない。最近、よく忘れるのよ。……ねえ？　手伝ってくれる？」

茂子が、まるで母親のようにこちらを振り返る。だから、里佳子も、娘のようにこくりと頷いた。

「……あの」

米を研ぎながら、里佳子はぼそりと言った。

「なんですか？」

隣では、茂子が煮干しの頭を取り除いている。その手際は、惚《ほ》れ惚《ぼ》れするほどだ。

「昨日の……あの話」

「あの話？」

「……交換日記」

「ああ、あの話」

「なんか、すみません、変なことをしゃべってしまって。しかも、興奮してしまって」

里佳子は、茂子の前で半ば泣きながらしゃべりまくった昨日の自身の姿を思い出し、改めて、赤面した。

「交換日記のこと、まだ気にしているの？」

「いや、もういいです、その話は」

「そう？」

「本当に、もういいんです。ですから、茂子さんも忘れてください」

里佳子は、再び、水を張った釜に、手を差し入れた。朝の水は、まるで氷だ。手がひりひりと痛い。

それにしても、米を研ぐのは、久しぶりだ。ここ最近、ごはんを炊くこともなくなった。

そういえば、炊飯器の蓋《ふた》を開けたのは、いつだったろうか。冷蔵庫横のキッチンカウンターの炊飯器、その存在をずっと忘れていた。……まさか、ご飯が入ったままなんてことは、ないよね？　……ないよね。

里佳子の手が、いつのまにか止まっている。水道の水だけが、勢いよく釜の中の米を叩いている。

「どうしました?」茂子が、里佳子の顔を覗き込む。

「いいえ、うちのことが、ちょっと気になりまして。……鍵かけたかな? とか。火を消したかな? とか」

「私も、外出すると、気になるんですよ。それで、一度戻ったりして。旅行先でどうしても鍵が気になって、とんぼ返りしたこともありますよ」

「ああ、私もあります。一度なんか、成田空港から、戻ったことがありますよ」

「海外に行く予定だったの?」

「はい。台湾《たいわん》に取材に。結局、予定の飛行機には乗れなくて、次の飛行機で行ったんですが」

「台湾。いいわね。私、海外旅行なんて、したことありませんよ。飛行機だって、乗ったことないの」茂子は、その手を止めた。「いいわね。一度、行ってみたいわ、海外。ヨーロッパ、ヨーロッパに行ってみたい。あなた、行ったこと、ある?」

「実は、ヨーロッパは行ったことないんです。東アジアとか東南アジアばかりで」

「東南アジアもいいわね。ベトナム。ベトナムに行ってみたいわ。私たちにとってベトナムといえば戦争なんだけれど、でも、今ではそんなことがあったことなんて信じられないほど、発展しているんでしょう?」

「ベトナム、いいですよ。料理もおいしいし、雑貨もかわいいし」

「ベトナムに行くには、どのぐらいあればいいの？」

「格安ツアーなら、五万円もあれば、結構いいホテルに泊まれますよ」

「五万円でいけるの？　だったら、今回いただいた取材費をあてれば——」

ここで、里佳子の手が止まった。

「あの。……変なこと、訊いていいですか？」

「なに？」

「今回、どうして、他のメディアにも、取材をお許しになったんですか？」

「え？」

「今回のインタビュー、てっきり、私ども月刊グローブの独占だと思っていたんです。実際、うちの編集長はそんなことを言ってましたし」

「え？　どういうこと？」

「ですから、うちの編集部に茂子さんの代理人という人から電話があって」

「代理人？　……私には、そんな人、いませんよ？」

「え？」

「昨日もあなた、変なことを訊いてきたわね。吉永……サツキさんでしたっけ？　あの人を私が指名したとかなんとか」

「ええ。あなたが、指名したと聞きましたが」

「なにかの間違いじゃないですか？　私、そんな指名はしていませんし、そもそも、吉永サツキさんって人、会うまで知りませんでしたもの。そんな知りもしない人を、どうして私が指名するの？」

「でも」

「私が、指名だなんて。そんなおこがましいことなんかできません。なにしろ、世間様をお騒がせしているのはこちらなんですから。ですから、私、なるべくマスコミさんには真《しん》摯《し》な態度で臨もうと、申し込みがあった取材はすべて受けたんです。時間だって、はじめはあちらが指定してきたんですよ。なのに、ちっとも守ってくれなくて。私、時間にルーズなのが一番、嫌いなんです。つい、きつくなるんです」

茂子は、ここでいったん言葉を飲み込んだが、我慢ならぬとばかりに、一気にまくしたてた。

「最悪だったのが、テレビ局。そう、Gテレビ。一時間も遅れた上に、ずかずかと上がり込んで、いきなりカメラを向けて。しかも、工具を忘れたから、ちょっと貸してくれって。プライヤとかなんとか。そんな小難しい工具、うちにもありませんよ。だから、私、仕方ないから、近所の人に借りに行ったんです。そしたら、今度はレンチがないって。私、また、借りに行ったのよ。そしたら、なんてことはない、スパナじゃない。はじめからそう言えばいいのに。まったく、バカにして。マスコミの人って、どうしてあんなに横暴なのかしら。私、思ったんです。あちらさまのいいなりになっていては、白も黒とされてしまう。ここは、こちらが強く出ないといけない、と。下手《したて》に出ちゃいけないんです。譲歩しちゃいけないんです。所詮、マスコミは信用ならないんです。そうよ、あのときも。藤子ちゃんのときも――」

「藤子？」

「いえ、なんでもありません。……あ、お米、もう、いいですよ。それ、炊飯器にセットしてくれる？」

茂子の興奮は、幾分、落ち着いたようだ。しかし、その手にはまだ興奮が残っているのか、煮干しの頭を力任せに引きちぎっている。

「あなたは、どうなさるの？」

「え？」

「今日」

「ええ、もちろん、帰ります」

「でも、お金、ないんでしょう？」

「ええ、でも、駅までいけば、ATMが」

「やってませんよ」

「え？」

「今日は、土曜日ですから、やってませんよ」

「やってないん……ですか？」

「都会ではどうか知りませんが、この辺では、土日は、やってないんです。隣町にまで行かないと」

　かた。

　また、寝室からだ。里佳子は、振り返った。

　かたかたかたかた。

　やっぱり、あの部屋には、誰か、いる。

「あら」

　茂子も、寝室を振り返った。

「ようやく起きたみたいね」

「どなたか、いらっしゃるんで――」

その質問が終わらないうちに、寝室の扉が開いた。

その人物が誰か、はじめは分からなかった。

背の高い、中年の男。

しかし、その男が銀縁の眼鏡をかけたとき、里佳子は、悲鳴に近い声を上げた。

下田健太！

19

「下田健太？　そんな方、知りませんね」

表情を変えずに、その初老の女性は言い放った。瀬川満知子の姑だ。

吉永サツキは、三鷹に来ていた。

瀬川満知子とハヤシダは、同一人物かどうか、それを確認したかった。

瀬川満知子が、ｍａｃｈｉｋｏというハンドルネームで公開していたブログでは、満知子が不倫状態にあったことを示している。しかし、相手の名前はない。これが下田健太ならば、瀬川満知子がハヤシダである可能性がぐんと高くなる。ハヤシダ。言うまでもなく、下田健太に消された被害者だ。が、今まで正体不明で、証言者の藤原留美子も北野友莉も、その本名すら知らなかった。一方、下田健太は、ハヤシダなどという人物は知らないとシラを切りとおした。下田健太の弁護人もまた、ハヤシダが実在するのかどうかを争点とした。もちろん、検察はハヤシダは実在するものとして争ったが、その確固たる証拠は結局出ず、正体不明のまま、最終論告に至ったのである。このことが、裁判員に決定的な印象を与えた。

「下田健太の主張は正しいのではないか」

つまり、リンチにも殺人にも一切関わっていない、事件のことなどまったく知らない、という下田の言い分を認める結果となったのだ。〝ハヤシダ〟という人物の正体が分からないばかりに、他の殺人までもが、実存を失ったのだ。

裏を返せば、〝ハヤシダ〟の正体が明らかになれば、決定的な証拠となる。裁判を逆転させ、下田を死刑台に送る強力な武器になる。

「下田健太、本当にご存じありませんか？」

サツキはなおも繰り返した。「お宅のお孫さんが参加していたミニバスケットのコーチをしていた男です」

瀬川夫人の顔色が変わった。そもそも、この人が、下田健太を知らないわけがない。でなければ、朝早くから突然インターホンを鳴らしたサツキを、けんもほろろに門前払いしたことだろう。しかし、この人は、「下田健太」という名前に反応して、サツキをこの応接間に通したのだ。

そこは、まさに〝応接間〟という言葉に相応《ふさわ》しい佇《たたず》まいだった。もとは和室だった場所に、アールデコの応接セットと、アンティーク家具が置かれている。明治大正の和洋折《せっ》衷《ちゅう》を再現したかのような雰囲気だ。

「そんなことより、ここの住所、どなたに聞いたのですか？」

瀬川夫人の問いに、サツキは、苦笑いで返した。情報提供者のことは伏せておくのが、この業界の鉄則だ。

「まあ、聞かなくても分かりますが。どうせ、あの人でしょう。保険の外交員をしている、あの人。お茶当番をいっつもサボっていた、無責任な女」

「…………」

「まあ、よろしいでしょう」瀬川夫人は、紅茶を一口含むと、小さな溜息をついた。そして、言った。

「ええ、存じておりますよ。下田健太。ミニバスケットのコーチをしていた人ね。そして、この辺で、ソーラーシステムの押し売りをしていた人」

「押し売り？」

「ここにも、来たことがありますよ。にやけた、厭《いや》らしい男。これからの時代は太陽光発電の時代だ……とかなんとか、とにかくべらべらと喋り捲っていたわね。嫁が相手をしていたんですが、私が追い返したんですよ」

「そのお嫁さんですが。……満知子さん？」

「え、ええ、まあ」瀬川夫人は、ティーカップを唇に当てた。

「満知子さんは、失踪中だと、伺ったのですが」

「ええ、そうですよ。夫と娘を置いて、ひとり、いなくなったんです。三年前の――」

「平成二十二年？」

「そう、その年の十月だったかしらね。置手紙だけ置いて、いなくなったんです。まあ、理由は分かってますけど」

「理由とは？」

「私へのあてつけですよ。あの嫁、ちょくちょく、私に反抗してたんですよ。用事をいいつけてもそれを実行せず、挙句の果てには、突然、ロンドンに行ったり。まあ、一週間もしないで帰ってきたんですが、そのとき、私、叱りつけましてね。出ていきなさいって言ったんです。そしたら、翌月、本当にいなくなって。それきりです」

「警察には？」

「ええ、もちろん、捜索願を出しましたよ。息子が、出したんです。まったく、あの子もあんな嫁のことはとっとと忘れればいいのに。どうせ、男と逃げたんですよ、あの嫁は」

「その男の見当はついているんですか？」

「いいえ」

「下田健太の可能性は？」

「ありません。あの男は、まったく関係ありません」

瀬川夫人は紅茶を飲み干すと、これ見よがしに、テーブルの上を片付けはじめた。サツキの前に出されたカップも、結局その中身をひと口も飲むことなく、下げられた。

「もう、よろしいかしら。これから、出かけなくちゃいけないので」

そして、早々に、追い出された。

玄関前で立ち尽くすサツキに声をかけたのは、年頃三十半ばの女性だった。

「瀬川みどりと申します」

女性は、名乗った。

瀬川夫人の娘、つまり、満知子にとっては小姑だという。瀬川家の敷地内に建つ離れに住むというこの女性は、サツキを自身の家に誘った。

離れと言っても、立派な一軒家だ。瀬川家が資産家であることを思い知らされる。

「資産家といっても、それは昔のこと。今では、ほとんどの土地は、売ってしまったんです」

みどりは、屈託《くったく》のない笑みを浮かべた。

「昔は、ちょっとした地主だったようですが。今では、そんな名残を探すのも難しい感じです。でも、母はいまだに、ああですけどね。時代錯誤もいいところです。私の交際相手にもいろいろ難癖をつけて。母に紹介すると、男の人はみんな逃げちゃうんです。結局、わたし、未だに独身ですよ。もう母と暮らしていく自信がなくて、貯金をはたいて五年前にここを建てて、家を出たんです。……といっても、同じ敷地内。なんか、中途半端な独立ですよね。結局、私も母離れできてないんですね」

みどりは、母親とは違って、少々おしゃべりだった。

「ですから、兄が結婚するときも、そりゃ、大変で。私が知っているだけでも、五人の女性が、兄のもとを去りました。母の剣幕にあっさり負けてしまったんです。なのに、満知子さんだけは、負けませんでしたね。肝《きも》が据《す》わってました。といっても、すでにお腹に赤ちゃんがいたので、逃げ出そうにも逃げられなかったんだと思いますけど」

「おめでた婚ですか」

「そうです。満知子さんはもともと、兄が勤めていた会社の取引先で受付嬢をしていた人で、兄が一目惚れして、そしてお付き合いがはじまったそうです」

「おきれいな人だったんでしょうね」

「写真、見ます?」

「あ、お願いします」

みどりが持ってきた写真は、結婚式のものだった。場所は明治神宮だろうか、白無垢《しろむく》姿の満知子は、確かに美しい。

「この頃の満知子さんは、本当にきれいでしたね。物腰も柔らかくて、優しくて。なのに、あっという間に、その眉間の間に深い皺が刻まれて、険のある顔になってしまいました」

言いながら、みどりはもう一枚、写真をテーブルに置いた。

いつ撮られたものだろうか。みどりの言う通りその表情はきつく、それがその端正な顔を老けさせていた。

「それは、満知子さんが失踪する三ヵ月程前に私が撮ったんです。姪《めい》っ子のミニバスケットの試合。私も、見に行ったんです」

「ミニバスケット?」

あ、これは土屋雅美だ。……下田健太もいる。

「あなた、満知子さんが、下田健太の事件に関係していると、思っているんでしょう？」

みどりが、唐突に、核心を突いてきた。「実は、私もそう思っています。下田健太に殺害されたという〝ハヤシダ〟というのは、満知子さんだと。根拠もあるんです」

「根拠？」

「はい。ロンドンに行ったときと、その後失踪したときに、満知子さんから手紙が来たんです」

「手紙が？」

「はい。満知子さんと私、結構、仲良かったんですよ。満知子さんも、しょっちゅう、この家に逃げ込んでは、母の愚痴を零《こぼ》していたものです。でも、あるときから、母の愚痴がでなくなったんです。その代わりに、小説だの映画だの、そんな話をするようになって。どれも、恋愛を扱った作品で、あ、満知子さん、好きな人ができたんじゃないかって、私、思ったんです。そんな矢先に、突然いなくなって。そしたら、ロンドンから手紙が来て。どうやら、男と逃避行をはかったはいいが、男にすっぽかされたっていうような内容でした。……その手紙、読みますか？」

「え？　いいんですか？」

十

かもしれませんが。

〈ロンドンから届いた瀬川満知子の手紙〉

――気分は、落ち込むばかりでした。お金に余裕があれば、もう少し気晴らしができたかもしれませんが。

そのとき財布には、もう二十ポンドもありませんでした。そのうち十ポンドは明日のためにとっておかなければ。空港に戻ることができなくなります。使えるのは十ポンド。こんなお金で、なにができるのでしょう? ガイドブックを開いてみるも、なにも頭に入ってきません。昨日までで、ロンドンにはすっかり飽きていたのです。たかが四日いただけなのに、もう、充分でした。お金があれば、あの人がいれば、もっと楽しめたでしょうに。こんな惨《みじ》めな一人旅、なにをどうしたって、楽しめるはずなんかないのです。あれを撮ろう、これを撮ろうと用意したカメラも、今となってはただの手に負えないお荷物。シャッターを切ってみるも、空々しい音がぽろりぽろりと地面に落ちるだけです。

リンカーン法曹学院前のスクエアをうろついていたときにみつけたそこは、小さな博物館でした。

プレートに「Ｍｕｓｅｕｍ」という文字がなければ、見逃していたかもしれません。博物館というよりは個人の家といったほうが正しく、実際、そこは、サー・ジョン・ソーンという建築家の家で、自身のコレクションを公開するために博物館にしてしまったのだそうです。死後も彼の遺志は受け継がれ、無料で入場者を受け入れているということです。無料とはいえすぐそこには寄付金箱が用意されていて、多いのか少ないのか分かりませんでしたが、五ポンド札を放り込んでみました。

博物館は、エントランスから私をどきどきさせました。ガラクタと間違われても仕方がない東西の美術品や工芸品が、なんの脈絡もなく所狭しと陳列されています。廊下にもそれらは溢《あふ》れ、狭いそこをさらに狭くしています。足の踏み場もない、そんな有様が続きます。奥の部屋に行けば行くほどその度合いは増していき、それは我が家の納戸とそっくりな有様で、私は大いに気に入りました。特に気を引いたのが、一階の絵画部屋でした。大人が五人もいると満杯になってしまうような狭い部屋の四方の壁には、隙間がないほどびっしりと油絵が飾られ、それはみな、ウィリアム・ホガースという十八世紀の画家が描いたものだということです。

ホガース？　ああ、もしかして、彼が言っていた？

油絵は八枚綴《つづ》りの連作で、裕福な商人の息子トムが父親の遺産を得て放蕩三昧《ほうとうざんまい》を味わうものの結局はすべてを失うというストーリー仕立てのものでした。

案内人《ガイド》が、絵のひとつひとつを美しい英語で説明してくれます。単語を拾うのに精一杯の私はそのほとんどを聞き逃しましたが、連作最後の絵に描かれた精神病院が「ベドラム」と呼ばれ、当時、動物園のごとく金をとって入院患者たちを見物させていたという説明は、深い印象を刻みました。絵画に描かれた放蕩息子も、破産の末、不道徳な狂人として病院に放り込まれる。それを貴婦人たちが楽しそうに見物している。その様子を、さらに私が見物している。合わせ鏡を覗き込んだときのように、瞬間、意識が遠のき、私はうっとりと、そのふわふわした感じを楽しみました。

……なのに、もう、お金がありません。私は、いつのまにか、名前も知らない公園のベンチに座っていました。膝に載せたガイドブックがひどく重くて、旅の前に立てたガイドブックの付箋も、白々しいばかりです。

付箋を立てたページは、「ロンドンダンジョン」。ロンドンで一番人気のテーマパーク、いつ行っても長い列ができているんだそうです。有名な殺人鬼や事件が、おもしろおかしく再現されていて、もちろん、「切り裂きジャック」のアトラクションもあるんだそうです。被害者の娼婦の死体画像が天井にまで届く大きな展示物としてディスプレイされていると、ガイドブックにはあります。五人の被害者の写真も紹介されています。

この人は、メアリ・アン・ニコルズでしょうか、それとも、エリザベス・ギュスターフスドッターでしょうか。……犠牲者の年齢が気になります。五人中、四人までが四十歳を過ぎている。二番目の犠牲者、アーニー・チャップマンにいたっては、四十七歳、ほとんど、五十歳です。二十代だったのは、最後に殺害された五番目の犠牲者、メアリー・ジェイン・ケリーだけ。彼女だけが、もっとも残酷な方法で殺されたということです。

腹部から下半身にかけて皮膚が剝がされ、内臓を取り出され、心臓を奪われ、両乳房を抉《えぐ》られ、顔面は目鼻の位置も判別できないほど壊されたといいます。

他の四人の影が薄くなるほどの、特別扱い。犯人の真の標的は、この歳若いメアリーだけだったのではないかしら？　ふと、そんなことを思いました。その証拠に、彼女が殺害され、事件は終わりました。それならば、あとの四人は？　ただのおまけ？　目くらまし？　四十歳を過ぎて、それでも娼婦という仕事を続けるしかなくて、その上、おまけで殺され、挙句、百年経ってもこんな形で裸の死体を晒《さら》されるなんて。これが、娼婦という職業に下された懲罰なのでしょうか。なら、私は？

今日のパンのため通りすがりの男を捕まえ、「なんだ、年増か」と蔑《さげす》まれ、それでも脚を開き続けたイーストエンドの娼婦たち。犯人の目に、彼女たちはどう映っていたのでしょうか。哀れみでしょうか、それとも、愛でしょうか。

犯人は、彼女たちに自分と同じ不幸を見つけたのかもしれません。何者かになりたいのに、何者にもなれない自身の不幸を彼女たちに重ねたのです。だから、殺してしまったのです。自分を殺すために。でも、歳若いメアリーだけは、きっと、嫉妬。

ああ、そうだ。切り裂きジャックは、女であるべきです。それが、一番、しっくりくる。

そうだ、そうに違いない。

これを彼に話したら、きっと彼は面白がってくれたでしょう。彼は、いつ来るのかしら。

明日？　明後日？

なのに、あの男は、結局、来なかった。

私は、あの家に戻るしかありません。

ですから、お願いです。助けてください。なんとか、あの姑が納得するような言い訳を考えてください。

＋

ホガース？　ウィリアム・ホガース？

サツキは、手紙をテーブルに戻すと、ぼんやりと視線を漂わせた。

ウィリアム・ホガース。

ああ、〝ジン横丁〟の。

大学の講義で、習ったことがある。十八世紀のロンドン貧民街の様子を描いた銅版画、風刺画だ。

当時、安くて粗悪なジンが大量に売られ、下流階層の間で中毒者が続出、深刻な社会問題だった。ある年には、一万人近い子供がジン中毒で死んでいる。そのほとんどが、子供を静かにさせるために親が飲ませていたものだという。――。

あれ？

なんだろう、まさに同じようなことを、口にした記憶がある。そんな昔ではない。

いつだったろう？

その記憶が蘇ったのは、ティーカップを引き寄せたときだった。

あ、そうだ。あのときだ。いつかの、オーディション。

〝殺人鬼フジコ〟の再現ドラマの、出演者オーディション。

そう、小川ルミこと藤原留美子と初めて会った日だ。彼女はオーディションを受けにきた一人だった。

そして、彼女の隣に座っていた中堅女優の佐藤峰子《さとうみねこ》の前に置いてあったマッチ。そこに描かれていたのが、まさにウィリアム・ホガースの〝ジン横丁〟だった。

あれは……スナックのマッチだった。

「どうか、されましたか？」

瀬川みどりの顔が、唐突に視界に現れた。

サツキは、はっと、意識を戻した。

「あ、いいえ。……で、満知子さんは、その後、ロンドンから戻ってきたんですね」

「はい。もう、取り繕うのに大変でしたよ。ロンドンにいる満知子さんの友人が急病になって、着の身着のままで満知子さんはロンドンに行ったみたい……と、母と兄には言ってみたんですが。兄は単純なので私の即席の作り話を信じたようですが、母は案の定、信じませんでしたね。ロンドンから戻った満知子さんを、それまで以上にいじめていたみたいです。そのいじめが過ぎたのか、満知子さんは、本当に家を出てしまいました。満知子さんがいなくなって一ヵ月後、届いた手紙が、これです」

〈失踪後、瀬川満知子から届いた手紙〉

今、どこにいるかは明かすことはできません。封筒の消印を当てにしても無駄です。通りすがりの人に頼んで、適当な場所から投函するように頼むつもりです。ですから、その人が親切な人でなければ、この手紙はあなたのところに届いていないかもしれません。

もし、この手紙が届いたならば、読んだらすぐに捨ててください。夫にも娘にも、そしてなによりお義母《かあ》さんには見つからないように、お願いします。

私はただ、自分の安否を知らせたかっただけです。

私は無事です。安心してください。

私は、愛する人と一緒にいます。そうです。ロンドンに逃避行しようとした、彼です。彼が、ようやく迎えに来てくれたのです。この人からは、もう、離れることはできません。愛しているんです。殺されたってかまいません。

私を、あの地獄のような家から救い出してくれた、たった一人の人です。私は、彼についていく覚悟です。それが、新たな地獄であったとしても、あの家に戻るよりは、数倍もマシです。

ですから、私のことは心配しないでください。

私のことは、死んだものとしてください。

ああ、それと。

あなたが褒《ほ》めてくれた、一点物の加賀友禅《ゆうぜん》の留袖《とめそで》。あれを、差し上げます。他にも、好きなものがあれば、どうぞ、もらってください。

もう、私はそこに帰ることはないのですから。

＋

それは、短い手紙だった。書かれた用紙も、便箋《びんせん》ではなくてノートを破ったものだった。

サツキは、その封筒の消印を確認してみた。

小田原市。

「その手紙を読んで、私、もう満知子さんはこの世にいないんじゃないかと思ったんです。明らかに、遺書ですよね？」

瀬川みどりの問いに、サツキは、

「ええ、そうですね」

と、同意した。

「でも、その手紙にも、相手が誰なのか、でてきません。それに、手紙にあるように消印もあてにならない。万事休す。そう思っていたところ、下田健太と藤原留美子が逮捕されたんです。

その事件の内容が詳《つまび》らかになったとき、正体不明の被害者〝ハヤシダ〟というのは、満知子さんのことではないかと、私、母に言ってみたのです。そしたら、母は物凄い剣幕で、それを否定しました。そりゃ、そうですよ。だって、その〝ハヤシダ〟という人物は、殺人と死体遺棄に深く関与しているんでしょう？　そんな人が瀬川家の嫁と同一人物であるわけにはいかない、なにより、孫の将来に傷がつく、……母はそう考えたんでしょうね。

だから、私にもきつく、口止めしました。

でも、ご近所の噂まで止めることはできない。私が言わなくても、この辺の人は、そう噂してますよ。〝ハヤシダ〟は、満知子さんだって。あの女が流しているんです。あの、土屋雅美って人。あの人、下田健太を満知子さんにとられて、悔しいんでしょうね。……でも、残念なことに、証拠はありません。この二通の手紙にも、〝下田健太〟の名前は出てきません。だから、雅美は、テレビ関係者のあなたに、情報を流したんでしょうね。ほんとうに、性根のネジまがった女です。これだから、貧乏人は、いやなんです。人の足を引っ張ることしか考えてないんですから」

「あなたは、どうなってほしいと思いますか？」

サツキが問うと、みどりは、小首を傾げた。

「どういう意味でしょうか」

「あなたが、私をここに招き入れて、そして、満知子さんの手紙を見せてくれたということは、なにかしらのアクションを期待してのことですよね？」

「ええ、まあ」

みどりは、曖昧《あいまい》な笑みを浮かべた。そして、

「私、あの人の加賀友禅を羨ましがったことなんてないですよ」

と、表情を歪《ゆが》めた。

「好きなものがあったら、どうぞもらってください？　……笑っちゃうわ。満知子さんが持っているものを、私が欲しがるはずないじゃないですか。お世辞言っただけなのに。それを真に受けてしまったのね。そういうところにも、育ちがでてしまうんでしょうか。……ほんと、笑っちゃう」

そして、みどりは、紅茶を飲み干すと、これ見よがしに、テーブルの上を片付けはじめた。その様は、瀬川夫人をそのままトレースしたようだった。サツキは自分に出された紅茶を一口だけ飲むと、カップを自らみどりに渡した。

20

どうしてこんなことになったのか。

村木里佳子は、隣を見た。

隣の運転席に座るのは、下田健太。雑誌に載った写真しか見たことがなかったが、実際に見ると、写真から得られる印象とはだいぶ異なっている。

写真では、まさにいやったらしい詐欺師。そのにやけ面が、ことさら薄気味悪い。

が、こうやって見ると、物静かな、紳士だ。今年で五十歳だったと記憶しているが、もっと若く見える。だからといって若作りというわけではなく、その服装はむしろ、地味だった。

「もう少しで、隣町です」

その声も低く落ち着いている。イントネーションも完璧な標準語で、ニュースキャスターが読むニュースをなんの疑いもなく信用してしまうように、絶対的な信頼感がある。

なるほど。これだったら、人はころっと騙されてしまうかもしれない。下田健太はリンチ殺人の件では無罪を言い渡されたが、彼が人を騙して利益を貪《むさぼ》ったのは、事実だ。

里佳子は、姿勢を正すと、さらなる警戒心で体中を硬くした。

「しかし、田舎はいやですね。お金を下ろすのだって、こうやって車を使わなきゃいけない」

下田が言う通り、今、里佳子はATMがあるという、隣町に向かっている。

なんで、こんな流れになったのかは、今となっては、よく覚えていない。ただ、朝食を食べ終わると、下田健太は言った。

「じゃ、僕が、車で連れて行ってあげますよ」

そして、今。期せずして、ふたりきりになった。これほどのチャンスがあるだろうか。今こそ、いろいろと聞き出すチャンスじゃないか。しかし、そう気負えば気負うほど、緊張で唇が萎縮《いしゅく》する。

「いつ――」

言葉も、うまく扱えない。里佳子は喉に力を込めた。

「いつから、あの部屋に？」

「到着したのは、午前二時ぐらいかな。でも、参りましたよ。玄関ドアを開けたら、お袋だけじゃなくて、近所の連中も仁王立ちで僕のことを待っていた。それからは、説教大会。まさに、多勢に無勢」

「ああ、じゃ、あの声は――」タカダさんではなかったのか。

「あ、もしかして、聞いてました？　そりゃそうですよね、あんな大声でまくしたてられたら、起きちゃいますよね。まったく、あの連中はしつこいんだ。使命だ菩薩だ光だ……って。お袋なんか、すっかり、あの宗教の虜《とりこ》だから、本当に、手が付けられない。僕が物心ついた頃から、もうずっとですよ。三度の飯より、信心、そして勤行《ごんぎょう》。それを僕にも強《し》いるものですから、僕、いやになりまして、十七歳のときに、家を出たんです。だって、僕が勤行をさぼると、首を絞めるんですよ。まったく、今でいう、虐待だ。そう、僕は、たえず、お袋の暴力に怯《おび》えていた。

お袋は、よく、十八世紀の銅版画を広げて、このままではこんな地獄に陥ってしまう、そうなる前に改心しなさい、なんて、人に説教してましたけどね。……あの絵はなんていったかな。……ジン横丁だったかな。酔っ払いたちの絵ですよ。でも、その絵に描かれた、子供を殺そうとしている酔っ払いの女こそが、僕のお袋だ。昨夜だって、僕が反論したら、いきなり首を絞めてきて。……殺されるかと思った」

気が付けば、下田健太がとても重要なことを話している。これは、きっとスクープだ。里佳子は、カバンの中を探りはじめた。しかし、目当てのボイスレコーダーがなかなか見つからない。その間にも、下田健太の話はどんどん進んでいく。

「お袋の影響から逃れるためだけに、今までの僕の人生はあったようなものです。でも、僕もいけないんです。だって、今回のように、結局はお袋のもとに戻ってきてしまうんですから。これも、マザコンの一種なんでしょうね」

待って、その話、ちょっと待って。ボイスレコーダーを捜し当てるまで、ちょっと待って！　里佳子は喉の奥で叫んだが、しかし、下田健太は続けた。

「僕が好きになる女性も、どこか、お袋と似た人ばかりだ。僕の初恋の人も……お袋にそっくりだった。まるで、生き写しだった。ほんとうに、我ながら、いやになります」

あった。里佳子の手に、ようやくボイスレコーダーが当たった。しかし、

「交換日記」

下田健太は、出し抜けにそんなことを言った。

「へ？」

里佳子の声が、おもしろいように裏返る。そして、せっかく捜し当てたボイスレコーダーを、再び見失う。

「交換日記が、どうかしたんですか？」

下田の顔が、こちらに向けられた。

「え？」里佳子は、喉に力を込めると、ひっくり返った声をなんとか元に戻した。

「いえ、今朝、あなたとお袋が話しているのを、ちょっと聞いちゃいまして」

「はあ」

「ああ、言いたくなければ、言わなくていいですよ」

「いえ。大したことじゃないんです。……高校生の頃、クラスメイトと交換日記をしていたんですが。……いえ、私がはじめようと言ったんではなくて、その子から誘ってきたんです。そんなに話したことのない相手でしたので、最初は断ったんですが、結局、引き受けてしまいました。その子と私、成績が拮抗《きっこう》してましてね。その子の勉強の進み具合を知りたいという下心もありまして。また、その頃、親友とちょっと喧嘩してまして。その親友に当てつける意味もあったんです」

私はなにをべらべらとしゃべっているのだろう。これでは、まるで逆じゃないか。私のほうが、しゃべらされている。本来は、私が、この男から情報を聞き出さなくてはならないのに。……でも、止まらなかった。

「でも、結局は、その交換日記にのめりこんでいったのは私のほうでした。私は、まるで鬱憤《うっぷん》を晴らすように、その日記に愚痴とか悪口を吐き散らしました。悪口の対象は、喧嘩中の親友です。私、ちょうどその頃、ダイエットに成功しましてね。ちょっといい感じになったんです。男子たちからもアプローチされたりして。それをきっかけに、その親友が私と距離を置きはじめたんです。いわゆる、シカトというやつです。それが悔しくて悲しくて、私、その子の悪口を毎日のように日記に書いていたんです。そしたら――」

「そしたら？」

「その悪口がクラス中に広がって、私、みんなに激しく非難されました。そして、女子の総スカンを食らいました。私、交換日記をしていた相手の子を恨《うら》みました。だって、日記の内容をクラス中に広めたのは、その子に間違いなかったから。それで、私――」

「それで？」

「日記に書かれていたその子の秘密を、クラス中にバラしました」

「秘密？」

「はい。交換日記は、はじめはお互いに勉強の進み具合を探るのが目的でしたが、いつのまにか、本音を語り合ったり、秘密を打ち明けたりする場になっていったんです。だから、その相手の子も、秘密を――」

「どんな、秘密？」

「言えません。ええ、決して他言してはいけない秘密です。……なのに、私」

「秘密をばらされて、その子は自殺した？」

「え？」

「いえ、そう考えるのが自然だと思って。あなたが、いまだに思い悩んでいるところから、贖罪《しょくざい》することができない状態なのだろうと。と、いうことは、相手は、もうこの世にいない……と考えただけです」

「おっしゃる通りです。その子は、その秘密をバラされて、自殺しました。私が、殺したようなも――」

　里佳子は、言葉を飲み込んだ。これ以上言葉を発すれば、必ず、子供のように泣いてしまう。実際、涙はもうそこまで来ていた。

「その親友は、どうしたの？」しかし、下田は、意外なことを言った。「その親友とは、その後は？」

「私を慰めてくれました。私、あの子の悪口をあんなに書きまくったのに。酷《ひど》いこと、たくさん言ったのに。でも、あの子はすべて許してくれて、再び、私の親友になってくれました」

「へー」

「あの子には、本当に頭が上がらない。でも、本音をいえば、それが、私にとっては重荷でもありました。あの子は、私なんかよりうんときれいで、男子からもうんともてて、性格もよくて、なにひとつ、かなわない。しかも、交換日記の件で、私は、その子に大きな借りを作ってしまいました。一生かかっても返せない、借りです。だから、一緒の大学に行こうと誘われたとき、私、素直にうんと言えなかった。高校を卒業しても、私はこの子に対する友情とコンプレックスと支配に悩まされるのかと思ったら、私の将来が真っ暗に思えてきたんです。だから、私、それこそ死に物狂いで勉強しました。あの子の偏差値では手の届かない大学に逃げ込むことしか、私の道はないと思ったんです」

「逃げ込むことには、成功しましたか？」

「はい。でも、完全に逃げられませんでしたけれど。それから、ずるずると、付き合いは続きましたから。一昨日《おととい》だって、わざわざ私のほうから会いに行きました」

「なるほどね。実に分かりやすい事例だな」

「え？」

「親友の悪口を書いた日記を晒《さら》したのは、まさに、その親友ってことですよ」

「え？」

「あなたと交換日記の相手の間に芽生えた友情を破壊するために、その親友がやったんですよ。よくある手口です」

「そんな、まさか」

「ターゲットが孤立するようにその人間関係をずたずたに破壊する。そして、孤立したターゲットに親切面《づら》で近づいて、徹底的に支配しようとするんです」

「そんな、まさか」里佳子は、繰り返した。

「人を支配するというのは、この上ない快楽ですよ。なにしろ、自分の思うように、人が動くんですからね。まさに、神の視点です。この味をしめた者は、もう人を支配しないではいられない。どんな人権屋も、平和主義を気取る人も、この美味から逃れることはできないんです」

「そんな、まさ――」

「間違いないですよ。あなた、はめられたんですよ。その親友に」

　車のスピードが上がった。

「僕にも経験がありますよ。それまで人の顔色をうかがうだけのいじめられっ子だったのに、〝役割〟を与えられたとたん、世界が変わったんです。人を支配する味を知ったんです」

　車窓の外を流れる景色は、ひどく寂しい。対向車は一台もなく、民家もない。針葉樹の黒いシルエットが延々と続くのみだ。

　いったい、ここはどこなのだろう？

　里佳子の心臓が、不安と恐怖で、きゅっきゅっと締め付けられる。

　運転席の下田健太を見ると、その表情は笑っているようにも見えるし、怒っているようにも見えた。

それは、きっと、殺人者の顔だ。

里佳子は、今更ながらに、激しく後悔した。

そうだ。この男は、七人を死に追いやった殺人鬼なのかもしれないのに。

どうして私は、そんな男が運転する車に乗ってしまったのだろう。

車内に響き渡るほど、里佳子の心臓が激しく鳴る。里佳子はじっとりと濡《ぬ》れた手を握りしめた。

21

吉永サツキは、自宅に戻っていた。

そして、ネットからダウンロードしたウィリアム・ホガースの〝ジン横丁〟をもう三十分も眺めていた。

相変わらず、薄気味の悪い絵だ。

サツキは、紙をデスクに広げると、今までつかんだ情報を書き殴っていった。そして、最後に、〝ジン横丁〟と書き加えた。

気になる。なにがどうというのではないが、なにか気になる。一度気になったら、止められない。

サッキは、携帯電話を手に取った。

「サツキちゃん？　どうしたの」

電話の相手は、中堅女優の佐藤峰子だった。〝ジン横丁〟のマッチを持っていた張本人だ。

サツキは、単刀直入に切り出した。

「峰子さん、あのマッチのことなんだけど」

「なによ、藪《やぶ》から棒に」

「だから、あのマッチ」

「なんの、マッチ？」

「いつだったか、殺人鬼フジコの再現ドラマのオーディション、しましたよね？　確か、あれは、……二〇〇九年」

「二〇〇九年？　もう、四年前の話じゃない」

「覚えてませんか？　峰子さん、どこかのスナックのマッチを持ってましたよね？　白黒で、薄気味の悪い絵がプリントされている」

「薄気味悪い絵？」

「そう。〝ジン横丁〟っていうタイトルの絵なんですが」

「ああ！　ジン横丁」

「思い出しました？」

「というか、それ、スナックの名前よ。撮影で、何度か行ったことがある。成田さんの行きつけの店よ」

「成田……さんの？」

「そう。再現ドラマで、スナックとかバーが舞台のときは、たいがい、あそこを使っているんじゃないかしら。ルミちゃんも、よく行っていたみたいよ」

「小川ルミ？」藤原留美子のことだ。サツキは、携帯を持つ手に力を込めた。

「そう。小川ルミ。……ああ、なんだか、思い出してきた。あのマッチ。そう、あのマッチは、小川ルミに借りたものだったわ。そうそう、借りたまま、私が使い切ってしまったけれど。……というか、サツキちゃん、もしかして、あの事件のことを追っているの？」

その問いに言葉を濁していると、

「それにしても、ルミちゃんも、気の毒よね。まあ、本人も両親を殺害しているんだから、自業自得なのかもしれないけれど。それにしても、なんだって、あんなことになったのかしらね。今だから言うけど、私、ルミちゃんのこと、嫌いだったのよ。だって、あの子、枕営業しているって噂があって。実際、いい役、結構もらってたでしょう？　再現ドラマでいい役もらっても……とも思うんだけど、でも、再現ドラマですら、役をもらえない人はたくさんいるわけよ。ルミちゃんよりも実績もあって上手い人なんてたくさんいたのに、みんなルミちゃんにもっていかれる。ルミちゃん、男好きのする顔だったもんね。男からすると、放っておけないタイプなんだろうね。そうそう、週刊誌で読んだんだけど、ルミちゃん、子供、産んでたんだって？　父親は分からないって書いてあったけど。……時期からいって、成田さんが父親なんじゃないかと思うのよ、私。それにね――」

小川ルミの名前がでてきたとたん、佐藤峰子は饒舌《じょうぜつ》になった。こちらから掛けたにもかかわらず、サツキは用を思い出したと一方的に電話を切った。

いや、用事があるのは、本当だった。やらなくてはならないことは、山ほどある。

もう、時間がない。

とにかく、情報を手繰《たぐ》り寄せなければ。それが、どんなに無関係だと思えるものでも、目を凝らせば、何かが見えてくるはずだ。

でも、次はなにをすればいい？　何をさぐればいい？

サツキは、パソコンのディスプレイに表示された〝ジン横丁〟を再び、眺めた。

あ、そうか。

小川ルミこと藤原留美子が下田健太と出会うきっかけとなったのは、いきつけのスナックのママに連れて行かれたセミナーだったはずだ。

そのスナックというのが、〝ジン横丁〟なのかもしれない。


「ええ。そうですよ。小川ルミ……藤原留美子さんは、うちのお客さんでしたよ」

そう言ったのは、紫に染めた白髪を金色のカチューシャでまとめ、トレーナーをもっさりと着た、初老の女性だった。

川崎にあるこのスナックにたどり着くには、それほどの時間は要さなかった。ここを教えてくれたのは、フリーディレクターの成田。彼のお蔭で、まだ日があるうちに、スナックのカウンターに座ることができた。

サツキは、改めて、質問した。

「小川ルミこと藤原留美子は、ここに来ていたんですか？」

〈スナック・ジン横丁のママの証言〉


ええ。そうですよ。小川ルミ……藤原留美子さんは、うちのお客さんでした。

あれは、二〇〇九年の秋でしたでしょうか。

テレビ番組の制作会社から連絡がありまして。わたしの店を再現ドラマで使わせてくれって。

〝テレビ人生劇場〟っていう番組です。

実際に起きた事件を再現ドラマとコメンテーターの討論でおもしろおかしく紹介するという生放送。そうそう、〝低俗番組〟の烙印《らくいん》を押された、あの番組です。わたしは好きなんですけどね。あれ、もうすぐ終わっちゃうんでしょう？　残念ね。

で、その日、留美子さんが再現ドラマの役者として、うちの店に来たんです。テレビでは何度か見た顔だったんで、すぐに分かりました。

テレビで見ると、ぱっとしない地味な人だなって思っていたんですが、実物は、結構、きれいでしたよ。さすがは女優さん、やっぱり、一般の人とはどこか違いますね。妙な色気もありましたしね。……なんていうんでしょうかね、悪い虫を無防備に近づける色気っていうんでしょうかね。きっと、あの人、今までにも相当、男で失敗しているんじゃないですか。

そのとき、とある若い俳優さんも一緒だったんですが、彼も、留美子さんの色気にやられちゃった感じでしたね。撮影が終わっても帰らないで、ぐずぐずと、いつまでも居残って。で、留美子さんが酔っぱらうと、送っていくよと言いながら、留美子さんを連れて店を出て行ったのですが。……まあ、たぶん、その後は、そういうことになったんじゃないですか。

その俳優さんですか？　ええ、今ではすっかり売れっ子のあの俳優ですよ。うちに来たときは、まだまだひよっこの舌足らずでしたが、よくもまあ、あそこまで出世したものです。

それから二ヵ月ほど経った頃、……そう、二〇〇九年の暮れ、留美子さんがうちの店に来たんです。もうすっかり、衰弱していて。顔色も真っ青でしたね。ほんとうに、具合が悪そうだった。

だから、わたし、元気づけようと思って、セミナーに誘ったんですよ。

ああ、あの頃のわたしは、どうかしていましたね。ほんとうに、なにか、悪い夢を見ているようでしたよ。

実はね、わたし、当時、ある新興宗教にハマってまして。ええ、そうです。Q教団。入信して日も浅かったものですから、なんというか、わたし、ちょっとはしゃぎ気味だったんです。いわゆる、躁《そう》状態ですね。

どうして、わたしが入信したかというと、お客さんの勧誘がきっかけでした。

当時わたしは、悪いこと続きで。

夫が癌《がん》で亡くなり、一人娘も乳癌が発覚して、私自身も、体調がよくありませんでした。それでも、生活費を稼がなきゃいけないってことで、ここを借りて、スナックをはじめたんです。幸い、夫の死亡保険が入りましたので、それを開店費用にあてました。

でも、全然、お客様が入らなくて。開店したはいいけれど、赤字続き。借金ばかり増えてしまって、もう八方塞《ふさ》がりでした。そんなときですよ。お客さんが、セミナーに誘ったんです。セミナーに行ってなにか押し売りされたらいやだな……とはじめは警戒していたんですが、そのお客さんがあまりにも熱心なので、とうとう行くことになりました。

そのセミナーのすごいこと。その熱気にやられて、わたし、その場で入信を決意してしまいました。

心が弱っているときは、ああいう熱気は毒ですね。正常な判断ができなくなる。それどころか、こんな素晴らしい世界があったのかと、感動で泣きじゃくってました。

その後のわたしは、正常な判断というのがまったくできなくなっていました。

店名がいけない、だから店が流行《はや》らないのだと言われれば店名を変え、布施の志を見せろと言われればお金を振り込み、徳を積めと言われればセミナーに人を連れて行きました。

なんなんでしょうね。あの頃のわたしは。まるで、意志のない操り人形ですよ。いえ、正確には、意志はあります。だって、あのとき、心がとても満たされていたのは間違いありませんから。〝使命感〟という名の下、自分は世界を救う菩薩《ぼさつ》なのだと、なんともいえない歓喜に酔っていました。信心してない人が低俗なバカに見えるほどでした。そう、わたしは、まるで強いお酒を飲んだときのように、ハイテンションになっていたんです。

そんな流れで、わたしは、留美子さんをセミナーに誘いました。

そのときは、本当に、留美子さんを救いたいと思ったんです。

しかし、奇遇です。後で知ったことなんですが、留美子さん、〝殺人鬼フジコ〟の役をやっていたんですってね。そのドラマはお蔵入りになったらしいですが、それを知ったとき、この偶然に、なにか縁を感じてしまいました。……あの頃のわたしは、なんでもかんでも、〝縁〟という言葉を使って、それにむりやり意味を見出そうとしたものです。これも、教団の影響ですね。

でも、やっぱり、〝縁〟かもしれません。

留美子さんを連れて行ったセミナーには、茂子様もいらっしゃいましたから。

……あら、いけない。茂子様って。いまだに、抜けないんですよ、当時の癖が。茂子様は、教祖先生直参《じきさん》の大変位の高い幹部様でしたので、今でも、そのお名前を出すときは、つい、敬称をつけてしまいます。

……脱会してもう二年も経つのに、まだ、わたし、呪縛《じゅばく》がとけないんでしょうかね。

……情けないことです。

茂子……さんは、そのとき、息子も連れてきていました。そうです。その息子こそが、下田健太です。

しかし、下田健太は、入信しているわけではありませんでした。むしろ、教団を毛嫌いしていたはずです。なにか、危ない仕事をしているとか、借金がたくさんあるとか、そんな噂もありましたね。とにかく、茂子……さんにとっては、不肖《ふしょう》の息子だったわけです。

たぶん、改心させようと、セミナーに連れてきたんでしょうね。

しかし、そのセミナーが終わる頃には、下田健太は会場にはいませんでした。そして、私が連れてきた留美子さんも。

あのふたりがどのような経緯でねんごろになったのか、その詳細は知りませんが、あのセミナー会場で出会ったのは間違いないと思います。

殺人鬼フジコの従弟と、殺人鬼フジコを演じた女優、その二人が出会って深い仲になる……というのは、やはり、〝縁〟を感じませんか？

え？　わたしが脱会した理由ですか？

乳癌を患っていた娘が、死んだんです。娘の回復を願って入信したのに、結局、なんの功徳《くどく》もなかったのです。

娘の葬式のとき、教団は無理やり教団流の葬式をしようとしました。娘は、散骨してほしいと遺書にも託していたのに、それを一切無視して。そのとき、目が覚めたのです。

わたしは、その場で、脱会しました。

しかし、いまだに、悪夢を見るんです。

お布施をしなくてはいけない、でなければ、地獄に堕ちる、体を八つ裂きにされる。

………。

わたしは、まだ、洗脳から解けていないようです。この洗脳は、もしかしたら、一生、解けないのかもしれませんね。

22

心臓が、痛いほどに悲鳴を上げる。

村木里佳子は、口を押さえた。このままでは、比喩《ひゆ》ではなくて、本当に口から心臓が出てきそうだ。

車窓の外は、どんどん暗く寂しくなる一方だった。日はまだまだあるはずなのに、深夜のような静寂。

里佳子は、運転席の下田を見た。

この男の口がきつく閉じられてから、どのぐらい経つだろうか。物腰の柔らかい紳士的な印象はすでになく、そこにいるのは、殺人鬼の空気をまとった得体の知れない男だった。

恐怖が、細胞の隅々を縮み上がらせる。顔はかっかと耐えられないほど熱いのに、体は氷水に入ったかのように、冷たく痺《しび》れている。

どうすればいい？

どうすればいい？

どうすればいい？

どうすれば、この危機を回避できる？

とにかく、この男を怒らせないことだ。それしかない。でなければ、……殺される。

車が、ゆっくりと止まる。

そこは、人の気配どころか、鳥の鳴き声さえしない、奥深い森だった。

下田の顔が、こちらに向けられる。

里佳子は、口の中で呪文のように繰り返した。

この男を怒らせてはいけない。

この男を怒らせては――。

下田は自身のシートベルトをはずすと、里佳子の上に覆いかぶさってきた。しかし、里佳子のシートベルトはそのままに、座席を倒した。

その後、何が行われるのかは、容易に推測できた。

声を出そうと思えば出せるかもしれない。

しかし、里佳子は、呟き続けた。


この男を怒らせてはいけない。

この男を怒らせてはいけない。

この男を怒らせてはいけない。

この男を怒らせてはいけない。

その呟きは、シートベルト以上に、里佳子の体を、そして思考を縛り付けた。

下田の手が、荒々しく、里佳子のジーンズを下着ごと引きおろす。そして、里佳子の足の間に自身の下半身をすっぽりおさめると、性器を無理やり捻《ね》じ込む。

それでも、里佳子は、呟き続けた。

この男を怒らせてはいけない。
この男を怒らせてはいけない。
この男を怒らせてはいけない。
この男を怒らせてはいけない。

体がふと軽くなる。

下田の射精がようやく終わったようだ。

下田は里佳子の体から離れると、平然と、運転席に戻った。

里佳子は、ふうぅと、体の力を抜いた。

助かった。

でも、まだ、油断はならない。この男の殺意がいつ爆発するか分からない。

里佳子は、呼吸も控えめに、足首でからまる下着とジーンズを静かに穿《は》いた。

下着とジーンズは、男が吐き出した精液の名残で、湿っている。それは、里佳子に屈辱を呼び起こしたが、それでも、里佳子は男の気分に障らないように、倒された座席を元の位置に戻した。

車が、ゆっくりと走り出す。

里佳子は、それだけが自身を救う唯一の武器とばかりに、繰り返す。


この男を怒らせてはいけない。

この男を怒らせてはいけない。

この男を怒らせてはいけない。

この男を怒らせてはいけない。


視界が明るくなった。見ると、前方に、市街が広がっている。

「あと、十分もすれば、ＡＴＭにつきます」

下田が、久しぶりに口を開いた。

なんて応えればいいのだろう。

まだ心臓は激しく暴れまわり、体は冷たい。

「あ……ありがとうございます」

それは、自分でも驚くような言葉だった。なにがありがたいものか。なにが、なにが、なにが！

しかし、里佳子は、さらに言った。

「私のために、いろいろと、……ありがとうございます」

そして、下田が予告した通り、その十分後、車はATMの前で止まった。

里佳子は、ゆっくりと、シートベルトをはずした。

にもかかわらず、なかなかそこを動けない。何年も牢につながれた囚人のようだと思った。突然足枷《あしかせ》を外されても、歩き方を忘れている。囚人はようやく解放されたというのに、結局、牢の中にとどまることを選ぶのだろう。

しかし、自分は囚人ではない。むしろ、被害者だ。助けを乞う権利がある。

里佳子は、ぎしぎしと軋む体を座席からはがすと、車体の外に出た。

しかし、足がよろめいて、うまく立てない。

「今日も、泊まっていってください。ここでお待ちしています」

下田が、車窓から顔を出して、叫んだ。その唇が、まるで支配者のように、自信満々に笑っている。
いやだ。もう帰りたい。帰りたい、帰りたい！
そして、里佳子は、駆け出した。

しかし、その五分後、里佳子は下田が待つ車に戻ってきた。

この男を怒らせてはいけない。
この男を怒らせてはいけない。
この男を怒らせてはいけない。
この男を怒らせてはいけない。

そう呟きながら、再び、車に乗り込んだ。

23

もう、こんな時間。午後八時五分。

タクシーの後部座席で、吉永サツキは、鈍い息を吐き出した。

今日一日、とりあえずはあちこちと動いてみた。しかし、我ながらとりとめのない動きだと、情けなくなる。

そもそも、こういう取材には慣れていない。だから、核心までの近道というのが、どうも分からない。これがベテランのジャーナリストなら、無駄のない的確な道のりを選択するのだろう。一方、自分は、全然関係ない道を疾走しているのではないだろうか。コースだと思ったその道は、実はけもの道で、気が付けば、まったく見当違いな場所に放り出されるのではないか。

そんな不安が、先程からサツキの足を小刻みに揺らしていた。

まったく。あれが計画通りにちゃんと機能していれば、こんなに無闇に体を疲労させることもなかっただろうに。

それでも、一時は、なにかヒントらしきものを見つけたような気がした。

それは、どの時点だっただろうか。

サツキは、手帳を開いた。そこには、今日の行動と、そのときに拾った情報が書き込まれている。

瀬川満知子。

サツキは、その指をその名前の上に置いた。

そうだ、瀬川満知子。

彼女が、ハヤシダだと立証できれば、あるいは道は拓《ひら》かれるかもしれない。そのためには、瀬川満知子の情事の相手が下田健太であることを証明しなければならない。

どうやって証明する？

自宅に戻ると、サツキは、デスクに放りっぱなしのプリントの束を手に取った。満知子のブログの内容を印刷したものだ。

この中にヒントが隠されていないだろうか。

この中に――。

「あ」

サツキは、その部分に指を置いた。

――私は、彼の右肩の黒子をそっと愛撫した。黒子から冗談のように伸びる黒々とした一本の毛が、舌にちくちくと痛い。

右肩にある、毛の生えた黒子。

この身体的特徴が確認できれば、立証できるかもしれない。

でも、どうやって？　当の下田健太の居場所はいまだ不明だ。

なら、あの母親に訊く？　あなたの息子さんの右肩に、黒子はありますか？　と。

サツキがあれこれと思考を巡らしていると、携帯電話が鳴った。

Gテレビのエンジニアからだった。

「復旧しました」

その声に、サツキは、思わず、小躍《こおど》りした。

「で、どんな感じ？」

「それが、……結構深刻なことになっています」

「どういうこと？」

「ですから……」

「分かった。すぐにそっちに行く」

「それとも、お送りしましょうか、そちらに」

「できるの？」

「まあ、少々、タイムラグはありますが」

6章　インタビュー　五日目

24

二月二十四日日曜日、午前十一時。

月刊グローブの副編集長、井崎智彦は、その電話を終えると、舌打ちした。

舌打ちというには大きすぎるその音は、室内の隅々まで響く。しかし、今日は、日曜日。出勤している者はほとんどなく、グラビア担当の編集がひとり、ちらりとこちらを見ただけだった。

あと、もうひとつ、強い視線がこちらに飛んできた。

編集長だ。休日出勤など珍しい。仕事より家庭を優先するこのマイホームパパ編集長は、どんなに編集部が修羅場でも、家庭サービスを口実に、休日はきっちり休んでいる。

しかし、今回に限っては、こうやっていそいそと出勤してきている。その理由は、いうまでもなく、下田茂子のインタビューだ。この目玉記事は、まさに、編集長の首がかかっている。どんなマイホームパパであったとしても、その首を切られたら愛する家族を養ってはいけない。

「どうした？　下田茂子からか？」

編集長の問いに、

「はい。茂子からです。今日も、インタビューを中止にしてほしいと」

あちゃー。編集長はおどけたふうに体を仰け反らせたが、その目にはおどけなどひとつもない。

「まさか、うちだけ中止なんてことはないだろうな？　他にはインタビューさせて、うちだけ蚊帳《かや》の外、ということじゃ？」

言いながら、編集長は慌てた様子で、ノートパソコンを覗《のぞ》き込んだ。

「どうでしょうね。もしかしたら、そういうこともあるかもしれませんね」

あちゃー。編集長が、再び、体を仰け反らせる。

「それにしても、編集長。このインタビューは、うちの独占だったんですよね？」

「うん、そうだ」編集長は仰け反らせた体を元の位置に戻すと、言った。「確かに、あの代理人は、そう言ったぞ。独占だって」

「その代理人って、……誰なんでしょうね？」

井崎の問いに、編集長は素《す》っ頓狂《とんきょう》な声を上げた。

「代理人といえば、……弁護士のことだろう、普通」

「弁護士……」

しかし、裁判のとき、下田健太の弁護団は、国選だった。つまり、私選弁護人を雇う余裕はなかったということだ。なのに、茂子に顧問弁護士がいるとは、考えにくい。それとも、この話題に乗じて、売名目的の弁護士が無償で茂子側についたのか。

いずれにしても、そんな〝代理人〟の影など、茂子の周辺からはひとつも感じられなかった。

そのことを編集長に言おうとしたが、編集長はすでにパソコン画面に齧《かじ》りついている。さっきからずっとそうだ。いったい、何を見ているというのか。

「それにしても、村木さんは大丈夫なんだろうか？」

独り言のつもりが、編集長にはしっかり聞かれていた。

「うん。大丈夫だ。心配ない」

なにを根拠にそう太鼓判を押すのか分からないが、編集長はパソコン画面を見ながら自信たっぷりにそう言うと、欠伸《あくび》を飲み込んだ。

まったく、呑気《のんき》なものだ。

「でも、昨日からまったく、連絡がつかないんですけど。携帯もつながらないし。今日、インタビューが中止になったことも、伝えておかないと」

「下田茂子のほうから、伝えてんだろう」

「え、じゃ、昨日も、茂子の部屋に泊まったんですか？　あいつ」

「みたいだな」

「でも、さっきの電話では、茂子さん、そんなこと一言も……」

「大丈夫、大丈夫。村木は大丈夫だ。だから、お前は、自分の仕事をしろ」

自分の仕事と言われて、井崎は、吉永サツキのことを思い出した。

そうだ。あの人にも、連絡入れておかないと。

「今日のインタビュー、中止だって？」

しかし、吉永サツキはすでにその情報を摑んでいた。下田茂子が彼女にも連絡を入れたらしい。

「本当に、あの茂子という人は、なにを考えているのかしら。やっぱり、インタビューなんて受ける気はさらさらないのね」

「でも、控訴期限まで、あと、三日だぜ？」

「今日を入れて、まだ四日ある。この四日のうちに、必ず、証拠を掴むわ。証拠を掴んで、及び腰の検察に叩きつけてやる」

「なにか、アテでもあるのか？」

「……まあ、ちょっとね」

「今、どこにいるの？　会える？」

「うん……。ちょっと」

サツキは、言葉を濁《にご》らせたまま、電話を切った。

やはり、彼女は、なにかネタを掴んでいる。そして、それを隠している。協定関係を結んだはずなのに、これだから女は信用できないんだ。

「そっちがその気なら」

井崎は、パソコンを立ち上げた。

吉永サツキは、殺人鬼フジコこと、旧姓森沢藤子のことに拘《こだわ》っていた。下田健太の従姉で、一時は一緒に住んでいた女だ。

吉永サツキが、なにかネタを掴んでいるとしたら、森沢藤子に関連している何かだろう。

「しかし、どっから調べればいいんだろう？」

まずは、ネット辞典サイトだろうか。井崎はマウスを握りしめた。

〈殺人鬼フジコ〉

（生い立ちと犯罪歴）

家族は、父の森沢遼一、母の森沢慶子、そして、妹の沙織。父は外車の中古車販売を手掛けており、わりと裕福な生活を送っていた。

1971年10月26日、両親と妹が、何者かによって惨殺され（高津区一家惨殺事件）、藤子だけが生き残る。藤子が11歳のときである。

同年、母方の叔母であるSに引き取られ、静岡県Q市に移り住む。――――。

井崎は、ネットや雑誌データベースで調べた情報を、紙にまとめてみた。ミステリー小説を読むときの癖で、関係者の相関図を書かずにはいられない。

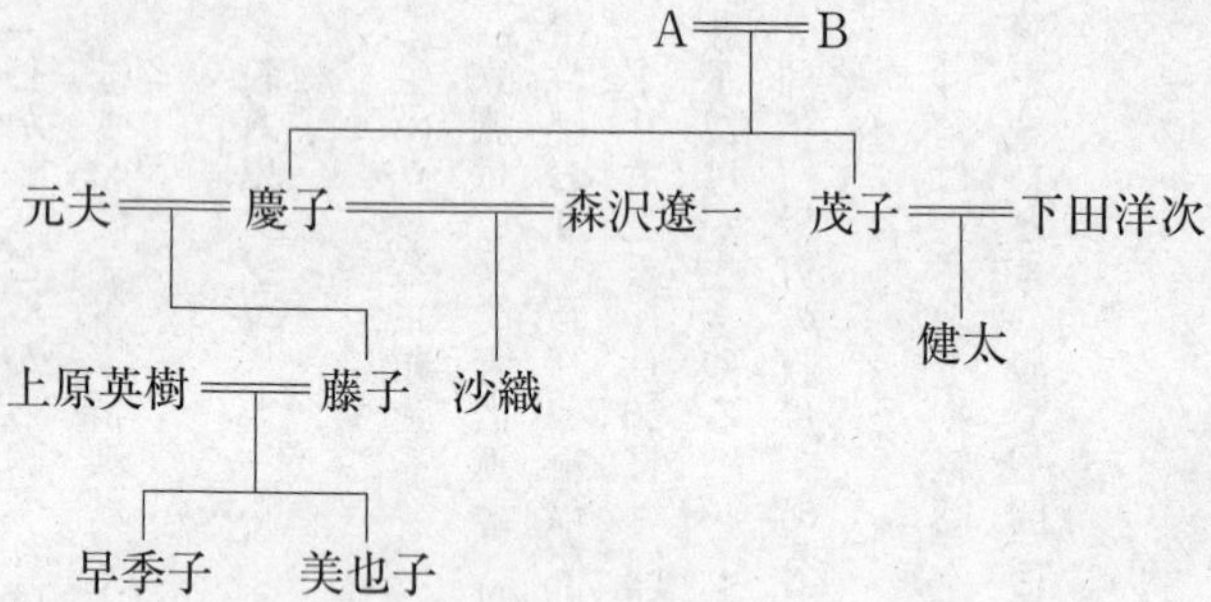

そして、〝森沢遼一〟〝慶子〟〝沙織〟の部分に抹消線を引くと、〝高津区一家惨殺事件　昭和四十六年十月二十六日火曜日〟と書き加えた。

高津区一家惨殺事件。

吉永サツキが言っていた事件だ。

もしかしたら、この事件は、なにかのキーワードなのかもしれない。

井崎は筆記用具だけ手にすると、資料室に走った。

資料室には、先客がいた。

アルバイト嬢だ。

「あれ？　どうしたの」

校了前の繁忙期でもないのに、アルバイトが休日出勤というのは、珍しい。

「あ、井崎さん」

井崎の顔を見て、今までの鬱憤《うっぷん》が爆発したのか、アルバイト嬢はいきなりまくしたてた。

「編集長に、言われたんです。資料をまとめるように。一昨日の金曜日の帰り際、突然。それで、昨日は一日中、ネットの雑誌データベースで検索して。そしたら、月刊グローブの記事がいくつかヒットしたものですから、今日は、実物を探しに、ここに来たんです。まったく、いやんなっちゃいます。古い記事なんで、ＰＤＦになってないんですよ。なんのためのデータベースなのかって話ですよ」

「編集長が？　なんの資料？」

「高津区一家惨殺事件の資料です」

「え？」

まさに、自分が探している記事だ。井崎も、さきほどデータベースで検索して、ここに来た。

「それで、記事は、見つかったの？」

「はい。今、ピックアップが終了したところです」

アルバイト嬢が指差す方向を見ると、古い月刊グローブが、十冊ほど積まれていた。そのところどころに付箋が貼り付けてある。

「付箋があるところが、該当記事？」

「はい」

「なら、これ、俺が預かっていくよ」

「え、でも」

「俺が、資料をまとめて、編集長に渡しておく」

「それじゃ、私が叱《しか》られちゃいます」

「大丈夫。ちゃんと、そうならないように言っておくからさ。だから、君は、もう帰りなよ。せっかくの休日なんだし」

アルバイト嬢の表情が、途端に笑顔になった。

「じゃ、お言葉に甘えて」

「あ、そういえば」

ドアノブに手をかけたアルバイト嬢を、井崎は止めた。

「君さ、水曜日の朝、電話をとったよね。下田茂子の代理人から」

「え？　……ああ、はい」

「その人、どんな人だったの？」

「どんな人って……。声だけですから、よく分かりませんけど。あ、でも、女の人でしたよ」

「女の人？」

「はい。若い、女の人」

若い女か。……誰だろう？

井崎は、自分のデスクに戻っていた。デスクの上には、さらなる山ができている。先ほど資料室から持ち込んだ月刊グローブ。一九七一年から一九七三年にかけて刊行されたものだ。

自分が生まれる十年近くも前だ。そう考えると、途方もなく大昔の事件のような気がする。

井崎は、アルバイト嬢が貼り付けた付箋をたよりに、ページを捲っていった。

＋

〈藤子の母親、森沢慶子の友人の証言〉

慶子さんとは、女学校の頃からのお付き合いです。ですから、もうかれこれ、二十年近いお付き合いになります。

といいましても、女学校を卒業してからは、疎遠だったのですが。慶子さん、旧財閥の家に嫁ぎましてね。そこのお姑さんがとても厳しい方で、なかなか家から出してもらえなかったんです。

「子供ができるまでは、外に出るな」

って言われたそうです。

ひどい話ですよね。慶子さん、とても辛かったと思いますよ。

でも、あるとき、手紙が来たんです。手紙には写真が同封されていました。赤ちゃんを抱いている慶子さんと旦那さんの写真です。確か、昭和三十五年頃です。赤ちゃんは可愛らしい女の子でした。ああ、慶子さん、ようやく子宝に恵まれたのねと、私も嬉しく思いました。

ですが、それから二年もしないうちに離婚してしまいました。子供ともども、お姑さんに追い出されたんだと、後で知りました。

幼い子供を抱え、慶子さん、焦ってしまったのでしょう。それからすぐに再婚したのですが、そのお相手が、あまりいい人ではなくて。まあ、稼ぎはあったようですが、浮き沈みの激しい、借金も多く抱えていた人だと聞きます。あと、女性関係も……派手だったようです。

その頃、同窓会が開かれたんですが、慶子さんの話でもちきりでした。なにしろ、慶子さんは大変美人で、毎日のように男性から手紙をもらうような、いわゆるマドンナだったものですから。しかも、旧財閥の家に嫁いだシンデレラ。私たちのクラスでも、自慢の人だったんです。

なのに、はじめの結婚に失敗して、二度目の結婚は綱渡り状態。

私、心底、心配したものです。

というのも、旦那さんの女性関係がこじれて、警察沙汰になったという話を聞いたのです。

なんでも、その女性、慶子さんたちの家に突然やってきて、「殺してやる、殺してやる」って、包丁を振り回したみたいなんですよ。パトカーが来たんですが、結局はそのまま、女性は家に帰されたとか。

その話を聞いて、私、いつか大きな事件になるんじゃないかと、ひやひやしていました。

それで、久しぶりに、慶子さんに連絡してみたんです。

あれは、事件が起きる、二ヵ月前でしょうか。川崎市高津区のアパートに、招待されました。

その日は日曜日で、二人の娘さんが出迎えてくれました。藤子ちゃんに、その妹の沙織ちゃんです。

藤子ちゃんは慶子さんの連れ子ということもあり、始終、遠慮がちでした。慶子さんも、無意識だとは思うんですが、幾分、藤子ちゃんには冷たかった気がいたします。その一方、沙織ちゃんには甘かったですね。沙織ちゃんが欲しいといえば、藤子ちゃんが食べていたケーキを奪って妹に与えてしまうというようなことも、目撃しました。慶子さんからすれば、自分に似ている沙織ちゃんのほうが可愛かったのかもしれません。藤子ちゃんは、残念ながら、慶子さんの美貌を引き継いではいませんでしたから。

さあ、そろそろお暇《いとま》しましょうか、という頃合いになって、旦那さんの遼一さんがお仕事から戻ってきました。

いい男でしたよ。まるで、俳優さんみたいな人。背広も上等な仕立てで。しかし、あまりいい印象ではありませんでしたね。なにしろ、その匂いが。オーデコロンなどではありません。ええ、明らかに女性用の香水です。たぶん、女の人と会っていたんだと思います。……真昼間から他の女性と逢瀬だなんて、なんて破廉恥《はれんち》な、と思ったものです。

でも、子煩悩ではあったようです。娘にお土産《みやげ》を買ってきていました。リカちゃん人形用のハウスです。が、そのお土産は、妹の沙織ちゃんにだけ与えられました。包みを開けて大喜びの沙織ちゃんの横で、藤子ちゃんは正座しながら、じっと下を向いていました。

たぶん、泣いていたと思います。でも、それを押し殺すように躾けられていたのでしょう。藤子ちゃんはまるで人形のように、ただじっと、座っていました。哀れでしたよ。

ですから、私、帰り際に言ったんです。

「藤子ちゃんが、かわいそうじゃない？」って。

そしたら、慶子さんは言いました。

「いいのよ。あの子は、ものを欲しがらないの」って。

慶子さんは、心底、そう信じていたようでした。ものを欲しがらない子供だと。傍《はた》からも、藤子ちゃんが必死で我慢しているのは明らかでしたのに。

慶子さんは人柄のいい優しい人でしたが、少し、鈍感なところがありましたね。きっと、小さい頃から注目される側にいたからなんでしょうね。注目されない側の気持ちを察することができなかったんだと思います。

それにしても、それが、慶子さんとの最後の会話になるなんて。

その二ヵ月後、新聞でその事件を知ったとき、私はとても信じられませんでした。いったい、誰が、あんな惨《むご》いことを。

遼一さんと慶子さん、そして沙織ちゃんの遺体は半ば解体され、三人の首は切断されていたと聞きます。そのみっつの首の傍で、藤子ちゃんはうずくまって……。

……ああ、なんて惨い。

犯人は誰なのでしょうか。怨恨《えんこん》ではないかと、週刊誌で読みましたが。そうですね、怨恨でもない限り、あんな酷い殺し方はしませんよね。

それにしても、いったい、誰が。

犯人が早く逮捕されることを、心からお祈りしています。

〈森沢一家と同じアパートに住む、主婦の証言〉

あれは、昭和四十六年十月二十六日火曜日の、未明でした。

ベランダからなにか物音がして、目が覚めたんです。

あ、ベランダに下着、干しっぱなしだと、慌てて起きました。

その頃、下着泥棒が多発していまして。てっきり、下着泥棒だと思ったんです。近くにあった箒《ほうき》を武器に、カーテンをそっと開けてみました。そしたら、なんてことはない、野良猫の仕業でした。ほっとしながらも、洗濯物を取り込もうと、窓を開けたんです。

そしたら、なんだか、とてもいやな臭いがしたんです。なんていうんでしょうか。錆《さ》びた鉄棒の臭いといいますか、生ごみの臭いといいますか、とにかく、いやな臭いだったんです。いったい、どこからするのだろうと、辺りを見回してみました。といっても、まだ夜明け前、街頭の薄明かりがぽつりぽつりと見えるばかりです。

そのとき、また、物音がしました。ベランダから外を覗き込むと、茂みに人影を見つけました。ああ、もうこれは間違いない、下着泥棒だと思いまして、私、一一〇番しました。

しばらくすると、サイレンが聞こえてきました。

そのサイレンに驚いたのか、下着泥棒らしき人影は、どこかに逃げていきました。

そのあとです。子供の悲鳴が聞こえたんです。

そう、隣から。

聞き覚えのある声です。あ、お隣の藤子ちゃん。

私、慌ててベランダの柵から身を乗り出してみました。見ると、カーテン越しに、ぼんやりと、明かりが漏れています。そのとき、人影も見ました。ええ、はっきりと、見ました。大人の人影です。私、てっきり、母親と父親だと思いましたので、親子喧嘩でもしているのだろうと、そのまま、自分の部屋に戻りました。

と、同時に、パトカーが、アパートの前に到着しました。

私、大慌てで、玄関に向かいました。下着泥棒かとパトカーを呼んだはいいけれど、下着泥棒はもう逃げてしまい、なんて警官に言えばいいのか、ちょっとバツの悪い思いでした。

そのとき、ベランダから、また、なにか物音がしました。振り返ると、ふたつの人影が、カーテンをよぎっていくのが見えました。しかし、そのときはそれどころではなく、なんて警察に言い訳しようか、そのことで頭がいっぱいでした。

玄関ドアを開けると、凄まじい異臭が、私の鼻を直撃しました。そのちょっと前にベランダで嗅《か》いだ、あの臭いです。見ると、隣の森沢さん宅の玄関ドアが開け放たれていました。もっとよく見ると、玄関からは赤いペンキのようなものがどろりと流れ出しています。ちょうど、そのとき、警官がやってきました。そう、私が呼んだ警官です。しかし、警官は私のところには来ることはなく、隣の部屋の前で、唖然《あぜん》と立ちすくんでいました。まるで木偶《でく》の坊のように、恐怖に顔を引きつらせながら。

それが、まさに、高津区一家惨殺事件が、発覚した瞬間でした。

私は、その現場を見ないで済んだのですが、野次馬根性でうっかり見てしまった同じアパートの奥さんなどは、今でも悪夢にうなされるそうです。いまだに、お肉を食べられないんだとか。

私も、あれから、においに敏感になってしまって。レバーなどは、とても食べられませんね。あのときの臭いを思い出してしまって。

そんなことより、問題は、私が見た、ふたつの人影です。

ええ、私は確かに見ました。一回目は、森沢さんのお部屋でカーテン越しに。二回目は、私の部屋を横切る人影です。どちらも二人で、大人だったと思います。性別は分かりません。もし、私が見たそれぞれの人影が同一人物ならば、その二人が犯人である可能性が高いと、警察の方はおっしゃってました。

私は、唯一の目撃者なんだそうです。

そんなもの、正直、なりたくはありませんでした。

だって、しょっちゅう、警察に話を聞かれ、こうやってマスコミの方に追いかけられ。

私、ほとほと疲れ切ってしまいました。

ああ、私は、なんで、あんなものを見てしまったのでしょうか。

〈藤子の父、森沢遼一が通っていた飲み屋のオーナーの証言〉

亡くなった人を悪く言うのも気が引けるのですが、事件を知ったとき、「ああ、やっぱり」と思いました。いつか、こんな事件が起こるんじゃないかと。

というのも、遼一さんは女性関係でしょっちゅうトラブルを招きよせていましたから。

とにかく、女性にもてましたね。と、いうより、遼一さん自ら、女性に粉をかけていたようですが。要するに、プレイボーイなんです。

いつもぱりっとした背広を着て、ぴかぴかの靴を履いて、二日に一度は散髪して、颯爽《さっそう》と外車に乗る姿は、近所でも有名でした。

長年、独身貴族を貫いていたのですが、昭和三十九年、とうとう身を固めました。お相手の慶子さんは、あのプレイボーイが結婚を決めただけあって、大層な美人さんでしたね。そう、まるで、オリンピックのコンパニオンのような人でした。

しかし、慶子さんには、連れ子がいました。結婚した当時で、確か、四歳ぐらいでしたよ。しかし、その子は遼一さんになかなか懐《なつ》かず、遼一さんはよく、愚痴を零《こぼ》していました。だからといって、意地悪していたとか、折檻《せっかん》していたとか、そういうことはなかったと思います。遼一さんは性根の優しい人間なので、子供にも優しかったと思います。

でも、その優しさが災いして、結婚してからも、女性トラブルが絶えませんでした。また、生来の浪費家でもありましたので、稼いだ金もあっというまに使ってしまって、子供の給食費が払えない、なんていうこともあったようです。まあ、生活は、お世辞にも、安定しているとはいえませんでしたね。それでも、なんとか結婚生活が成り立っていたのは、慶子さんの内助の功でしょう。

しかし、離婚の危機もあったと聞きます。

事件が起きる半年前でしょうか。慶子さんの妹が友人を連れて、遊びに来たそうです。

妹さんはある宗教の熱心な信者で、電話をかけてきてはセミナーに誘われるから迷惑だ、と慶子さんが愚痴っているのを聞いたことがあります。きっとその日も、セミナーの勧誘にやってきたのでしょう。

その妹さんが連れてきた友人というのが、化粧品のセールスをしている人だったそうです。化粧品を無理やり買わされたと、慶子さんは近所の人に愚痴っていたそうです。

その化粧品のセールスは、たびたび、慶子さん夫婦が住む街にやってきました。そして、試供品を配ってましたね。わたしの妻も、ピンク色の口紅をもらっていました。

しかし、不思議だったのです。その人は静岡の人なのに、なぜ、わざわざ川崎にまで来るのかと。でも、そんな疑問もすぐに払拭《ふっしょく》されました。遼一さんとその女が深い仲になったという噂が、あっというまに近所中に広まったからです。

そのときはさすがの慶子さんも取り乱し、遼一さんに離婚を迫ったようです。それが効いたのか、遼一さんはすぐにセールスの女と別れました。

が、その一ヵ月後。

あの事件が起きてしまったのです。

その日は、小学校の遠足の前日でした。藤子ちゃんも沙織ちゃんも、明日の遠足を思いながら、きっとぐっすり眠っていたことでしょう。

なのに、なんで、あんな事件が起きてしまったのか。

ちなみに、事件とは関係ないかもしれませんが、あのセールスの女は、その日もこの街に来ていたと聞きます。

＋

「なに？　今更、高津区一家惨殺事件を追ってるの？」

そう言いながら顎鬚《あごひげ》を撫《な》でつけるのは、内山《うちやま》という団塊世代のフリーのルポライター。

と、いっても、今は、ほぼ隠居状態だ。十年ぐらい前までは精力的に記事を書いていたが、ここ数年は、その名前を聞くこともとんとなくなった。

「なんだよ、久しぶりに呼び出しくらったと思ったら、そんな黴臭《かび》い事件」

グローブ出版のカフェテラス、内山は、大袈裟《おおげさ》に顔をしかめた。

「しかし、相変わらず、月刊グローブはフリーの扱いが雑だな。日曜日に突然呼び出してさ」

「すみません、ちょっと、資料が多かったものですから」

井崎は、足元の紙袋から、月刊グローブをつぎつぎと取り出すと、それをテーブルに並べていった。

「随分と古いやつじゃないか」内山は、その一冊を手に取った。「俺もたぶん、これに書いているよ。駆け出しだったけど、結構、使ってもらったんだ」

「高津区一家惨殺事件の記事も、書いてますよね？」

井崎は、付箋が貼り付けてあるページを開いた。

「ああ、そうだ。それは俺の記事だ」

内山は、懐かしそうに、また顎鬚を撫でつけた。「高津区一家惨殺事件は、センセーショナルな事件だったからさ、各社競って特集を組んだものだよ。月刊グローブでも、何号にもわたってキャンペーンを張ってた。だけど、これがなかなか面倒な事件でさ。難儀したよ」

「面倒？」

「うん。事件を調べていると、邪魔がちょいちょい入ってくんだよ。まあ、今思えば、Q教団の仕業だったのかもな」

「Q教団がかかわっているんですか？　あの事件」井崎は、身を乗り出した。

「取材の邪魔はしたかもしれないけど、Q教団は、直接は関係ないよ」しかし、内山は、井崎の体を避けるように、椅子を引いた。

「なんで、そう断言できるんですか？　高津区一家惨殺事件は未解決ですよね？　当時の記事をいろいろ読んでみたんですけど、犯行当時、二人の人物が、現場で目撃されている。この人物って、もしかして――」

「犯人は、藤子だろうな」

内山は、なんの抑揚《よくよう》もつけずに、さらりと言った。だから、井崎はうっかり、その言葉を聞き流すところだった。

「え？」

数秒の間を置いて、井崎はようやく反応した。

「犯人は……藤子？」

「うん。当時、記者の間では、藤子が犯人だというのが暗黙の了解だったんだ。調べれば調べるほど、藤子以外の犯人は考えられない。たぶん、警察も、同じことを考えていたと思うよ。でも、事件当時、彼女はまだ十一歳で罪にはとえないし、証拠もないし、なにより、記憶を失っていたから、未解決事件ということで手打ちにしたんじゃないかな」

「いや、しかし」

井崎は、コーヒーで唇を濡らすと、続けた。「十一歳の子供が、遺体を解体しますか？首を切断しますか？　それに、藤子自身も、首を切られてますよね？」

「まあ、遺体を隠蔽しようとした協力者はいたんだろうけどね。その協力者が、あえて藤子を傷つけて、藤子も被害者の一人だと偽装したんだろう。実際、事件当日、現場で二人の人物が目撃されているだろう？　そいつらが、協力者だと思うよ」

「その協力者の目星は？」

「まあ、ついてないこともない」

内山は、髭を撫でつけながら、宙に視線を漂わせた。「でも、死体損壊罪の時効は三年。俺たちが目星をつけた頃には、もう時効は過ぎていたんだよ。手も足も出ない。それでも、真相を知ろうと、いろいろ探ったんだけどね、そうすると、邪魔が入るわけだよ、Q教団から」

「それで、諦めたんですか？」

「まあ、そういうことになるのかな。俺も、命が惜しいし」

「どういうことです？」

「俺の知人が、バラバラ死体で発見されたからね」

内山は、再びなんの抑揚もつけずに、さらりと言った。だから、井崎は今回も、その言葉を聞き流すところだった。

「え？」

やはり数秒の間を置いて、井崎はようやく反応した。

「俺と同じ、フリーの記者だった。やっぱり、高津区の事件を追っていて、昭和五十一年だったかな、バラバラにされた」

「その犯人は」井崎は、乾ききった唇を、コーヒーで濡らすと言った。「犯人は、誰なんですか?」

「捕まっていない」

「まさか、Q教団――」

「だから、Q教団は関係ないよ。政界にも打って出ようという組織が、そんなリスクを犯すはずもない」

「じゃ、藤子の協力者の二人が?」

「それも、違う」

「じゃ……」

「いずれにしても、藤子のシンパであることには間違いない」

「藤子のシンパ?」

「そう。藤子に強い共感を抱いている人物」

「誰……ですか?」

井崎は、好物を目の前にした子供のように、首を伸ばした。

「誰だと思う？」しかし、内山は焦《じ》らす。

「まったく、見当がつきません。教えてください」

「まあ、俺個人の推測なんだけどね、でも、たぶん、間違ってはいないと思う」

「だから、誰なんですか？」

「下田健太」

「え？」

その意外な名前に、井崎はしばし、言葉を見失った。

「下田……健太？」

「そう、藤子の従弟の、下田健太。そして、先日、無罪を宣告された、超ラッキーな男」

「なんで、下田健太が記者を殺害したと思うんですか？」

「だって、消去法でいくと、下田健太しか見当たらない」

「でも、事件があったのは、昭和五十一年ですよね？　そのとき下田健太は……」

「十三歳だ」

「十三歳が、バラバラ殺人だなんて」

「神戸の事件の例もある」

「いや、でも。……仮にそうだとして、動機は？」

「だから、藤子のシンパだからだよ」

「下田健太は、従姉の藤子に恋愛感情を持っていたと？」

「恋愛関係というか。……まあ、調べてみればいいさ。たとえば、戸籍《こせき》とかね。そしたら、いろいろと見えてくるだろう」

そして、内山は、孫の誕生日プレゼントを買いに行くからと、井崎が用意した謝礼を懐にしまうと、足早にその場を去った。

残された井崎は、ひとり呟いた。

「戸籍？」

十

つづいてグローブ出版近くのパスタレストラン、井崎は、古い知人の太田《おおた》と会った。不動産会社の営業マンだが、行政書士の資格も持っている。

「また、やばいことだろう？」

太田は、なにか嫌な予感を覚えたのか、すでにガードがかたい。

「もう、勘弁してくれよ。前もさ、取材相手の戸籍謄本《とうほん》を俺に取らせてさ。もう、ああいうの、いやだよ。バレたら、資格を剥奪されるよ。下手したら、お縄だ。俺、意外と、小心者なんだよ」

太田は、シーザーサラダのベーコンだけをフォークで器用に寄せ集め、それを舌先に載せた。

「謝礼はするよ」井崎は、声を潜めながらも、はっきりとした声で言った。「前のときの三倍、出す」

三倍、と言われて、太田の表情が明らかに変わった。

「三倍?」

「うん」

「……で、今回は、誰の戸籍謄本をとればいいんだ?」太田は、チーズ塗《まみ》れの唇を拭きもせず、お冷を飲み干した。

「戸籍謄本だけじゃなくて、除籍謄本も必要になるかもしれない」

「除籍も?」

「うん」

「で、誰の?」

「この二人」

そして、井崎はナプキンを一枚引き抜くと、そこにペンを走らせた。

「どっかで、聞いた名前だな。……で、いつまでに？」

「ナルハヤで」

「分かった。なんとかしてみる。で、取れたら、どうすればいい？」

「とりあえず、俺の携帯に電話して。もしかしたら、出られないかもしれないけど、そのときは、留守電に入れておいて」

「出られないって？」

「うん。ちょっと取材」

先方に断られるかもしれないけれど、待機ばかりはしていられない。明日こそは、茂子に直撃インタビューしてやる。そんな決意をしながら、井崎は席を立った。

「え？　まだ、注文したパスタ、来てないよ？」

「おまえにやるよ。俺の分も食べて。じゃ」

＋

グローブ出版のエントランスで、知った顔を見つけた。

月刊ファスト子飼いのルポライターの舟木《ふなき》だ。まだ二十代半ばだが、大学生の頃から仕事をはじめただけあって、なかなかいい記事を書く。

「ああ、会えてよかった」

舟木は、まるでおねえキャラのような大袈裟なそぶりで、井崎に駆け寄ってきた。

「なに、どうした？」

「ぶっちゃけ、偵察ですよ。グローブさんの様子を見てこいって言われて」

「偵察？」

「うちはインタビューが中止になったけど、もしかしたらグローブさんは……って、ファストのデスクは、疑っているんです」

「ああ、なるほど。……まあ、こんなところじゃなんなので」

そして、井崎は、さきほど後にしたパスタレストランに、再び入った。太田の姿はすでにない。

「しかし、あの茂子というばあさんは、何を考えているんでしょうね」

コーヒーを注文すると、舟木は愚痴からはじめた。

「結局、水曜日に取材に行ったきり、あとはすべて中止ですよ。お宅もそうですか？」

「うん。……あれ、木曜日は？　君たち、木曜日の正午に約束してなかったっけ？」

「それも、中止。玄関先で追い返されました。いやんなっちゃいますよ。それで、うちのデスクが言うんです。きっと、謝礼が足りなかったんだろうって。謝礼が一番多かった社に独占をさせるつもりだって。それで、僕、偵察に飛ばされたんですよ」

「で、他の社も全部中止？」

「それ、聞きたいですか？」

海千山千の商人のように、舟木は言った。ここで、下手に相手の空気に飲まれてはいけない。井崎はにやりと笑うと、言った。

「いや、別にいいよ」

「やっぱり！」

舟木が、テーブルを叩く。「やっぱり、グローブさん、独占、とれたんじゃないんですか？」

「どうして？」

「だって、下田茂子の部屋に、お宅の編集が泊まり込んでますよね？」

「編集？ ……ああ、村木さんのこと？ ってか、なんで知ってんの？」

「僕、昨日まで、張ってたんですよ、あの団地に」

「ああ、なるほど」

「彼女、下田健太にも接触してるじゃないですか」

「え？　下田健太と？　まじで？」

「またまた、惚《とぼ》けて」

「いや、惚けてない。初耳だ」

「え？」

　舟木の勢いが、しゅっと萎《しぼ》んだ。

　舟木は、運ばれてきたコーヒーを一口すると、探るように言った。

「下田健太のこと、……知らないんですか？」

　井崎は、どう応えるのが最善か、しばらく考えた。ここは、知っていることにしておいたほうが、あちらが持つ情報を引き出すことができるかもしれない。

「いや、……実は、知っている」

「ほら、やっぱり。抜け駆けもいいところですよ。やんなっちゃうな。あっちもこっちも、アンフェアですよ」

「あっちもこっちもって？」

「Gテレビ」舟木は、声を潜めた。「Gテレビが、どうやら、盗撮しているみたいなんですよ、下田茂子の部屋を」

「え？」

「あの団地の茂みに、黒い車が停まってましてね。なんか怪しいな……と思って、中をちょっと覗いてみたんです。そしたら、受信機やら発信機やらモニターが所狭しと。あれは、間違いない、無線カメラの映像を受信して、テレビ局に発信するシステムだ。つまり、隠しカメラですよ。隠しカメラが、茂子の部屋に仕掛けられてんですよ。いくらなんでも、やりすぎですよね？　報道倫理に著《いちじる》しく違反している。そういうの、僕、許せなくて。だから、茂子に電話して、警告してやったんだけど。……そのときに出たのが、たぶん、グローブさんとこの彼女ってわけです」

舟木は、コーヒーを飲み干すと、テーブルに立てかけられたメニューを広げた。

「なんか、腹減っちゃって。なんか、頼んでいいっすか？」

「え？　ああ、どうぞどうぞ。勘定はこっちでもつから、好きなの頼んで」

「じゃ、遠慮なく」

それから、十五分もすると、テーブルの上には、パスタとピザとサラダとソーセージの盛り合わせが並べられた。それは、どれも美味しそうだったが、井崎の意識はそちらにはなかった。

「それ、どういうこと？」

ピザを頬張る舟木に、井崎は詰め寄った。

先ほど井崎は、今まで気にも留めなかった人物の情報を、舟木から訊き出していた。下田健太のインタビュー内容を流すというのが交換条件だが、もちろん、それは嘘だ。なにしろ、井崎は、下田健太と村木里佳子が接触していることなど、今まで知りもしなかった。

「だから、それ、どういうことだ？」

井崎は、繰り返した。舟木は焦らすように、今度はソーセージにフォークを突き刺した。

「ですから、北野友莉ですよ」

「北野友莉？　今回の事件のたったひとりの証人で、そして、この事件が発覚したきっかけの人だ」

「そう、その北野友莉。なんだか、謎のベールに包まれているんですよね。正体がよく分からない。なにしろ、彼女に会った人はいない。裁判の証言も、すべてビデオリンクで行われたし」

そうだ。下田の裁判は何度か傍聴したが、確かに、北野友莉の顔を見たことがない。彼女は常に別室にいて、尋問はすべてモニターを通してだった。

「事件の内容が内容だけに、北野友莉の心情を考慮して、ビデオリンク尋問になったみたいですけど、でも、不思議じゃないですか。だって、誰ひとり、北野友莉の姿を見ていないんですよ？　北野友莉を一時引き取っていた、父方の祖父母でさえも」

「祖父母も？」

「そう、北野友莉は、今は入院中なんですが、面会謝絶状態。祖父母も会えないんだそうです。で、その祖父母に取材したんですけどね。なんとなく、自分たちの知っている友莉ではないと言うんですよ」

「どういうこと？」

「北野友莉が証言している声を、傍聴席で聞いていたらしいんですが、どうも、自分たちの知っている孫の口調ではなかったと言うんです。それで、とにかく孫に会わせてほしいと頼んだそうですが、北野友莉の弁護人が、頑として受け付けなかったそうです。精神が安定していないので、遠慮してほしいと」

「北野友莉には、弁護人がいるのか？　誰が、費用を出しているんだろう？」

「誰だと思います？」

舟木は、またまた阿漕《あこぎ》な商人の顔で、言った。ここまできたら、駆け引きをしている場合ではない。

「教えろ」

井崎が恫喝《どうかつ》すると、舟木はあっさりと、白状した。

「Gテレビですよ。Gテレビが、北野友莉を囲い込んでいるんですよ」

＋

「やっぱり、出ない」

井崎は、苛々と、携帯電話を折りたたんだ。

デスクに戻って、もう三十分は過ぎた。その間、ずっと吉永サツキに電話をしているのだが、出ない。

午後八時十五分。

編集部には、井崎以外、誰もいなかった。編集長も、帰ってしまったようだ。

……どういうことなんだ。舟木の言っていたことは、どこまで真実なんだ。

井崎は、半日前に自分が描いた相関図を改めて眺めた。そして、ペンをスタンドから引き抜くと、さらに書き加えた。

・主犯／下田健太
・共犯／藤原留美子（小川ルミ）→自殺
・被害者（死亡）／藤原武雄、藤原久恵、北野月子、北野正、ハヤシダ、ミノル（藤原留

美子の子供）、みっちゃん
・被害者（生存者）／北野友莉
書き終えると、井崎は弱々しい息を吐き出した。

結局、事件関係者の中で生存しているのは、下田健太と北野友莉だけか。

そして、正体不明な人物が、二人。

ハヤシダと、みっちゃん。

ハヤシダも気になるが、みっちゃんって誰なんだろう？

裁判の資料によると、下田健太と藤原留美子が住み着く前から、その部屋に住んでいたという。下田健太の母親、茂子の知り合いだと藤原留美子は裁判で証言していたが、当の茂子は知らないと否定した。

「そんな人物は、見たことも聞いたこともない」

そう、きっぱり言い放った茂子の姿を、よく覚えている。

証言した藤原留美子も、今となっては鬼籍に入ってしまった。

「それにしても藤原留美子は、なんで、自殺したんだろうな」

藤原留美子が自殺したのは、自身の判決が言い渡された日の翌日、つまり、下田健太の無罪判決が言い渡された翌日だった。

新聞などでは、「自分は無期懲役《ちょうえき》の判決が言い渡されたにもかかわらず、主犯の下田は無罪判決。これに抗議するための自殺ではないだろうか」などと推測しているが、どうも、説得力に乏しい。

井崎は、デスクの上で山を作っている雑誌の中から、月刊ファストのバックナンバーを探した。先月発売された号に、藤原留美子の獄中手記が掲載されている。これが、今となっては藤原留美子の最後の声、つまり遺書となってしまった。

「あった、これだ」

今をときめくアイドルを表紙に使っているその号に、アイドルの成れの果ての藤原留美子の手記が載るというのは、なんとも皮肉なものだ。

そんなことを思いながら、井崎はページを捲った。

＋

〈藤原留美子（小川ルミ）の手記〉

私が下田健太と出会ったのは、Q教団が主催するセミナーでした。二〇〇九年の暮れのことです。

そのセミナーには、とあるスナックのママの誘いで行きました。

当時、私は衰弱しきっていました。妊娠していたのです。父親は、通りすがりの人です。一夜限りの関係でした。すぐに堕胎《だたい》を考えましたが、例のスナックのママが、それを止めたのです。堕胎する前に、心を洗いに行きましょう。それから決心しても遅くはないと。

そのときの私は、誘われれば誰であってもほいほいとついていくような、糸の切れた凧《たこ》のようにふわふわとした心境でした。ですから、特に深く考えもせずに、ふらふらとママのあとについていきました。

セミナーは、大変な熱気でした。御茶ノ水のS会館というところで行われたのですが、会場は人があふれ、まるでラッシュ時の電車の中のようでした。

暖房が効きすぎていたのか、室温も相当高かったと思います。会場についたとたん、私は、軽い眩暈《めまい》を感じました。

セミナーは、まず、懐メロ歌手の歌からはじまりました。昔流行った歌でしたので、会場にいた人々の大合唱になりました。泣き出す人もいたほどでした。

しかし、私は室温と熱気にやられ、座っているのもやっとでした。

懐メロ歌手の歌が終わると、信者の体験談がはじまりました。みなさん、なかなかスピーチしなれた感じで、まるで、ちょっとしたお芝居を見ているようでした。会場も大変興奮し、体験談が終わるたびに、大きな拍手が沸き起こりました。

しかし、私は、ひとつも耳に入ってきませんでした。つわりもはじまり、私はもう我慢ならない状態だったのです。

五人目の体験談が終わったところで、私は会場を出ました。

とにかく、外の空気を吸いたかった。人の熱気から解放されたかったんです。

会館のエントランスにあるソファで休んでいると、男が近づいてきました。そして、

「大丈夫ですか？」と声をかけてきました。

その男こそ、下田健太でした。

下田は自動販売機で買った冷たいお茶のペットボトルを私に握らせると、私の隣に座りました。

そのときの、ひんやりとした手の感覚は、いまだに忘れられません。砂漠で救われた旅人の心境でした。私は、ペットボトルのキャップを外すと、その中身の半分を、一気に飲みました。

「あなた、どこかで見たことがあります」

下田は言いました。

私はテレビの再現ドラマにちょくちょく出演していましたので、名前は知らないが顔だ

けはなんとなく覚えている……という認識のされかたをしていました。

なので、私は適当に笑いながら、その男が諦《あきら》めて去っていくのを待ちました。

しかし、彼は、

「あ、あなた、小川ルミさんでしょう？　女優の」

と、言い当てました。

さらに、

「そういえば、〝殺人鬼〟のドラマ、どうしたんですか？　あなた、殺人鬼役でしたよね？　僕、楽しみにしていたんですよ」

と、言いました。

確かに、私は、ある再現ドラマで、殺人鬼を演じました。撮影も終わり、テレビ番組欄でも紹介され、番宣も流れ、あとは放送するのみ、という段になってお蔵入りになってしまったのです。

それを言うと、下田は、「あああ、なんてことだ」と、大袈裟に肩を竦《すく》めました。その様子が、なんだか外人のコメディアンのようで、私、つい、吹き出してしまいました。

それから、私たちは、会館近くの喫茶店に場所を移しました。

「あなたが演じる殺人鬼を、僕はほんとうに楽しみにしていたんですよ」

下田はそんなことを言いました。だから、私は質問しました。

「殺人鬼に興味があるの？」

「興味があるというか、一緒に暮らしていました」

「え？」

「僕の初恋の人ですよ」

意味が分かりませんでした。

きっと、生まれつきのほら吹きなんだろうと思いました。というのも、下田は、冗談なのか妄想なのか、はたまた現実なのかよくわからない話を延々と続けたからです。初めて会ったというのに、下田は、「僕は世界に進出したいんだ」などと、大風呂敷を広げていきました。

それでも、私は、この下田という男に好感を持ちました。惹《ひ》かれてもいました。なぜだかは、分かりません。そもそも私は、ダメ男に惚れてしまう癖があるんです。それで今までも何度も失敗してきたというのに、今回も、自ら、ダメ男の胸に飛び込んでしまいました。

その夜、私たちは関係を持ちました。場所は、私のアパートです。下田はそのまま私のアパートで暮らすようになり、そして、私、つい、思ってしまったんです。

「この人は、私の夫になる人だ」と。

下田も言いました。

「君は、僕の初恋の人にそっくりだ。だから、お腹の赤ちゃんの父親になりたい」と。

それからは、逃避行の日々です。というのも、下田は闇金から億単位の借金をしており、借金取りが、私のアパートまでやってきたからです。年が明けて二〇一〇年の一月、私たちはアパートから夜逃げ同然で、飛び出しました。

私には多少蓄えがありましたので、ビジネスホテルを転々として凌《しの》ぎました。一方、下田は時々姿を消しました。たぶん、他の女の許に行っていたんだと思います。そのたびに私は別れを決意するのですが、下田は必ず私のところに戻ってきて、優しく抱くのでした。私はもう、下田から離れられなくなっていました。そして梅雨が終わる頃、私の蓄えも尽き、さらに、私は臨月を迎えていました。どこかに、落ち着く必要がある。

下田は母親に泣きつき、母親が用意した団地の部屋に住むことになったのです。

その部屋には、かわいそうなみっちゃんが、ひとり、暮らしていました。どうしてみっちゃんがその部屋に住んでいるのかは分かりませんでしたが、下田の母親が時々食事を運んで、世話をしているようでした。その世話を、私が引き継ぐことになりました。

しかし、臨月の私は自分のことで手いっぱいで、みっちゃんの世話をときどき忘れました。私がみっちゃんから目を離していると、下田がみっちゃんにちょっかいを出しました。そのたびに、私たちは喧嘩になりました。

その頃からです。下田の暴力がはじまりました。もともと手の早い人でしたが、その頃になると、本気の暴力がはじまったのです。

殴る蹴るなんていうのはまだ可愛いもので、爪をはぐ、体中を針で刺す、熱湯を浴びせる、汚物を食べさせる、縛り付けて風呂場で水責めにする、などといった拷問に近い暴力です。

私は、お腹の赤ちゃんを守るために、下田の暴力が他に向かうように心を砕きました。そうです、私は、下田の暴力がみっちゃんに向くように仕向けたのです。ときには、私自身が、みっちゃんを虐待しました。

そんなときです。私の父と母が、私を探しに、部屋を訪ねてきました。

父は、私のお腹を見るなり、暴言を吐きました。とても酷《ひど》いことを言いました。死んでくれとまで言いました。私は我慢ならず、衝動的に、父を刺していました。でも、その時点では、父はまだ生きていました。救急車を呼べば、あるいは助かっていたかもしれません。でも、下田はそれを嫌い、風呂場に隠しておけと言いました。私は彼の指示通りに、瀕死《ひんし》の父を風呂場に閉じ込め、それを非難した母も一緒に閉じ込めました。

二人がいつ死んだのかは、分かりません。一週間後、風呂場をのぞくと、父も母も死体になっていました。それを見た私は、特に、なにも思いませんでした。とにかく、この死体をどうするか、それだけが気になりました。このままにしておいたら、きっと見つかる。そしたら、私は……。

「バレなければ、いいんだよ。バレなければ、誰も責めない」下田は言いました。

「どうしたら、バレない？」

「死体を、消しちゃえばいいんだ」

「どうしたら、消えるの？」

「そんなの、自分で考えろよ。お前のしたことだ」

そう言われた私は、死体をバラバラにして遺棄することを思いつきました。ちょうどその頃、下田は北九州連続監禁殺人事件のルポを読んでいて、私も少しだけ読んでいました。あの事件のように、死体をバラバラにして、証拠がみつからないようにすれば。

それから一週間かけて、私は父と母の死体を処理しました。

最後の部位をミキサーにかけて、トイレに流したその瞬間、私は破水し、その場で、赤ん坊を生みました。その子は、ミノルと名付けました。

しかし、下田はミノルのことを見ようとも触ろうともしませんでした。

「お腹の赤ちゃんの父親になる」と言ってくれたのに、それもやっぱり、嘘だったのです。私は、子供が生まれれば、きっと生活はいい方向に向かうだろうと、漠然と信じていました。だから、その邪魔をする父と母だって、殺したんです。

ですが、ミノルが生まれても、なにひとつ、生活は変わりませんでした。私は下田の暴力に怯え、その暴力から逃げるためにみっちゃんを虐待する……そんな地獄のような生活です。

さらにみじめなのは、私たちにはお金がないことでした。ミノルのミルクもおむつも買えません。下田の母親が時折差し入れてくれる、野菜やらお米やらだけが、頼りでした。

なのに、下田は働こうとはせず、どうしたら大金を稼ぐことができるか、そんな夢物語を語るばかりです。とはいえ、下田は過去に因縁のあった人たちを脅して、大金を持ち帰ることもありました。でも、それらはすべて、闇金の返済に充てられました。しかし、返済しても返済しても、借金は減らず、とうとう下田はこんなことを言い出しました。

「北九州連続監禁殺人は、うまくやれば絶対発覚しなかったのに。あの犯人は、つめが甘いんだよ。僕だったら、もっとうまくやる」

そして、人を騙してこの部屋に連れてきて、それぞれから大金を騙し取る、などというとんでもない計画を立てたのです。しかも、その共犯に、私を引きずりこみました。私は下田に従うしかありませんでした。でなければ、下田はミノルを殺すなんて言うのです。

ミノルには、すでに、生命保険が掛けられていました。

そして、北野友莉、北野月子、北野正、ハヤシダが、この部屋に連れてこられました。

それからは、無間《むげん》地獄です。私を含めこの五人がお互いを虐待し合いました。それを、下田はにやついた顔で眺めていました。この男こそ、悪魔です。この男だけは、生かしておいてはいけません。

ミノルを殺された私は、そう強く思いました。

そう、ミノルは下田に踏んづけられて、そして、死にました。

なのに、私は下田を責めることなく、下田に言われた通り、自分の子供の遺体を、バラバラにして処理しました。

そのとき、私、思いました。これじゃ、私の母親と同じだ。私の母親もまた、私が父から折檻《せっかん》されていてもただ黙って父に服従していた人です。そんな母が大嫌いでしたが、今の私は、まさに、その母とまったく同じだと。いや、それ以上の鬼畜だと。

その後、北野月子が死に、北野正が死に、ハヤシダが死にました。

そして、みっちゃんが死んだ夜、北野友莉が逃げました。

私は、それを知りながら、下田には黙っていました。

私は、北野友莉に望みを託したのです。

この地獄から解放されるという望みを。

追記。

北野友莉さん、ほんとうにごめんなさい。でも、この方法しかなかったんです。この方法しか――

『北野友莉さん、ほんとうにごめんなさい。でも、この方法しかなかったんです。この方法しか――』

＋

この追記の部分は、どういう意味なのだろうか。最初に読んだときは、さして疑問にも思わなかったが、今こうして読み返すと、いろいろと不自然だ。

携帯電話の着信音が鳴り響く。

吉永サツキからだ。

「おい、どういうことだよ！」

井崎は、叫んだ。

その剣幕に驚いたのか、電話は切れた。今度はこちらからリダイヤルすると、井崎は感情を極力押し殺して、嚙み砕くように言った。

「これは、どういうことなんでしょうか、吉永さん」

「なにが?」吉永サツキののんびりとした声が返ってきた。

「北野友莉をGテレビが囲い込んでいるって?」

「ああ、そのこと」

「なんで、黙ってたんだよ」

「彼女の身の安全のためよ。敵を欺《あざむ》くには、まずは味方からって言うでしょう?」

「それと。Gテレビ、隠しカメラを茂子の部屋にしかけたっていうじゃないか」

「ああ、それもバレちゃった?」

「これは、倫理違反もいいところですよ、吉永さん」

「倫理? なに言っているのよ。敵は、超弩級《ちょうどきゅう》の悪魔なのよ。倫理なんか通じない世界に生きている悪魔なの。無茶なこともしないと、敵の尻尾《しっぽ》を摑めないわよ。それに、そもそも、この隠しカメラには、お宅の編集長もいっちょ嚙みしてんだから」

「え?」

「下田茂子の取材許可が下りた、二十日の水曜日。その日の昼前に、お宅の編集長からGテレビの報道班に探りが入ったのよ。私がお宅のインタビュアーに指定されたことで、なにか勘ぐったんでしょうね。で、隠しカメラの件を報道班から聞き出して、自分にもその映像を回してくれって」

「じゃ、編集長も、隠しカメラの映像を見ているのか？」

「そうなんじゃない？　たぶん、編集長のパソコンに映像が逐一、送られているはずよ」

編集長のデスクを見ると、ノートパソコンがひっそりと置かれている。

井崎は携帯電話を耳に当てたまま、編集長のデスクに近づいて行った。

キーを叩くと、スリープモードが解除され、パスワードを要求される。

セキュリティの甘い編集長のパソコンには、そのパスワードが記入された付箋がぺたりと貼られている。

井崎は、その内容を打ち込んだ。

……映し出された映像は、見覚えのあるリビングだった。

茂子の部屋のリビングだ。

この角度からということは、……食器棚の上にカメラをしかけたか。

「どう？　見える？」

「ああ、見える。誰もいないけど」

「さっきまでは、下田健太がいた。あとは、お宅の村木里佳子さんも」

「村木さんと下田が？」

「お宅の村木さんは、いい仕事しているわね。あの調子じゃ、かなりのスクープを下田から訊き出しているわよ」

「どういうことだ？」

「村木さんが、体を張っているってことよ」

「え？」

「さっきも、このリビングで——」

「いやいやいや、ちょっと待てよ、なんだよ、それ。それじゃ、ただの出歯亀《でばかめ》じゃないか。というか、下田と村木さんが？」

「出歯亀じゃないわよ。確認しているのよ。下田の身体的特徴を」

「は？」

「下田の右肩に毛が生えた黒子《ほくろ》があれば、正体不明だったハヤシダが実在していたことが立証されるのよ」

「吉永さん。あんた、気は確かか？　それ、ただの、プライバシーの侵害だぜ？」

「プライバシー？　そんなの、悪魔にあるわけないじゃない」

「じゃ、村木さんのプライバシーは？」

「そんなの、……気にしている場合じゃない。だって、もう三日しかないのよ？　もし、このまま検察が控訴を断念したら、下田という悪魔は、今度こそ完全に、野に放たれるのよ？　被害者が増えるだけなのよ？」

「もっと、違うアプローチはないのか？　みっちゃん。そう、みっちゃん。正体不明なのは、ハヤシダだけじゃないだろう？　みっちゃんの正体を探るっていう手もあるじゃないか」

「……それは、ダメよ」

「どうして？」

「だって」

「言えよ、何か隠しているな、言えよ！」

＋

携帯電話を切ると、井崎は、脱力したように、椅子に体を預けた。そして、呟いた。

「わけ、わかんねぇ」

吉永サツキが白状した内容は、あまりに突拍子もない、現実離れした事実だった。

「北野友莉は、実はみっちゃんだ?」

そんなこと、いきなり言われても、頭の処理が追いつかない。

井崎は、自分が描いた相関図を今一度広げると、そこに、

〝北野友莉〟〝みっちゃん〟〝入れ替わり〟と書き加えた。

吉永サツキが言うには、北野友莉は激しい虐待を受け、風呂場に監禁されていた。そして死んだのだが、それを藤原留美子は下田には隠し、みっちゃんが死んだことにして、死体を処理した。

そして、死んだことにされたみっちゃんは逃げ出した。その手助けをしたのが藤原留美子で、藤原留美子はある知恵をみっちゃんに授ける。

「北野友莉に成りすましなさい」

なぜ、こんな入れ知恵をしたのか。

吉永サツキが言うには、

「みっちゃんを、下田から守るため」

だという。下田はみっちゃんに対して激しい劣情を抱いており、毎夜毎夜、犯し続けていた。仮に、みっちゃんとして逃げおおせても、下田はきっとみっちゃんを探しだし、再

び地獄に引きずり込むだろう、と言うのだ。

さらに、吉永サツキはこんなことも言った。

「みっちゃんと下田健太の関係は、いわゆる、DV加害者とDV被害者。DV加害者から逃げるためには、素性を隠すのが鉄則」

なるほど。それでか。

だからといって、無謀すぎる。警察はおろか、検察と裁判官まで騙して。この芝居、どう決着をつける気なんだ。吉永サツキは何を考えているんだ？　そして、俺はどうすればいいんだ？

井崎は、藤原留美子の手記に、今一度、目を通した。

『北野友莉さん、ほんとうにごめんなさい。でも、この方法しかなかったんです。この方法しか――』

そして、思った。

あるいは、藤原留美子は、みっちゃんを逃がすために北野友莉を殺害したのではないか。

藤原留美子が自殺した原因はいろいろあるだろう。まずは、両親を殺害し、ついには息子の遺体を遺棄した。それだけでも、贖罪の重さで死を選びたくなるだろう。それに加えて、なんの瑕疵《かし》もない女性を、みっちゃんを助けるという目的のためだけに、殺害した。

その罪を償うには、裁判長から言い渡された無期懲役の判決ではとても足りないと、藤原留美子は判断したのかもしれない。

いずれにしても、なんて救いようのない話ばかりなんだ。

藤原留美子もみっちゃんも、いや、下田の犠牲になった者すべて、どうして、その攻撃性を下田健太に向けなかったのだろう。なぜ、下田健太を殺害しようとは思わなかったんだろう。あの、北九州の事件でもそうだった。

そして、DV被害者もそうだ。なぜ、彼女または彼らは、なかなか逃げ出さないのだろう、なぜ、DV加害者を殺さないのだろう。

一度、被服従の立場に追いやられた者は、そんな簡単な解決法ですら、思い浮かばないのだろうか。

アシモフの三原則を組み込まれたロボットのように、自分を服従させる者に対しては、牙を向けることができなくなってしまうのだろうか。

いずれにしても。

この事件は、闇が深すぎる。

7章　インタビュー　六日目

25

「今から、Sヶ丘団地に行ってくる」
そう連絡してきたのは、吉永サツキだった。
午前七時半。
井崎智彦は、結局、編集部で夜を明かした。
茂子の部屋を映す隠しカメラの映像が気になり、夜通し、それを監視してしまった。
幸い、その夜は、変わったことはなかった。村木里佳子も、無事なようだ。
でも、吉永サツキは気になることを言っていた。
村木里佳子が体を張っていると。下田健太と、そういうことになっていると。

だとしたら、村木里佳子は正常な状態ではないはずだ。なにしろ、相手は、何人もの人物を服従させてきた悪魔だ。村木里佳子もまた、被服従の麻酔《ますい》にかけられているはずだ。

そう思うと居ても立ってもいられなくなり、井崎もまた、Sヶ丘団地に向かう準備を整えていた。


服従と被服従。新幹線の中でも、井崎はそのことばかりを考えていた。

「服従回路《イエッサー》。そういえば、昔読んだ漫画で、そんなのがあったな」

あれは、人造人間キカイダーという漫画だったろうか。ジローという人造人間が、チェンジしてキカイダーになる……言ってみれば変身ものだ。

が、結構複雑なストーリーで、ジローの中には良心回路《ジェミニィ》がセットされているのだが不完全で、不完全な良心というのが話のポイントだった。つまり、良心と悪のはざまで揺れ動くのだ。しかし、ジローはあくまでロボットだから、何がよくて何が悪いのか、その本質は理解できていない。要するに、人間が決めた善と悪の間で揺れ動く。さらに、ジローは服従回路《イエッサー》も組み込まれる。

ジローは人間になりたいと望み、悪の心を手に入れることで、その願いを達成する。悪の心とは、『服従回路《イエッサー》』に反抗するための、より強い『意志』を意味する。つまり、人間という支配者に対抗するための意思。しかしそれは、人間が定義した『悪』でもある……。

「難しいな……」

井崎は、リクライニングを倒すと、しばしの仮眠を試みる。

が、その仮眠を破る着信音が鳴った。時計を見ると、午前九時を少しばかり過ぎたところだった。

電話は、編集長からだった。

「検察が、控訴を断念したぞ」

その言葉の意味を理解するのに、しばしの時間を要した。

そして、理解したとき、井崎は飛び起きた。

「だって、今日はまだ、十二日目。控訴期限は、明後日《あさって》じゃないですか！」

「裁判を維持する新たな証拠が見つからなかったんだろう。それで、早々と白旗を掲げたんだろうな」

「じゃ、下田健太は、これで晴れて、無罪放免」

「そうだ。無罪確定だ」

無罪確定。

つまり、下田健太は、この事件では、二度と裁かれることはないということだ。

吉永サツキは、もう知っているだろうか。彼女は、なにやら有力な証拠を握りつつあるようなことを言っていたが。

「ああ、無罪か」

そう口にしてみて、井崎は戦慄《せんりつ》を覚えた。藤原留美子の手記に書かれていた下田健太は、まさに〝悪魔〟だった。いとも簡単に、他者を服従させ、そして、意のまま操る。

そんなやつが、野に放たれたら。

間違いなく、第二、第三の事件が起きるだろう。

いや、もしかしたら、もう、起きているかもしれない。

村木里佳子。

彼女は、無事なんだろうか。

隠しカメラの映像では、何も起こらなかったが。いや、違う。

正確には「リビングでは、なにも起こらなかった」だ。

そもそも、映像には、村木里佳子は一度も映り込まなかった。下田健太と茂子はたびたび現れたが、里佳子の姿は見なかった。

まさか。

井崎の背中に、氷のように冷たい何かが通り過ぎる。

次はQ駅だと、アナウンスが告げる。

井崎は大慌てで、身支度を整えた。

26

Q駅のホームに降りると、着信音が鳴った。吉永サツキは、一呼吸置くと、携帯電話を耳に当てた。

——検察が、控訴を断念したと、聞いたのですが。

「ええ、私も、さっき、聞きました」

——控訴期限は、明後日なのでは？

「ええ、そうです。でも、その前に、検察が諦めてしまったようです」

——ということは、下田健太の無罪は、確定したということですか？

「……そうなります」

——私は、どうなるんでしょうか？　下田健太が無罪になったら、私は……。

「大丈夫です。私が、なんとかします。下田をこのまま、野に放つわけにはいきません。あんな悪魔を、野放しにしてはいけないんです」

——お願いします。あなただけがたよりです。私を、助けてください。

「大丈夫です。安心してください。みっちゃん」

携帯電話を切ると、サッキは確固たる意志をもって、目的地に急いだ。

27

Q駅のホームで、井崎は吉永サツキを見つけた。しかし、人込みに紛れ、あっというまに見失った。

「でも、まあ、乗り換えのローカル線で会うだろう」

しかし、井崎が乗換ホームについたと同時に、電車は発車してしまった。吉永サツキは、たぶん、あの電車に乗っているはずだ。

「でも、まあ、Sヶ丘団地で会うだろう」

しかし、井崎の予想は、ことごとく外れた。

ローカル線はその後、人身事故で一時間半遅延し、目的地のS駅についてもタクシーもバスもなかなかつかまらず、結局、Sヶ丘団地に到着したのは、吉永サツキを見かけてから三時間後のことだった。

　Sヶ丘団地は、騒然としていた。

　あの、薄気味悪いほどの静寂が嘘のように、今は、パトカーの回転灯と野次馬たちのさざめきで、さながら繁華街のような賑わいだった。

「なにが、あったんだ？」

　井崎の背中に、再び氷のように冷たいなにかが、よぎる。

「まさか、村木さんが？」

　団地内に駆け寄ろうとしたが、警官の手で止められた。

　なにか情報を得られないかと野次馬を見渡してみると、知った顔を見つけた。

　小坂初代だ。

　小坂初代も、井崎の顔を認めたようだ。向こうから駆け寄ってきた。

「大変なことになっちゃったわよ」

　小坂初代が、井崎の袖にしがみついてきた。

「茂子さんと健太くんが、殺されちゃったわよ！　あと、あんたと一緒にいた、村木って人も」

　井崎の思考が、一気に吹っ飛んだ。

下田茂子と、下田健太と、そして、村木里佳子が、殺された？　誰に？

どよめきが起きて、視線を上げると、そこには、警官に連行される犯人の姿があった。

「吉永……サツキ」

井崎は、その名前を、どこか遠い意識の中で、呼んだ。

8章　その後

28

〈被疑者／吉永サツキの供述〉


そうです。私が、下田健太、そして下田茂子を殺害いたしました。

下田健太の無罪が確定したことが、きっかけです。下田健太の罪は明らかなのに、それを裁くことができない現代の司法に、深く絶望した結果です。

私は、下田健太の犯罪の証拠をつかもうと、いろいろと走り回っていました。実際、つかみかけてもいたのです。

そう、私は、下田健太のある身体的特徴を確かめるために、Sヶ丘団地に向かっていたところでした。その特徴を確認できれば、強力な証拠になる。私はそう考えていました。

なのに、検察は、その前に、控訴を断念してしまいました。その知らせを新幹線の中で聞いた私は、大変絶望いたしました。

これでもう、下田健太は同じ事件で裁かれることはない。それどころか、放免されて、堂々と、この太陽の下、暮らすことができるのです。

これほど、恐ろしく、そして不条理なことがありますでしょうか。これから先、下田健太の影に怯えながら暮らしていかなければならない人間がいるのです。

本来ならば死刑にならなければならない犯罪者が、野放しにされる。これは、治安の危機です。あってはならないことです。

残された道はひとつ。下田健太に、自首を決意させることです。彼の無罪は確定されましたが、彼を裁く道はまだあるはずです。たとえば、北野友莉。実は、彼女はすでに殺害されています。裁判で北野友莉として証言したのは、〝みっちゃん〟という別人です。ですから、北野友莉の殺害に関する証拠が見つかるか、あるいは下田健太がその件で自首すれば、彼を改めて裁くことができるはずなのです。

しかし、所詮は甘い思惑でした。

Sヶ丘団地の下田家を訪ねたとき、下田健太が自首するような人間ではないことを、思い知らされました。

下田家の部屋に着いたのは、午前九時頃でした。呼び鈴を押しても応答がなく、私は、玄関ドアのノブを回してみました。ドアは、開いていました。

靴は、ふた組。村木里佳子さんのパンプスと、そして、男性用のスニーカー。たぶん、下田健太のものだと思います。下田茂子のものは見当たりませんでした。つまり、今、この部屋には、下田健太と里佳子さんがふたりきり。

リビングのほうから、呻き声のようなあるいは唸り声のような、なんとも恐ろしげな泣き声が聞こえてきました。その声が里佳子さんであることはすぐに分かりました。私は、リビングに急ぎました。

それは、なんとも悍《おぞ》ましい光景でした。ソファの上、下田健太が村木里佳子を犯しながら、その左耳をナイフで削いでいたのです。

それを見て、私は強く強く強く、思いました。

この男だけは、生かしておいてはいけない。生かしておけば、これから先も、何人もの犠牲者が出る。なにより、今まさに下田健太の毒牙にかかっている里佳子さんを助けなくてはいけない。

そう、下田健太を成敗するには、今ほど絶好のチャンスはない。下田の局部は里佳子さんの中に深く挿入され、そして、耳を削ぐことと腰を動かすことに夢中な下田は、私の気配には微塵も気づいていない。

私はリビング横の台所に走りました。台所には、朝食の支度をしていたのか、包丁がまな板の上に載っていました。私はそれを摑むと、下田健太の背中に体ごと、突っ込みました。私が手にした包丁は、まさに急所に突き刺さりました。夥しい血が噴き出しましたが、下田はそれでも自分の身に起きたことを理解していない様子で、腰を動かし続けました。しかし、里佳子さんの左耳を削いでいたナイフは的を外れ、里佳子さんの首の動脈を切ってしまいました。

二人が絶命したのは、それからしばらく経ってからです。

時間でいってどのぐらい経ったでしょう。もしかしたら、数分だったのかもしれません。しかし、私には長い長い時間でした。私は、ただ、ただ、立ち竦んでいました。

そして、茂子が戻ってきたのです。その手には買い物籠。たぶん、朝食の支度をしていて、なにか足りないものがあったのでしょう。それで、朝市にでも行っていたに相違ありません。買い物籠からは、大根がのぞいていました。

茂子は、リビングの惨状を目の当たりにして、ひどく取り乱しました。そして、息子の体に縋り付き散々泣いた後、大根で私を殴りつけてきました。息子が今までやってきた悪行などまったく無視して、私を悪魔だのなんだのと、激しく罵ったのです。

大根を投げ捨てると、茂子は、私の首を絞めてきました。その力は、とても老人のものではありませんでした。確実に殺される。そう思った私は、ありったけの力を振り絞って茂子を跳ね除けました。そして気が付くと、私が茂子の首を絞めていたのでした。

茂子が絶命したのは、それから数十秒後のことです。たぶん、一分もかかっていません。呆気ないものでした。

そして、私は自ら一一〇番に電話をかけ、自首した次第です。

え？　茂子に対して、殺意があったかですか？

正当防衛を訴えてもいいのかもしれませんが、それは、私の良心に反します。

そうです。私は、はっきりと、茂子に対して、殺意がありました。

茂子が私を襲わなくても、私は茂子を殺害していたでしょう。

殺意を覚えたのは、下田健太の死体に縋り付きながら泣きじゃくるその姿を見たときでした。

これが母性というものでしょうか。だとしたら、これほど吐き気を催す母性もありません。そうです。茂子という母性が、健太を、もっといえば藤子を殺人鬼にしたのです。

この人も生かしておいてはいけない。私はそう、はっきり思ったのでした。

〈Sヶ丘団地に住む小坂初代の手記〉

今回の事件には、大変ショックを受けています。

とはいえ、心のどこかで、ほっとしているのも確かです。

下田茂子さんは、私にとって、ずっと重石でございました。

下田茂子さんと出会ったのは、もう四十年以上も前のことです。

私には、前科がございます。愛人を殺害、死体を遺棄した罪で七年間服役しておりました。出所後結婚し女の子をもうけますが離婚、化粧品会社のセールスをしながら子供を育てておりました。前科者ということで、随分とつらい目にあったものです。娘もいじめにあっていたようです。そんな私に、親しく声をかけてくれたのが、茂子さんでした。茂子さんとは、駅前のデパートで出会いました。その後、私は茂子さんの勧めでQ教団に入信し、割と真面目に信心してまいりました。そんな私に、茂子さんはなにかと親切にしてくれました。化粧品が売れないと泣き言をいうと、お客を紹介してくれました。

そのお客の一人が、茂子さんのお姉さんである、慶子さんです。川崎に住んでいたのですが、私はちょくちょく、川崎まで行って、化粧品を売り歩きました。

実は、川崎に行っていたのは他に理由がございまして、慶子さんの旦那さんである遼一さんと深い関係になってしまったのです。それを知った茂子さんは大いに怒り、いますぐに別れるように言いました。それで、表面上はいったん別れたんですが、実は、ずるずると続いていたんです。

そう、あれは昭和四十六年十月二十五日のことです。その日は、御茶ノ水でQ教団主催のセミナーがございまして、茂子さんと私は上京していました。そのセミナーでは、自身の悪行を吐き出す反省会が行われ、私は、遼一さんとの仲を白状させられていました。曲がったことが嫌いな茂子さんは、そんな私を叱りつけ、それどころか、慶子さんに電話して、私たちの関係を報告してしまいました。電話は、長時間に及びました。どうやら、慶子さんが逆上してしまったようで、遼一さんともめはじめてしまったようです。

そりゃ、そうです。そんな電話をいきなりしたら、どんなに仲のいい夫婦だって、修羅場になります。茂子さんにはそういうところがあるんです。その行為があとあとどんな結果を生むかなんてひとつも考えずに、そのときの感情だけで突っ走ってしまうところが。

電話が終わると、茂子さんは言いました。

今から、慶子さんのアパートに行こう。そして、その場で遼一さんと別れて、慶子さんに謝罪しろと。

時間は午後の八時を過ぎていたのですが、茂子さんの剣幕におされ、私はしぶしぶ、川崎の慶子さんのお宅に向かったのです。

慶子さん宅に到着したのは、午後の十時前でした。

しかし、慶子さん宅は電気はついているのですが、静まり返っていました。

部屋をのぞくと、そこはまるで地獄図。

白い布団が真っ赤に染まり、慶子さん、遼一さん、そして沙織ちゃんが、死んでいました。

その傍らで、包丁を握りしめた藤子ちゃんが、ぼんやりと立っていました。

茂子さんが事情を訊くと、藤子ちゃんは幻を見ているような虚ろな目で、それでもはっきりとした口調で、この惨劇の一部始終を語りはじめました。


——その日の夜。

塾から戻り、玄関ドアを開けると生温かい血の臭い。そして、足元にはお父さんの頭。

お父さん？　どうしたの？　血が出てるよ。救急車、呼ぶ？

「大丈夫だ。俺は、大丈夫だから。かすり傷だから」

また、お母さんと、喧嘩したの？　お父さん、また、浮気したんだね。

「これは業《カルマ》ね」

居間から、そんな声が聞こえてくる。

「カルマよ、カルマ。この人が持って生まれた運命。私は、ただ、この人に引導を渡してやっただけ」

お母さんの声だ。ドアの隙間から、居間を覗き込んでみると、お母さんが電話をしている。

「あら？　もう、帰ってきたの？」

言いながらお母さんが近づいてきた。ピンク色の口紅。「なによ、その顔は。さあ、お上がんなさいよ」

入っちゃだめ、どこかでそんな声が聞こえる。

「いいから、お上がんなさいよ」

お母さんが、わたしの腕を強く引っ張る。

「お行儀が悪いわね。こんなところで突っ立っていたんじゃ、ご近所さんが変に思うじゃない」

お母さんの顔がぎりぎりまで近づいた。吐き出される息が臭い。

「入りなさいよ！」

お母さんが、わたしを蹴り上げる。「さあ、早く、早く！」

遠くで、サイレンの音が聞こえる。お母さんの声が、ますます険しくなる。その手に握られていた刃物が、わたしの首に突きつけられた。

「あなたも、死ぬ？」お母さんが、耳元で囁く。「そうね、いっそこのまま死んでしまったほうが楽かもね。下手に生きていても地獄よ？　生き地獄よ？　だって、どうやって生きていくの？　このまま生きていても、あなたの人生なんてロクなものではない。どうせ親と同じ道を歩むのよ」

同じ道？

「だって、あんた、母親似じゃない」

違う。

「ほんと、そっくり」

違う、似てない、全然似てない！

「ううん、そっくり。だから、あんたも似たような人生を歩むのよ。それが、カルマなのよ。カルマからは逃れられないのよ」

違う、違う、違う！

「カルマからは逃れられないの。あんたも親のような人生を歩むしかないの」

違う！

「……小学校ではいじめの対象にされて、他の子が対象になればいじめる側に回って、中学校では悪いグループに誘われて、ろくでもない男にヤられて、孕まされて。あんただって、薄々は気付いているんでしょう？　自分の人生、高が知れているって」

でも、お母さんのようにはならない、お母さんのようには！

「そんなこといったって、結局は同じようなことになるのよ」

違う、違う！　ちゃんと勉強してちゃんと学校に行けば……。

「運よく高校に上がっても家に居辛くて、家出して、男に誘われて、水商売の世界に入って、やっぱり男たちにヤられて、そのうちの一人と結婚して、子供を産んで、その子供を虐待するのよ。それが、あなたのカルマ」

違う、違う、違う！

「あんたの人生なんて、せいぜいその程度。だって、親が親だもの。子供はね、所詮、親のようにしか生きられないのよ。どう考えても、これ以上の未来が見えない。希望なんてありゃしない。生きていても仕方がない。だから、死んだほうがいいんじゃないの？　ねえ、そうしなさいよ、死んじゃいなさいよ！」

この話が、どこまで本当なのかは分かりません。当時の藤子ちゃんは、夢と現実の境目があいまいなところがありました。

ただ、慶子さんと遼一さんがその日、喧嘩をしていたのは確かです。原因は茂子さんです。茂子さんがあんな電話をするから、衝動的に包丁を振り回してしまったのでしょう。普段はどんなにおっとりとした人でも、痴情のもつれの渦中に置かれたら、般若になるものです。

それでも、夫婦喧嘩は藤子ちゃんが戻ってきたところで終了となったようです。しかし、藤子ちゃんは違いました。藤子ちゃんの感情は昂ぶる一方でした。藤子ちゃんの証言が正しいとしたら、慶子さんは藤子ちゃんに八つ当たりし、暴言を吐きながら包丁で自分を切りつけようとした。

「このまま生きていても、あなたの人生なんてロクなものではない。どうせ親と同じ道を歩むのよ」「だって、あんた、母親似じゃない」「子供はね、所詮、親のようにしか生きられないのよ。……だから、死んだほうがいいんじゃないの？　ねえ、そうしなさいよ、死んじゃいなさいよ！」

いくら頭に血が上っているからって、なんて酷いことを言うのでしょう。

——余談ですが、このとき、慶子さんが言った「母親」とは、まさに……。

まあ、それは後でお話しするとして、慶子さんに散々詰られた藤子ちゃんの中に、ある種の殺意が芽生えたとしても、不思議ではありません。

さらに、その夜は、もうひとつの小競り合いがあったようです。遠足のお弁当の件で姉妹喧嘩がはじまり、しかし、父も母も妹の沙織ちゃんをかばい、藤子ちゃんを激しく叱りつけたのだといいます。母親の暴言に続き、今度は激しい疎外感。日頃の鬱憤《うっぷん》もあったんでしょう、藤子ちゃんの怒りはおさまらず、寝入った三人を包丁で刺したというのです。

その数分後に、私たちが到着したのでした。

なんて恐ろしいことでしょう。私はおろおろするばかりでしたが、茂子さんは、きっぱり言いました。

「死体を、始末しましょう」と。

こうも言いました。

「死体がなければ、事件も発覚しない」と。

そんなの、無理です。私も過去、愛人を殺害して、それを隠蔽しようと死体をバラバラにしたことがありますが、すぐにバレてしまいました。

そう訴えましたが、茂子さんはがんと譲りませんでした。なにがなんでも、藤子ちゃんを救うのだと、言いました。

Q教団にどっぷりとハマっていた当時の私にとって、教団の先輩である茂子さんは絶対的な存在でした。茂子さんが白だと言えば、どんなに真っ黒なものでも白だと受け入れるしかなかったのです。そのせいで法で裁かれようと、世間から後ろ指差されようと、そんなことはお構いなしでした。そんなことより私が恐ろしかったのは、茂子さんに逆らって地獄に突き落とされることでした。Q教団の教えでは、上の命令に従わなかった場合、体を八つ裂きにされ無間地獄に落とされるとあります。私は、徹底的にその教えを叩き込まれていたのです。それに、茂子さんはこんなことも言いました。

「これは、慶子姉さん、遼一さん、そして沙織ちゃんのためでもあるのよ。このままでは、三人は成仏できない。地獄に行く。バラバラにして浄化しなくてはならない」

それはなにかとても説得力のある言葉でした。私は、決心しました。

それから、台所からありったけの包丁をかき集め、私たちは、死体の解体をはじめました。

まずは、首を切断しました。

私は、頭のどこかで、こんなバカなことはやめろと思っているのですが、茂子さんの命令にはどうしても背けませんでした。

解体は、困難を極めました。そもそも、バラバラにするには、ある程度の準備が必要なんです。ビニール袋やら油紙やら、なにより、水が必要なんです。

なのに、そんな準備は一切なく、闇雲に解体していくだけです。

案の定、部屋はヘドロのような血で溢れ、大変なことになりました。

そうこうしているうちに、サイレンの音まで聞こえてきて。

万事休す。

私たちは、別の方法を急いで考える必要に迫られました。

茂子さんは言いました。

「通りすがりの犯行にしましょう。藤子ちゃんだけが助かったということにするのよ」

そして、茂子さんは、藤子ちゃんの首を切りつけました。藤子ちゃんも被害者にするためです。茂子さんは藤子ちゃんに事件のことは忘れるのだと何度も言い聞かせ、藤子ちゃんを玄関先にうずくまらせました。

そして、私たちは、ベランダから逃げたのでした。

……これが、高津区一家惨殺事件の真相でございます。

その後、茂子さんの言葉に従って現場から逃げはしましたが、絶対すぐに捕まると私は観念していました。私たちは血だらけで、もう隠しようがありません。

しかし、茂子さんは公衆電話を見つけると誰かに電話し、そして、数分後には、車が到着しました。

私は、Q教団の組織力に、今更ながらに感心させられました。それでも、やっぱり、いつかは捕まると諦めていました。私は遼一さんと不倫の関係にありましたし、茂子さんは、自分を受取人にして、慶子さん夫婦に生命保険をかけていましたから。ちなみにこの保険は、保険会社に勤める信者仲間に泣きつかれた茂子さんが慶子さんを紹介しただけのことで、深い意味はございません。……とはいえ、疑惑の人になるには充分すぎる背景です。実際、私たちは容疑者リストの中に入っていたようです。

ですが、結局、誰も捕まえに来ませんでした。これも、やはり、Q教団の組織力でしょうか？

それでも、私は、共犯者にさせられたのです。それでなくても前科のある身、私は、茂子さんに大きな弱点を握られてしまいました。私の娘が藤子に殺されたと分かっても、私は抗議することすらできなかったのです。そう、私の娘は、同級生だった藤子に殺されたのです。小学校五年生のときです。

娘は、本当にかわいそうなことをしました。娘のことを思うと、藤子が憎くて仕方ありませんでした。私は、時折、藤子の様子を見に、彼女が住む町を訪ねました。藤子とその家族がどこまでも堕落していく姿を眺めて、娘を亡くした虚無感を慰めていたのです。

そうです。私は、ずっとずっと、茂子さんという重石を載せながら、その一方、藤子の不幸を生き甲斐にして、なんとかバランスをとって生きてまいりました。その藤子が死刑になり、重石だけが残りました。この重石だけは、死ぬまで払いのけることはできないと思っておりましたが、今回、茂子さんが亡くなって、私の体は何十年かぶりに、ようやく軽くなったのです。今、私は、心の底から、せいせいしております。大空を行く鳥になった気分でございます。

そして、こうやって、高津区一家惨殺事件のことをすべて打ち明けることができて、私は、これで、すっきりとあの世にいけます。

あ、でも。

もうひとつ、打ち明けておかなくてはならないことがあります。

茂子さんが、どうしてそこまでして、藤子の罪を隠そうとしたかです。

いつだったか、私、茂子さんに訊いてみたのです。そしたら——

＋

小坂初代の手記をここまで読んだところで、携帯電話が鳴った。井崎は、月刊ファストをいったん、デスクに置いた。

電話は、行政書士の資格を持つ、太田からだった。

「膳本、とれたよ」

太田が、得意気に、言った。

「膳本？」

「なんだよ、お前、忘れてんのか？　旧姓森沢藤子の除籍謄本と下田茂子の戸籍謄本をとれって言ったの、おまえだぜ？」

「ああ、そうだった」

「まあ、確かに、ちょっと時間かかっちゃったから、今更かもしれないけど。で、どうする？　郵送する？　それとも……」

「PDFで送ってくれるか？　今から、アドレス言うから――」

それから数分後、井崎のノートパソコンに、PDFが送られてきた。

それを画面上で確認した井崎は、〝養女〟という文字を見つけて「なるほど」と呟いた。

「藤子の実母は、茂子だったわけか。茂子が、下田洋次と結婚する前に産んだ子供。それを引き取ったのが、子供ができないことで悩んでいた姉の慶子……というわけか」

井崎は、月刊ファストを手にすると、小坂初代の手記を今一度開いてみた。

「だって、あんた、母親似じゃない」「子供はね、所詮、親のようにしか生きられないのよ」

慶子が、藤子に対して発した暴言だ。ここで言っている「母親」とは、まさに、茂子のことなのだ。

藤子は、この事実を知っていたのだろうか。……もしかしたら、知っていたのかもしれない。戸籍を見るまでもなく、家族が醸し出すその歪な雰囲気を、敏感に察していたのかもしれない。そして藤子の心はどこまでも病んでいき、小学校五年生にして、家族三人を刺殺するといった犯行に至ったのだろう。

やりきれないな。

井崎はため息をつくと、引き続き、月刊ファストを捲《めく》った。

今月号の月刊ファストは、独占手記を二本も載せている。敵ながら天晴《あっぱれ》だ。ひきかえ、うちの月刊グローブは……。なにひとつ、成果を出さないまま、終わった。これで、うちの編集長の更迭は間違いないだろう。なにしろ、思いつきで村木里佳子をSヶ丘団地にやり、盗撮にまで関与、村木里佳子の危機を盗撮映像で見ていながら放置し、その結果が、あの惨事だ。村木里佳子のことを思うと、胸がつぶれる。自分もまた、彼女を見殺しにしてしまったひとりなのだ。

まあ、俺も馘《くび》かな。

それなら、それでいい。そんなことで村木里佳子が成仏するとも思えないが、自分ひとりが、のうのうとこのまま仕事を続けられるわけがない。

馘になったあとはどうしよう？　出家でもするか？　もちろん、Q教団以外で。

そんなことを思いながら、井崎はページを捲った。

＋

〈みっちゃんの手記〉

まずは、北野友莉さんの名前を騙《かた》り、また、多くの方に迷惑をかけたことを、この場を借りて深くお詫びいたします。

虚偽罪で起訴されたならば、謹《つつし》んで、その裁きを受ける所存です。

ただ、私が北野友莉さんとして証言したことに嘘はありません。私が証言した内容は、北野友莉さんが生前話していたことです。それだけは信じてください。

では、なぜ私があの部屋に監禁されていたのか、そこからお話しさせていただきます。

そう、私は、あの部屋に住んでいたわけではありません。〝監禁〟されていたのです。

それは、二〇〇八（平成二十）年六月十五日に遡《さかのぼ》ります。

私は、ある重大な事実を確認するために、下田茂子と小坂初代に会う段取りをつけていました。

待ち合わせた場所は、小田原駅東口改札前。茂子からそう指示がありました。

なぜ小田原かというと、小田原にはQ教団の本部があり、その日は本部で総会が行われていたからだと思います。たぶん、茂子は、私を入信させようと目論《もくろ》んでいたのでしょう。私は、本部に連れて行かれる前にどうやって話を訊き出そうか、そればかりを考えていました。というのも、本部に連れて行かれたら、それこそベテランの信者に囲まれて、目的を果たせないと思ったからです。

待ち合わせの時間は、午後三時でした。私は十五分ほど前から、改札前で茂子と初代が来るのを待っていました。

しかし、時間になっても二人は来ず、その代わりに、男が近づいてきました。

それが、下田健太です。

「やぁ、みっちゃん、久しぶり」

下田健太は、親しげに、私をそう呼びました。

下田健太とは、数年前に一度だけ、茂子の家で会ったことがあります。私はまだ中学生でした。そのときの下田の印象は、物腰の柔らかい優しいおじさん、というものでした。

改札前に現れた下田も、あのときと同じ印象で、私はひとつも彼を疑うことはありませんでした。ですから、

「お袋に言われて、みっちゃんを迎えに来たんだ」

と下田に言われたとき、私は、丸腰で下田の車に乗ってしまったのです。

「どこまで行くんですか?」

と私が問うと、

「Sヶ丘団地」

と、下田は応えました。

Sヶ丘団地といえば、茂子が住んでいる団地です。しかし、小田原からは結構な距離があります。

「今日は、小田原で総会があるんじゃないんですか?」

「お袋、ちょっと体調を崩してね、総会には行けなくなったんだ。だからといって、みっちゃんとの約束を破るわけにはいかないと、僕を迎えに来させたんだよ」

「そうですか」

この時点でも、私はひとつも疑問も疑惑も持ちませんでした。

「あ、じゃ、初代さんは?」

「あの人も、他に用事ができてしまって、総会は欠席したらしい」

「そうですか」

この時点で、私は少々の疑惑を抱きました。しかし、それは下田健太に対してではなく、小坂初代に対してでした。小坂初代は、私を避けている。それで、嘘をついてまで、私との約束を反故《ほご》にしたのだ……と。

それから一時間ほど経った頃、私の中に、ようやく不安が生まれました。

この車は、どこを走っているのだろう。Sヶ丘団地があるQ市に行くには、海沿いの道を使うはずだ。しかし、車窓の外に海の気配はまったくなく、ひたすら、深い緑の森が続くばかりでした。

そこが、足柄だと気付いたのは、道路の表示板でした。

「山を抜けた方が、近道なんだ」

下田は言いました。しかし、私は下田の言葉を鵜呑《うの》みにしてはいけないと、ようやく気づきはじめていました。

車を運転しない私でも、Q市と足柄ではまったく方向が違うことは知っていたからです。

「降ろしてください」

私は言いました。

「いいですよ」

下田は、意外にあっさりと、私の願いを聞き入れ、車を停めました。

しかし、そこはいったいどこなのかまったく見当のつかない場所でした。車一台、走っていない。私は、GPS機能で場所を確認しようとバッグを探りましたが、どんなに探しても、携帯電話は見つかりません。落としたのか、忘れたのか。それでも、まだ私は楽観的でした。道路に沿って歩いていれば、いつかは民家なり店舗なりを見つけることができるだろうと、私は道路を歩き続けました。

それから、二時間ほど歩いたでしょうか。しかし民家も店舗も現れず、さらに日も暮れ、街灯ひとつないそこは、まさに恐怖の巣窟《そうくつ》でした。

私は、いつのまにか、声を出して泣いていました。

誰でもいいから、私を見つけて。

誰でもいいから、助けて。

私の叫びが届いたのか、前からヘッドライトが近づいてきました。

助かった。

私は両手を振りかざし、車にサインを送りました。

道に迷ったんです、助けてください。

しかし、車は停まることなく、それどころか、その車は私を轢《ひ》きました。轢かれる直前、下田健太の笑い顔が見えました。そう、その車は、先程まで私が乗っていた車だったのです。私は恐怖と絶望と轢かれた衝撃で、気を失いました。

意識が戻ったのは、下半身に鋭い痛みを感じたからです。足でも負傷したのだろうか。私は、恐る恐る、目を開けてみました。

そこにあったのは、下田健太の、顔でした。下田は私に覆いかぶさり、私を犯していました。下半身の痛みは、まさに、私の処女が奪われた痛みでした。

私は抗うことができませんでした。全身が激しく痛み、体を動かすことができなかったのです。額からはとめどなく血が流れていました。でも、それを拭うこともできない。

下田は、それからも、私を犯し続け、そのときだけで、三回は、犯されたと思います。

私は、もうなにも考えられない状態でした。下田のやりたいようにやられるだけの、人形でした。

三回目の射精が終わったとき、下田は言いました。

「みっちゃんと僕は、ものすごくセックスの相性がいいね。僕、ものすごく興奮したよ。もう、離したくないよ。僕だけのお人形さんにしたい」

そして、下田はどこから取り出したのか、鋭いナイフを私の顔に当てました。

ああ、殺される。でも、それでもいい。いっそ死んでしまいたい。

たぶん、私は、あの時点で死んだんだと思います。そう、心が死んだのです。

私は、ぼんやりと、ナイフを見つめていました。早く、それで止《とど》めを刺してほしい。しかし、ナイフは私の顔を撫《な》でまわすだけです。そして、下田の顔が一瞬離れたかと思ったら、左耳に激痛が走りました。

下田は、私の左耳をそぎ落としたのです。

それでも、悲鳴を上げる力もありませんでした。

下田は、次に、私の左手の指を、ひとつひとつ、切断していきました。

その頃になると、私は麻酔を打たれたように、ほとんど感覚がありませんでした。一本一本、指が落とされていくさまを、眺めるだけです。

下田は、いったい、なにをしようというのだろう。

下田の意図が分かったのは、最後の指が切断され、そして、私の衣服がすべて脱がされたときです。

下田は、私が着ていた服に、左耳と左の指を包むと、それを、道路沿いの茂みに、それと分かるように、投げ置きました。

「これで、近いうちに、誰かが発見するだろう。そしたら、世間は、みっちゃんが死んだと思うだろうね。そう、みっちゃんは、死んだんだよ。だから、もう、誰もみっちゃんを探そうとはしないし、助けようともしない。僕だけの人形になるんだ。僕だけの――」

下田の声が、だんだん遠のいていきます。このまま死ぬんだ。やっと地獄から解放されるんだ。私はどこかほっとした気分で、意識を閉じました。

が、本当の地獄は、そのあとにはじまりました。

目が覚めると、私は、あの団地の部屋に寝かされていました。

入居者のいない部屋を、下田健太が勝手に占拠していたようでした。

それから一週間、私はその部屋で下田に犯され続けました。しかし、一週間が過ぎると、下田はどこかに行ってしまいました。放置された私は、下田が置いていった菓子パンをかじりながら、まさに人形のように、なにも考えることもなく、そこに居続けました。

そんな私を見つけたのが、下田茂子です。茂子は私を見ると大いに驚きましたが、病院に連れて行くでも、警察を呼ぶでもなく、私という存在を隠蔽することに心を砕きました。

母親というのは、なんて愚かで哀れなのでしょうか。息子をかばうためには、どんな手段も選びません。

そうして私は、息子を思う母親の情とやらのせいで、あの部屋で約三年、飼われることになったのです。

その間、どうして逃げなかったのかと、警察の人にも検察の人にも訊かれましたが、心が死んでしまった状態では、そんな判断もできないのです。それに、私は、下田健太を心底恐れていました。下田健太は時折ふらっと戻ってくると、私を犯し、私を激しく殴りつけました。その恐怖が、私の体と思考を縛り付けていたのです。人を監禁するのに、足枷《あしかせ》も手枷も必要はありません。強い恐怖心。それだけで充分なのです。

しかし、下田が妙な計画を立て、見知らぬ人を次々とあの部屋に連れ込むようになると、私の恐怖心は変化していきました。下田健太の言いなりに操られている人々を見ているうちに、私の中に〝意志〟が復活していったのです。

そう、私は、自分の置かれた状況を〝客観的〟に把握することが、ようやくできるようになったのです。

逃げなくてはいけない。私は次第に、そんなことを思うようになりました。

そんな私の意志に協力してくれたのが、藤原留美子さんです。

彼女は下田健太を恐れ、やはり意志を封じ込められ心を縛り付けられていましたが、自分の子供が殺されたときに、その縛りが緩みました。

私が逃げたいと零《こぼ》すと、彼女はそれを助けてくれたのです。

彼女は言いました。「北野友莉になりすまして、逃げろ」と。でなければ、どんなに逃げても、下田健太は私を追いかけてくるだろうと。なにしろ、私は、下田健太の、一番の〝お気に入り〟でしたから。

北野友莉さんは、私と同じように、左耳をそぎ落とされ左手の指をすべて切断されていました。それを行ったのはハヤシダという女ですが、それを指示したのは、もちろん、下田です。下田はどういう訳か左耳と左指にこだわり、彼のお気に入りは、まずそこから切断されました。ですから私と同じように左耳と左指のない北野友莉にならなりすますことができると、藤原留美子さんは言いました。死んだのは私ということにして、藤原留美子さんは北野友莉さんは、浴室で亡くなりました。死んだのは私ということにして、藤原留美子さんは北野友莉さんの死体を処理し、そして、その隙に、私を逃がしてくれたのです。何かの役に立つかもしれないと、藤原武雄さんの年金手帳とそして、僅かですがお金を持たせてくれました。

それからは、無我夢中でした。どこをどう歩いたのか、私は気が付いたら、三島駅にいました。そして、保護されたのです。私は、藤原留美子さんの指示に従い、〝北野友莉〟と名乗りました。私には、まだ、下田健太に対する強い恐怖心があり、隠れ蓑《みの》が必要だったのです。

病院で一週間ほど過ごすと、私は、私がやるべきことをしなくてはいけないと、強く思うようになりました。

そうです。下田健太を告発し、藤原留美子さんを助け出さなくてはならない。

私は北野友莉の名で警察にすべてお話しし、事件が発覚すると、早速、Gテレビの人がやってきました。

私の入院費用、そのあとの生活費もすべてもつので、独占取材をさせてほしいとのことでした。

なんの後ろ盾もない私は、それをお引き受けいたしました。

Gテレビの人にはよくしていただきました。特に、吉永サツキさんには、とてもよくしていただきました。彼女は毎日のように私を見舞い、私の恐怖心を取り除こうと、献身的に世話をしてくれました。だから私は、サツキさんには全てお話ししたのです。私が〝みっちゃん〟であると。そう、私こそが、殺人鬼フジコの……。

サツキさんは私に対し強い同情と共感を示し、そして、下田健太に対して激しい嫌悪感を抱きました。下田健太をなにがなんでも死刑にするんだと。

その思いが、まさか、あんな結果になるとは。

サッキさんの罪が軽くなるためには、私は、どんなことでもしようと、決意しております。

高峰美也子

9章　後日談

「あ、この声」

アルバイト嬢の声が、社員食堂にひときわ響いた。

その隣でカレーうどんを食べていた井崎智彦のシャツに、カレーの汁が飛んできた。

食堂の奥にあるテレビに映っているのは、高峰美也子。先週、起訴が見送られたというニュースがあったばかりだ。それからこの一週間、どのテレビも高峰美也子の話題でもちきりだ。

特に、Gテレビは、高峰美也子のインタビューで結構な時間を割いている。

今も、生放送のワイドショーに、高峰美也子が出演している。

「やっぱり、この声」

アルバイト嬢が、しつこく繰り返す。

「どうしたの？」

井崎智彦は、声をかけてみた。そこに井崎智彦がいたことを知らなかったアルバイト嬢が、大袈裟に驚く。

「びっくりした。いつから、いらしたんですか？」

「五分ぐらい前から。……で、声がどうしたって？」

「高峰美也子さんの声、どっかで聞いたことあるな……とずっと思っていたんです。それで、今、思い出したんです。あの声、下田茂子の代理人の声とそっくりだって」

「下田茂子の代理人？」

「はい。下田茂子の独占インタビューの件で、うちの編集部に電話してきた人の声」

「え？　まさか」

「そうですよね、まさか、ですよね。ああ、いいんです、ただの勘違いですから、気にしないでください」

そしてアルバイト嬢は、トレーを持って席を立った。

残された井崎は、シャツに飛び散ったカレーのシミをハンカチで拭いながら、ある思いがどんどん大きくなるのを感じていた。

――まさか、下田茂子のインタビューをセッティングして俺たちを翻弄《ほんろう》したのは、高峰美也子？　そして、吉永サツキを、本人にもそうと気づかないうちに操っていたのは……

高峰美也子？

自分を脅かす人物……下田健太と下田茂子を、完全に消すために？

しかし、そこまで考えて、井崎は頭を振った。

「まさかね。俺、いつでも考え過ぎなんだよな」

そして、トレーを手にすると、井崎も席を立った。

本作品はフィクションであり実在の個人・団体などとは一切関係がありません。

【参考資料】

「死のテレビ実験――人はそこまで服従するのか」クリストフ・ニック、ミシェル・エルチャニノフ著／高野優訳（河出書房新社）
「消された一家――北九州・連続監禁殺人事件」奥田正義著（新潮社）
「夜と霧」ヴィクトール・E・フランクル著／池田香代子訳（みすず書房）
「サイコパスという名の怖い人々―あなたの隣りにもいる仮面をかぶった異常人格者の素顔とは」高橋紳吾著（河出書房新社）
「「彼女たち」の連合赤軍―サブカルチャーと戦後民主主義」大塚英志著（角川文庫）
「人造人間キカイダー」石ノ森章太郎著（サンデー・コミックス）
「es」2001／ドイツ／監督＝オリバー・ヒルツェヴィゲル
「事件史探究」http://jikenshi.web.fc2.com/

この作品は徳間文庫のために書き下ろされました。

徳間文庫

インタビュー・イン・セル

殺人鬼フジコの真実

2012年11月15日 初刷

著者 真《ま》梨《り》幸《ゆき》子《こ》

発行者 岩渕徹

東京都港区芝大門二―二―二〒105―8055

発行所 株式会社徳間書店

電話 編集〇三(五四〇三)四三四九
販売〇四八(四五一)五九六〇

振替 〇〇一四〇―〇―四四三九二

印刷
製本 株式会社廣済堂

ISBN978-4-19-893624-2 (乱丁、落丁本はお取りかえいたします)